Julia Bruns

Sommersturm

Ein Amalfi-Krimi

Oktopus

Für den Blick hinter die Verlagskulissen:
www.kampaverlag.ch/newsletter

Ein Oktopus Buch bei Kampa

Dieses Werk wurde vermittelt durch die Agentur Editio Dialog,
Dr. Michael Wenzel (www.editio-dialog.com).
www.kampaverlag.ch
www.oktopusverlag.ch
Lektorat: René Stein
Covergestaltung: Lara Flues, Kampa Verlag
Covermotiv: Cover illustration by Derek Anderson and
Joel Anderson. © Anderson Design Group, Inc.
Used by permission from ADGstore.com
Satz: Tristan Walkhoefer, Leipzig
Gesetzt aus der Stempel Garamond LT / 230140
Druck und Bindung: Friedrich Pustet, Regensburg
Auch als E-Book erhältlich
ISBN 978 3 311 30043 4

Eins

»Wo sind meine Stiefel, Signora Claretta?«

»An Ihren Füßen, Capitano«, entgegnete Claretta, ohne von ihrem Tun abzulassen. Nur der Himmel allein wusste, wie anstrengend es war, eingeriebene Zigarrenasche aus einem dunklen Uniformrock zu bürsten.

Der Capitano hielt inne, und Claretta konnte aus dem Augenwinkel sehen, wie er unter verwundertem Reiben seines runden Kinns die eigenen Füße betrachtete. »Signora!«, rief er schließlich mit ungewohnt hoher Stimme, in der ein leichter Vorwurf mitschwang. »In diesen Exemplaren läuft ein Carabiniere Streife, aber er tritt nicht dem Volk von Amalfi gegenüber, schon ganz und gar nicht an einem so höchst bedeutsamen Tag wie dem heutigen.«

Ich möchte mal wissen, wann der Dicke das letzte Mal im Auftrag des italienischen Volkes die Rinnsteine platt getreten hat. Wenn du mich fragst, hat der seit letzter Woche wieder mindestens fünf Pfund zugenommen.

»Emilio, bitte«, mahnte Claretta gedankenversunken, die die Paradeuniform nun bereits schon zum dritten Mal wendete und noch immer mit dem Ergebnis nicht zufrieden war.

»Ach Mädchen. So ist das nun einmal mit den Männern und dem Krieg«, antwortete der Capitano und setzte seinen Lauf durch das Büro fort. Im nächsten Augenblick blieb er stehen und betrachtete den an der Wand hängenden Abreißkalender. »In drei Tagen ist es so weit. Sie sagten es einmal. Ich erinnere mich«, nuschelte er und begann seine Runde von vorn.

Sehr wohl. Dann bin ich auf den Tag genau acht Jahre tot. Ich erwarte einen angemessenen Blumenschmuck. Der vom letzten Jahr war viel zu mickrig. Hast du mal gesehen, was auf den Nachbargräbern so aufgefahren wird? Da kommt man sich ärmlich vor. Ein Mann wie ich hat etwas Besseres verdient, zumal meine Frau für die Carabinieri arbeitet. Hast du verstanden, Claretta?

Der Schreck durchfuhr sie: Hatte sie etwa laut gesprochen? Das passierte ihr immer wieder. So ein Übel aber auch, und alles nur, weil Emilio niemals den Mund halten konnte. Dabei war er zu seinen Lebzeiten so gesprächig gewesen wie die Fische, die er in seinen Netzen nach Hause brachte. Niemand sagte einem, dass ein Ehemann nach seinem Ableben nicht mehr er selbst war. Wenn sie nur wüsste, was sie besser finden sollte? Ach, du schöner Emilio. Sie seufzte.

Die Kugel war für mich bestimmt, gefallen für das Königreich Italien. Ehrenvoll, nur falls jemand das Gegenteil behaupten sollte.

»Die Republik Italien steht tief in seiner Schuld«, murmelte der Capitano, und Claretta kannte ihn mittlerweile schon gut genug, um zu bemerken, dass er nicht so recht bei der Sache war. »Wo sind denn nun meine guten Stiefel?«

Wieso Republik? Es lebe der König!

Claretta schüttelte ganz leicht ihren Kopf, als würde das Emilios Worte wieder aus ihren Ohren fliegen lassen. Eilig hing sie den Uniformrock zurück in den Schrank und nahm die Stiefel heraus. Bis auf etwas Staub, den sie hinwegpustete, waren sie in Ordnung. Sie folgte dem Capitano auf seiner Runde durch das Zimmer, wartete, bis er ihr gewahr wurde, und reichte ihm die Schuhe.

»So eine Ansprache vor den Bürgern, mhm, da würden so manche Männer kneifen, wissen Sie, *Ragazzina*«, sagte er, wobei er sie nicht einmal ansah, sondern nur auf den Zettel starrte, den er vor sich hertrug. »Das sind die Worte des Bürgermeisters«, seine Faust umklammerte das Papier, als wollte er es jeden Augenblick zerknüllen, »die aus meinem Mund kommen sollen.« Er fuhr sich unschlüssig über den bereits ergrauten Schnauzbart, der seit König Viktor Emanuel III, dem letzten italienischen König, nicht mehr in Mode war. »Dass ich diesem Einfaltspinsel Gregorino einmal meine Stimme leihen muss«, murmelte er vor sich hin, fuhr unwirsch herum und marschierte in Richtung seines Schreibtisches. »Der Allievo soll kommen«, brüllte er, während er sich auf den erstbesten Stuhl fallen ließ, »oder wie meint sie, geben meine Füße diese Stiefel frei?«

Fettbein.

Es klopfte, und der Allievo, ein kaum sechzehnjähriger hagerer Bursche von fast zwei Metern Körpergröße und dem Gesicht eines Zwölfjährigen, betrat mit ehrfurchtsvoll nach vorn gebeugtem Oberkörper den

Raum. »Sie haben gerufen, Capitano«, sagte er mit zittriger Stimme. Der Lehrbursche verbrachte seine Tage, soweit der Capitano sich in der Stazione aufhielt, vor dessen Zimmertür, um sofort zur Stelle zu sein, wenn man etwas von ihm verlangte. Capitano Riccardo Spadaro war kein übermäßig strenger Vorgesetzter, zumindest nicht in dem Maße, wie er es womöglich gern gewesen wäre. Aber er achtete äußerst penibel darauf, dass die Privilegien, die einem Hauptmann der Carabinieri zustanden, auch eingehalten wurden. Dazu gehörte nun mal stets eilfertiges Personal in greifbarer Nähe.

Der Capitano schaute von seinem knittrigen Blatt auf, neigte den Kopf und musterte den Knaben. »Das nicht sachgemäße Tragen einer Uniform ist ein schweres Vergehen«, sagte er wie jemand, der nur darauf gewartet hatte, seine Autorität zur Schau zu stellen. »Männer sind im Krieg schon für weniger erschossen worden.«

Bei mir war es das kaputte Gewehr eines Kameraden. Querschläger. Direkt ins linke Ohr. Dabei war ich schon dabei, meiner Truppe den Rücken zu kehren, heimlich natürlich. Seltsam, wie die Dinge manchmal laufen.

Der Hals des Allievo färbte sich dunkelrot, und im Nu hatte die Farbe seinen Haaransatz erreicht. »Ja, Capitano«, hauchte er tonlos.

»Wieso sieht er dann so aus?«, fuhr der Capitano ihn an, zog sich eine Knoblauchknolle aus seiner Hosentasche und biss herzhaft hinein.

Der Allievo, der ganz offenkundig nicht wusste, wie ihm geschah, bemühte sich sichtbar angestrengt um

Haltung. Trotzdem fiel er jede Sekunde, die verstrich, mehr und mehr in sich zusammen.

Der Capitano streckte den Kopf nach vorn, drehte ihn leicht zur Seite und legte die flache Hand an sein Ohr. »Ich höre?«, sagte er breit kauend.

»Es gibt keine Uniformen in seiner Größe, Capitano«, sagte Claretta zögerlich, wobei sie immer wieder zu der halb fertigen Jacke im Schrank schielte.

»Will die junge Signora mir etwa erzählen, dass die stolze Republik Italien über nicht genügend Stoff verfügt, ihre Polizisten anständig einzukleiden?«, fuhr der Capitano sie in der typisch altväterlichen Manier an, die er immer dann gegenüber Claretta gebrauchte, wenn er mit ihr nicht einer Meinung war. »Oh Mädchen!« Sein warnender Zeigefinger erhob sich hinter dem Wisch mit der Rede. »Er sieht aus, als hätte man ihn in einen Getreidesack gesteckt.« Dann wandte er sich wieder dem Jungen zu. »Bist du sicher, dass die Hose auch im Laufschritt dort bleibt, wo sie hingehört?«, fragte er angriffslustig. »Du kannst die Tagediebe wohl kaum mit deiner Leibwäsche beeindrucken, zumal ich vermute, dass die nicht einmal sauber ist.«

Das Kinn des Allievo lag so tief auf seiner Brust, dass man sein Gesicht kaum noch erkennen konnte. »Ja, Capitano«, flüsterte er.

»Das soll er mir zeigen«, forderte der Capitano. »Wir sind Carabinieri. Selbst ein bunter Hund stößt nicht auf mehr Neugier bei den Menschen. Dessen müssen wir uns in jeder Lebenslage bewusst sein. Die Augen gehören den Gesetzeshütern, die anständigen und die unanständigen, Letztere sind zweifelsohne noch strenger.« Er wedelte mit wachsweicher Hand, als könnte ihm gerade diese zweite Spezies nichts anhaben.

Der Allievo schien kaum noch zu atmen.

»Los! Los! Jemand so Bedeutsames wie der Capitano der Carabinieri von Amalfi schenkt dir seine gesamte Aufmerksamkeit«, sagte er und warf Claretta einen gönnerhaften Blick zu.

Kaum ist der Bürgermeister an Pocken erkrankt, fühlt sich der Capitano auch nicht mehr wohl, dachte Claretta bei sich.

Ich weiß, wie ein Mann aussieht, der Angst hat. Zieht er in den Krieg, oder liest er den Leuten von einem Zettel vor?

Vorsichtig begann der Allievo damit, sich durch das Zimmer zu bewegen.

Der Capitano beobachtete ihn dabei und schien nur darauf zu lauern, dass seine Vorhersage eintraf. Aber dank Clarettas Steppnähten, mit denen sie schon vor einigen Wochen den übrigen Stoff am hinteren Hosenbund des Jungen zusammengeheftet hatte, blieb alles an seinem Platz. Die Hosenbeine und auch die Ärmel durch angestrickte Bündchen auf die richtige Länge zu bringen, ganz so, wie sie es bei ihren vier Söhnen regelmäßig tat, hatte sie sich jedoch nicht gewagt.

Eine Uniform ist nun einmal eine Uniform, selbst wenn sie nur an einem Carabiniere hängt.

»Wenn er fertig ist mit dem Herumstolzieren, kann er mir aus den Stiefeln helfen«, maulte der Capitano sichtbar unzufrieden mit dem Ergebnis und streckte sein rechtes Bein nach vorn. Der Allievo, froh, dieser überaus unangenehmen Rolle entledigt zu sein, kam mit großen Schritten herbei und tat, was man ihm aufgetragen hatte.

»Kriegt dieser Mensch die Pocken«, echauffierte sich der Capitano, während der Junge sich abmühte. »Soll man es denn glauben? Nicht, dass er zu allem Übel noch die komplette Verwaltung angesteckt hat. Na ja, den Unterschied werden wir nicht mitbekommen. Die sitzen dort ohnehin nur auf ihren Stühlen und atmen die Luft weg.« Er lachte schallend. »Ich will mal für das wichtige Stadtoberhaupt hoffen, dass das keine schlechte Ausrede ist. Man kennt das ja bei den Männern aus der Politik. Wenn es darauf ankommt, kneifen sie. Dann muss unsereins ran.« Die Schweißperlen glitzerten auf seinem runden Gesicht. »Ausgerechnet am fünfundzwanzigsten Jahrestag unseres bedeutendsten Denkmals.« Er schnaufte, als müsste er gegen den Widerstand des Leders ankämpfen. »Welches ist das, na?«, fragte er den Allievo, der ihm nun die Ausgehstiefel reichte und dem er, als die Antwort ausblieb, eine Kopfnuss verpasste. »Das Standbild des berühmten Flavio Gioia«, redete er weiter. »Jeder Amalfitani sollte ihn kennen, den Erfinder des Kompasses.« Er beugte sich ein wenig nach vorn, um sich der Aufmerksamkeit des Allievo gewiss sein zu können. »Merke er sich! Auf See gibt es kaum eine wichtigere Gerätschaft. Ohne unsere Erfindung würde die ganze Welt heute noch im Kreis fahren.« Der Gedanke belustigte ihn sichtbar. »Gioia, der größte Mann, den unsere schöne Küste jemals hervorgebracht hat.« Nun drückte er die Schultern nach hinten und streckte den Hals. »Ein Seefahrer«, brummte er wohlig.

Ein Fischer.

»Sehr wohl, Capitano«, sagte der Allievo und entfernte sich in Richtung Tür.

»Aber was rede ich«, rief der Capitano und sprang auf. »Dann kann ich gleich einem Esel das Vaterunser beibringen.« Er stampfte erst mit dem einen und dann mit dem anderen Fuß auf, beugte ein wenig die Knie, als würden die Stiefel so an ihren rechten Platz rutschen, und verzog das Gesicht. »Der Monsignore wird sicher auch da sein«, murmelte er. »Das wäre die erste Festivität, die ihm entginge.«

Claretta bekreuzigte sich im Geiste für die lose Zunge des Capitano.

»Mädchen, meine Uniform«, bat der Capitano und bewegte sich wie jemand, der in nagelneuem Schuhwerk steckte, auf Claretta zu. Nebenbei richtete er seine Hose, fuhr sich mit den flachen Händen über die auf seinem weißen Unterhemd liegenden Hosenträger und schaute Claretta erwartungsvoll an.

Claretta holte die Jacke, half dem Capitano hinein und wischte hinter ihm stehend rasch noch einen Fussel von seiner Schulter.

»Wenn ein Carabiniere seine Paradeuniform trägt, ist entweder der König gestorben oder der Bürgermeister befindet sich im Krankenstand«, scherzte er, während er die Uniform zuknöpfte und sich schwungvoll zu Claretta umwandte, um sich mit weit nach oben gestrecktem Kinn und stolzer Haltung zu präsentieren.

Du lieber Himmel! Claretta blieb fast der Mund offen stehen. Der Capitano sah aus wie ein übervolles Fischernetz, bei dem der Fang erbarmungslos durch die Maschen quoll. Die Knöpfe seiner Jacke standen so dermaßen unter Druck, dass sie jeden Moment abzuplatzen drohten. Seine Arme klebten förmlich am Körper, denn der Stoff ließ absolut keinen Spielraum, sie auch nur ein wenig nach oben zu nehmen, ohne die Nähte auseinanderzureißen. Das Schlimmste jedoch war der steife, goldverzierte Kragen. Er schob das Fleisch des stämmigen Halses nach oben, wo es eine Einheit mit dem Doppelkinn und den Pausbacken des Capitano zu bilden schien. Dieses Gewürge war zweifelsohne auch der Grund dafür, wieso sich sein Gesicht von Sekunde zu Sekunde dunkelroter färbte.

»Wo ist meine Mütze?«, sagte der Capitano nach Luft ringend. »Und der Sergente soll das Automobil vorfahren. Ein Capitano, der zu Fuß kommt, ist wie ein Gaul ohne Eisen.« Sein Blick streifte erst seine linke Brust, an der seine Ordens- und Ehrenzeichen prangten, und fiel dann wie zufällig auf Claretta.

Aufschneider. Lächerlich. Sag mal, Claretta, sind es dreihundert Meter bis zum Hafen oder sogar dreihundertfünfzig, die Signore Hühnerauge nicht zu Fuß bewältigen kann?

»Das Automobil«, hauchte der Allievo mit weit aufgerissenen Augen, um den Satz sogleich noch einmal laut zu wiederholen. »Wir brauchen das Automobil.« Man konnte nicht sagen, ob der Umstand, dass der Fiat aus dem Jahr 1937 bewegt wurde, öfter eintrat als ein

Capitano in einer Paradeuniform. Ohnegleichen versetzte Ersteres die Männer allesamt in helle Aufregung. Entsprechend hastig stob sich der Allievo davon.

»Signora Claretta, ich werde den italienischen Staat würdig vertreten. Dessen können Sie sich gewiss sein«, verkündete der Capitano und stolzierte hinaus. Im Gehen drehte er sich noch einmal um. »Das Bürgermeisteramt hat sicherlich im Nachgang einen kleinen Imbiss vorbereitet. Ich werde mich dort sehen lassen müssen, also rechnen Sie bitte nicht vor dem frühen Nachmittag mit meiner Rückkehr.«

Den siehst du nicht vor morgen früh wieder, und dann braucht er auch noch bis zum Mittag, um seinen Rausch auszuschlafen.

Claretta lächelte höflich und hoffte dabei inständig, dass die Paradeuniform den heutigen Tag überleben würde. Dann schloss sie die Tür. Sie würde jetzt erst einmal in aller Ruhe Großreinemachen, bevor die Hemden des Capitano drankamen. Um die Mittagsstunde war auf dem öffentlichen Waschplatz nie viel los, dann brauchte sie keine Sorge haben, einem Bekannten zu begegnen. Eigentlich ging es ihr dabei nur um Giovanni, ihren Bruder, dem sie keinesfalls erklären wollte, wieso sie mit einem Korb voll fremder Männerbekleidung durch die Stadt lief. Er würde es so oder so nicht gutheißen.

Ich auch nicht. Und ich bin dein Ehemann.

»Du bist tot«, konterte Claretta.

Claretta, der Zustand verbessert sich nicht, je öfter du ihn mir vorhältst. Jetzt zu den wirklich wichtigen Din-

gen. Was gedenkst du am Donnerstag, den 27. September, zu meinen Ehren zu unternehmen?

»Nichts.« Claretta öffnete die großen Flügelfenster, die hinunter zur Via Casamare führten, und leerte erst einmal den Aschenbecher, den der Capitano gewohnheitsmäßig übervoll zurückließ.

Ich verlange, meine Söhne zu sehen. Immerhin haben sie mich seit Monaten nicht besucht. Dein Bruder Giovanni könnte auch mal wieder ein wenig Zeit für seinen Schwager erübrigen. Wegen Michele, na ja, lass den ruhig zu Hause. Mit deinem Vater in der Nähe wird man trübsinnig … Was hast du gesagt?

»Nichts. Ich mache nur meine Arbeit«, erwiderte Claretta und biss sich auf die Zunge. Jeden Samstag stieg sie vom Hügel ihres Dorfes Pontone hinab zum Friedhof von Amalfi und besuchte das Grab ihres Emilios. Selbstverständlich würde sie das auch an seinem Todestag so handhaben, aber egal wie oft sie die wilden Vergissmeinnicht, die Emilios Grabstätte überwucherten, zurechtzupfte und wie viele bunte Sträuße sie auch ablegte, er würde niemals zufrieden mit ihr sein.

Du putzt. Das ist keine Arbeit. Dafür seid ihr Frauen auf der Welt. Außerdem steht dir eine Pause zu, also von Gesetzes wegen. Die Burschen da unten wissen das auch. Kaum dass der Alte außer Haus ist, verziehen sie sich in das hinterste Büro, füllen ihre Kaffeetassen mit Grappa auf und spielen Karten. Unsere anständigen Carabinieri. Tzzz.

»Wenn du meinst, Emilio«, erwiderte Claretta. Fast fünf Monate waren nun vergangen, seit sie das erste

Mal die *Comando Stazione* betreten hatte. Der Capitano brauchte eine Sekretärin, und sie hatte zu ihrer eigenen Überraschung die Stelle bekommen. Emilio war natürlich damit nicht einverstanden gewesen, aber wenn es nach dem ginge, durfte sie nicht einmal allein in die Stadt gehen. Claretta jedoch sah es pragmatisch. Emilio existierte nur noch in ihrem Kopf, was hervorragend dazu taugte, ihn ignorieren zu können, auch wenn sie sich dazu regelmäßig ermahnen musste. Claretta war immer eine fügsame Ehefrau gewesen, aber ob das nach Emilios Ableben noch nottat, daran zweifelte sie hin und wieder schon. Was die beiden lebendigen Männer ihrer Familie anging, ihren Bruder Giovanni und ihren Vater Michele, sah die Sache schon anders aus. Für die beiden musste sie sich jeden kommenden Tag eine neue Ausrede einfallen lassen, wobei Papa Michele ohnehin meist am Strand saß und auf die Wellen starrte. Der Himmel wusste, was ihm dabei durch den Kopf ging. Aber wenn ein Mann fast sein ganzes Leben Fischer und Ehemann war und der liebe Gott ihm von jetzt auf gleich das alles nahm, konnte man den Halt verlieren. Giovanni hingegen stand wie eine Eiche, sofern er nicht besoffen war, was deutlich häufiger der Fall war als die Gelegenheitsarbeiten, die er am Hafen oder für die hiesigen Handwerker verrichtete. Eigentlich verdiente er als Badewärter sein Geld, aber wenn man sich stets und ständig mit den ausländischen Gästen anlegte, konnte man nicht erwarten, sehr gefragt zu sein. Immerhin hatte Claretta mit ihrer Nonna Nunzia eine hervorragende Komplizin. Ihre scharfsinnige und mit allen Wassern gewaschene Großmama unterstützte sie bei allem und wusste, wie man die achttausend Lire, die wöchentlich in Clarettas Lohntüte steckten, so oft herumdrehte, bis man gut und gern das Doppelte davon ausgeben konnte. Abgesehen davon nannte Nunzia das beste Knoblauch-Spaghetti-Rezept an der Amalfiküste ihr eigen. Der Capitano schwor darauf, was für eine Sekretärin überaus nützlich war, wenn man wie Claretta weder besonders flüssig lesen noch sicher schreiben konnte. Daran konnte auch die alte Schreibmaschine, die der Sergente ihr freundlicherweise aus dem Keller geholt hatte, nichts ändern.

Du könntest am Samstag zum Hafen gehen und Thunfisch kaufen. Nach allem, was man so hört, soll die Saison hervorragend sein. Die Jungs würden sich bestimmt über ein Festessen freuen. Die Nonna könnte ihn ja zubereiten, dann ist er auch genießbar. Wenn ihr zur Feier des Tages ein Glas Wein auf mich trinkt, habe ich auch nichts dagegen einzuwenden. Aber nur eins, Claretta. Wir wollen ja nicht, dass du übermütig wirst.

Claretta überlegte kurz. »Ich könnte Andrej einladen«, sagte sie. Beschwingt von der Nadel, die sie mit diesem Vorschlag in Emilios Fleisch gestoßen hatte, kehrten sich die zerkratzten Holzdielen noch mal so gut.

Russen mögen keinen Thunfisch, erst recht nicht, wenn sie Kommunisten sind. Und überhaupt, was soll das bringen? Es geschieht zu meiner Ehre und nicht zu seiner. Der kann sich bei anderen Totenfeiern satt essen, wer weiß denn schon, wie viele bei dem schon im Zahn-

arztstuhl verreckt sind. Wer bin ich denn, dass ich so jemanden durchfüttere?

»Doktor Solowjow ist Zahnarzt und sicherlich der Letzte, der Almosen von dir braucht, noch dazu würde ich den Thunfisch mit meinem Geld bezahlen«, erwiderte Claretta. Die zweite Nadel war auch nicht übel, auch wenn sie den Satz sogleich bereute. Es war nicht anständig, das Blut seines Mannes zu sehr zu reizen. Emilio schien das auch so zu sehen. Er schwieg.

In der Wachstube unter ihr klingelte das Telefon. Claretta vernahm es nur am Rande, denn auf der gegenüberliegenden Straßenseite hatte sich ein Streit entfacht. Zwei Männer, die in Pedros Taverne wohl schon zu tief ins Glas geschaut hatten, stritten lautstark darum, wer für die Zeche aufkommen sollte. Offenbar konnten ihnen die beiden wachhabenden Carabinieri, die normalerweise vor dem Eingang der Stazione positioniert waren, nicht dabei behilflich sein. Ihre Plätze waren nicht besetzt. Jedenfalls endete die Auseinandersetzung in einer handfesten Prügelei direkt unter dem Balkon des Capitano.

»Signora Claretta!« Ohne sich vorher angemessen bemerkbar zu machen, stand plötzlich der Allievo im Türrahmen. Er machte ein Gesicht, als hätte er den Leibhaftigen gesehen. »Signora Claretta!«, japste er erneut, wobei es kaum die paar Treppenstufen in das Obergeschoss gewesen sein konnten, die ihm das Atmen so schwer machten. »Sie müssen kommen. Wir … der Anruf … im alten Convento.« Er presste die Lippen zusammen, schloss die Augen und verharrte kurz in dieser Position. Ganz offenkundig musste er erst seine Gedanken sammeln. Da das anscheinend nicht den gewünschten Effekt hatte, schlug er sich zwei Mal mit der flachen Hand gegen die Stirn. Nun konnte er reden. »Im alten Convento, also, äh, ich meine, dem Grand Hotel dei Cappuccini, wurden zwei Touristen totgemacht«, sagte er, wiegelte aber gleich ab. »Äh, nein, nein. Gabriele, also der Sergente, sagt, ich sollte amtsangemessen sprechen. Die beiden wurden erschossen. So muss es heißen. Sie wurden erschossen.«

Claretta bekam kein Wort heraus, sondern starrte den Jungen an, wobei sie den Besenstil fest mit beiden Händen umklammerte.

»Der Capitano hat darauf bestanden, bei seiner wichtigen Aufgabe nicht gestört zu werden, und …« Er hielt die Luft an und stieß sie hörbar wieder aus. »Gabriele, äh, Sergente Gabriele, er ist doch der Einzige, der das Automobil fahren …«

»Was ist mit den anderen Carabinieri?«, fragte Claretta geistesgegenwärtig.

Der Allievo wagte sich nicht sie anzusehen. »Die sind, na ja, die können … momentan eher schlecht …«

Unter ihnen fiel geräuschvoll eine Tür ins Schloss, und jemand trällerte den Refrain eines beliebten italienischen Soldatenliedes, dessen letzte Zeile im schallenden Gelächter der anderen unterging.

Der Grappa, dachte Claretta.

»Waren Sie schon einmal im Grand Hotel?«, wollte der Allievo schüchtern wissen, wobei er nervös von einem Bein auf das andere trat.

Das war es nicht, was Claretta sorgte. Die beiden toten Touristen taugten schon eher dazu, ob totgemacht oder erschossen. Das Ergebnis blieb das Gleiche. Leider.

Zwei

Signora, nichts für ungut …« Signore Salvo Fusco, der Hoteldirektor des Grand Hotels dei Cappuccini, ließ seine hinter dicken Brillengläsern verborgenen Augen zwischen Claretta und dem Allievo hin und her wandern. »Das ist keine Angelegenheit für eine Frau.« Der kahlköpfige Mann, der aufgrund seines fortgeschrittenen Alters von leicht gebückter Statur war, konnte seinen skeptischen Widerwillen kaum verbergen. »Und Sie sind ganz sicher nicht die Mutter des Carabiniere hier?«, fragte er zaudernd. »Dann könnte ich verstehen, denn er scheint mir noch ziemlich jung …«, er räusperte sich, »aber es ändert nichts daran, dass sie keinen Zugang erhalten.«

»Ich bin die Se… äh die Verbrechensprotokollantin des Capitano, und der Allievo ist der beste Tatortzeichner der Stadt«, erklärte Claretta, wobei sie sich zusammenreißen musste, dass ihre Stimme ihr vor Angst nicht wegbrach. »Der Capitano schickt uns, da er wegen einer anderen überaus heiklen Aufgabe verhindert ist, etwas Politisches, wenn Sie verstehen.« Bei dem letzten Satz, der nichts als eine schändliche Übertreibung war, drohte Claretta förmlich das Herz aus der Brust zu springen. Prete Desiderio oder gar Monsignore Marini würden so etwas niemals gutheißen, ganz zu schweigen von … Sie hörte in sich hinein, aber Emilio blieb still.

Der Allievo schaute Claretta entgeistert an, bestätigte die Aussage jedoch dann durch eine so übertriebene Kopfbewegung, dass jeder noch so unbedarfte Mensch den Schwindel förmlich riechen konnte.

»Eine Frau bei den Carabinieri?«, murmelte der Direktor und schien die Welt nicht mehr zu verstehen. »Von so etwas habe ich noch nie gehört.« Er stierte auf das vor ihm stehende Telefon, als erwartete er einen Anruf, der ihm diese Ungeheuerlichkeit bestätigen konnte. »Verbrechensprotokollantin, sagen Sie?« Dann drehte er sich dem Allievo zu. »Und ein Kind als Tatortzeichner?« Er schüttelte ungläubig den Kopf und murmelte: »Seit dem Krieg steht dieses Land Kopf, und ich bin mir nicht sicher, ob es jemals wieder auf die Füße fällt.«

Claretta wagte nicht einmal zu nicken. Noch eine Lüge, auch wenn es sich nur um deren Wiederholung handelte, konnte sie nicht mit sich ausmachen. Wenn sie hier ungeschoren rauskam, würde sie zur Beichte gehen, auf direktem Weg. Es war besser, sich diese Sünde umgehend abnehmen zu lassen. Außerdem hatte Prete Desiderio schon viel zu lange auf sie verzichten müssen. Das machte keinen guten Eindruck. Manchmal dachte sie, der Prete führte Buch darüber, wie oft seine Schäfchen ihre Sünden bekannten, und wenn eines überfällig war, bekam er das Kribbeln in den Beinen. Prete Desiderio benahm sich jedenfalls so, wenn man ihm dann begegnete. Claretta würde ihn durchaus öfter besuchen gehen, wenn sie denn nur etwas Interessantes zu berichten hätte. Es war ihr schlichtweg peinlich, denn in ihrem Leben passierte nicht viel, also nichts, was der liebe Gott als Verfehlung auffassen könnte. Ja, als Emilio noch gelebt hatte … mhm.

Mein Mädchen, schnurrte Emilio lüstern.

»Und Capitano Spadaro weiß davon?«, fragte er weiter.

»Sie haben doch gerade in der Stazione angerufen und nach uns verlangt«, mischte sich der Allievo trotzig ein. Dabei konnte man ihm ansehen, dass dieser Satz ihm allen Mut abverlangte, er aber Claretta unbedingt zur Seite stehen wollte.

Direktor Fusco fuhr sich angestrengt mit dem Finger über die rechte Augenbraue. »Das ist korrekt. Aber …?« Nachdenkliches Schweigen. »Sie haben sicherlich nichts dagegen, wenn ich Sie begleite. Die Mussoli…«, er räusperte sich, »die Gioia-Suite.« Er bedeutete den beiden mit dem Wedeln seiner Hand, dass sie ihm folgen sollten.

»Gioia? Den Namen habe ich schon einmal gehört«, flüsterte der Allievo, während sie hinter dem Rücken des Direktors die breite Steintreppe in das Obergeschoss hinaufstiegen.

Einfaltspinsel.

Claretta zuckte unter Emilios unerwarteter Wortmeldung zusammen. Voller Spannung wartete sie, ob er noch etwas zu sagen hätte, aber es blieb dabei.

Der Allievo schien das zu bemerken und misszuverstehen. »Sie brauchen sich nicht fürchten, Signora Claretta«, sagte er leise. »Ich kümmere mich um alles, immerhin habe ich schon Erfahrung mit Verbrechen.« Er schaute sie schweigend von der Seite an. »Ich würde sie auch verteidigen, mit allem, was ich habe.«

Oberarme wie Capellini. Geliebtes Italien, du bist verloren!

»Meine Mama sagt, ein anständiger Mann gibt für eine Frau sein Leben«, fuhr der Allievo fort. »Außerdem sind Sie immer nett zu mir.«

Dem Hoteldirektor, der offenbar Ohrenzeuge war, entfuhr ein mitleidiger Seufzer. »Da wären wir!«, verkündete er und hielt vor einer der Zimmertüren.

»Gioia«, las der Allievo die goldene Schrift auf dem Holz laut und unter holprigem Zusammenziehen der Buchstaben, worauf der Direktor ihn abschätzig musterte.

»Er zeichnet sehr gut«, sagte Claretta wie zur Entschuldigung.

Der Allievo senkte beschämt den Kopf.

»Nun ja«, kommentierte der Direktor voller Skepsis, öffnete die Tür und ließ Claretta und den Allievo eintreten. Dann versicherte er sich mit zwei schnellen Kopfbewegungen, dass niemand weiter auf dem Flur zugegen war, und folgte den beiden, wobei er umgehend die Tür wieder hinter sich zudrückte und den Schlüssel im Schloss drehte. Dabei tat er so, als würde er Clarettas aufmerksamen Blick nicht bemerken. »Wenn ich sie in das Badezimmer führen dürfte«, sagte er und eilte durch den Salon.

Claretta ging ihm nach, wobei sie im Augenwinkel sah, wie der Allievo förmlich starr mit in den Nacken gelegtem Kopf und offenem Mund die Räumlichkeiten bestaunte. Der Salon, wie der Direktor das Zimmer genannt hatte, entsprach in etwa der unteren Etage von Großmama Nunzias Häuschen, das die Familie Lépore gemeinsam bewohnte. Durch die Scheiben der vier großen Fenster fiel die Sonne und ließ die eleganten Möbel aus Nussbaum, den Parkettboden, die flauschigen Teppiche und die beige Stofftapete noch heller und schöner erstrahlen, als sie ohnehin schon waren. Die mit goldenen Kordeln gebundenen Vorhänge trugen aufgestickte rosa Röschen, die so lieblich daherkamen, dass Claretta unweigerlich an ihr Hochzeitskleid denken musste. Ihre Mutter hatte zwei Nächte damit verbracht, das Kleid, das sie selbst bereits getragen hatte, für Claretta anzupassen. Und da jede Frau am wichtigsten Tag ihres Lebens etwas Besonderes sein sollte, hatte Clarettas Brautkleid zudem kleine, aus weißem Zwirn genähte Rosen bekommen. Ohne darüber nachzudenken, stoppte sie vor einem der Fenster und strich sanft mit dem Handrücken über den Stoff. Der Hoteldirektor, der bemerkt zu haben schien, dass niemand ihm folgte, blieb im Nachbarzimmer stehen und schaute sie durch die offen stehende Flügeltür an. Seine zusammengekniffenen Augenbrauen ließen keinen Zweifel daran, dass ihm die Verzögerung nicht behagte. Noch dazu schien es ihm äußerst unangebracht zu sein, wenn jemand auf unverhohlene Weise anderer Leute Luxus anstarrte, zumal wenn derjenige darüber sein eigentliches Geschäft vernachlässigte. »Alle unsere Suiten verfügen über Meerblick. Das ist das Mindeste, was wir für unsere Gäste tun können. Seit 1885«, ließ er sie dennoch wissen.

Claretta hob den Kopf und schaute hinaus. Da lag es, das tiefblaue Meer, das jeder Amalfitani wie einen Freund liebte und die Fremden anzog. Vor dem Krieg war Amalfi bereits ein Geheimtipp für vornehme Amerikaner, Engländer und zuweilen auch Deutsche gewesen. Sie kamen, flanierten mit ihren teuren Kleidern am Strand und gerieten in Verzückung, wenn sie die barfüßigen, schmutzbeschmierten Kinder entdeckten, die begleitet von der einzigen Ziege, die die Familie besaß, durch die engen Straßen liefen und für ein paar Centesimo Kunststücke aufführten. Im Krieg waren die illustren Gäste fast gänzlich ausgeblieben, was die Amalfitani, die ohnehin lieber unter ihresgleichen lebten, nicht sonderlich berührt hätte, wenn da nicht die fehlenden Einnahmen gewesen wären. Aber kaum hatten die letzten Uniformierten den Küstenstreifen verlassen, waren sie zurückgekommen, vermögender, verrückter und zu aller Erstaunen noch zahlreicher. Neben der Handvoll größerer Hotels versuchte sich mittlerweile der ein oder andere Einheimische, soweit er dazu in der Lage war, im Gastgewerbe. Das Land war so reizvoll wie arm, aber am Ende hatte das Meer sie alle immer ernährt. Wenn man auf die Fischerei, die sich seit dem Krieg nicht mehr erholt hatte, nicht mehr zählen konnte, dann musste es andere Mittel und Wege geben, selbst wenn es nur Feriengäste waren. Die See würde es richten, ganz so, wie sie es immer getan hatte.

»Wenn Sie bitte hier …«, hob der Hoteldirektor hörbar ungeduldig an.

Claretta ließ von den Gardinen ab und betrat das Schlafzimmer. Der Raum, der im Dämmerlicht der zugezogenen Fensterstores lag, war gänzlich in Blau gehalten. Er wurde von einem riesigen, bis zur Decke reichenden Himmelbett dominiert, dessen Tagesdecke so glatt über das Bettzeug gespannt war, dass man meinen konnte, sie wäre daraufgebügelt worden. Obwohl das Zimmer etwas kleiner ausfiel als der Salon, wirkte es durch zwei rechts und links vom Bett aufgestellte mannshohe Spiegel noch geräumiger. In einer Ecke gab es einen großen Kleiderschrank, der weit geöffnet war. An der Innenseite der linken Tür hing ein Bügel mit einem eleganten dunkelgrünen Abendkleid, dessen Glitzern Claretta auch bei dem diffusen Licht nicht entging. Davor standen zwei große Reisekoffer, wobei nur einer von ihnen geöffnet war. Die Luft war schwül und von der salzigen Brise des Meeres geschwängert. Darüber lag aber noch etwas anderes, wesentlich Stärkeres, was Claretta vor lauter Wohlgefallen förmlich in der Nase kitzelte und dessen Intensität sich mit jedem Schritt noch verstärkte. Da sie es nicht wagte, den Direktor noch einmal warten zu lassen, sog sie den Geruch tief ein und ging weiter. Sollte es sich hierbei um ein Parfüm handeln, dann war das der bezauberndste Duft, der ihr jemals untergekommen war.

»Signora, ich möchte Sie ausdrücklich noch einmal warnen«, sagte der Direktor, der auf der Türschwelle stehen geblieben war und den Lichtschalter in dem offenkundig fensterlosen Raum bedient hatte. »Vielleicht sollte lieber erst der Tatortzeichner …« Er betonte das Wort, als wäre es soeben erst erfunden worden. »… also der junge Carabiniere kommen.« Mit gestrecktem Hals hielt er nach dem Allievo Ausschau, aber der hatte noch nicht einmal den Nebenraum erreicht, so überwältigt war er von all der Pracht.

Claretta trat schweigend neben den Direktor, der sie aufmerksam von der Seite musterte.

»Wer sind die Herrschaften?«, fragte sie, wobei ihr die Worte fast im Hals stecken geblieben wären. Nie zuvor in ihrem Leben hatte sie einen toten Menschen gesehen. Beim letzten Fall des Capitano, die toten Bauern am Fuße des Torre dello Ziro, hatte man die Leichen schon weggebracht, als sie sich heimlich in das Haus geschlichen hatte. Der Nonno, ihr Großvater, war irgendwann auf seinem Boot hinausgefahren und nie mehr zurückgekehrt. Ihre Mutter starb im Krankenhaus an einer Tuberkulose, worauf man der Familie aufgrund der Ansteckungsgefahr den offenen Sarg verweigert hatte. Und was Emilio anging, keine Armee der Welt brachte es fertig, den Angehörigen einen Kopfschuss zu präsentieren, selbst wenn der Bestatter ein Meister seines Fachs war. Claretta hätte ihren Mann ohnehin so tot nicht sehen wollen, denn man wusste ja nie, was sich in seinen eigenen Erinnerungen alles festsetzte. Emilio war zu Lebzeiten ein ausnehmend attraktiver Mann gewesen, etwas klein gewachsen, aber hübsch, und nicht anders wollte sie ihn in ihrer Erinnerung behalten.

Recht hast du. Und jetzt schließt du die Augen, drehst

dich um und gehst nach Hause. Du hast lange genug deine Zeit mit dem dicken Capitano vergeudet. Polizeiarbeit ist nichts für eine Frau, wie eine Anstellung erst recht nichts für ein Weib ist.

Claretta ballte die Fäuste. Sie wollte die Sekretärin des Capitano sein, also würde sie das hier aushalten. Wieso wussten eigentlich ausgerechnet die Männer immer besser, zu was eine Frau fähig war?

»Geht es Ihnen gut, Signora?«, fragte der Hoteldirektor besorgt. »Sie sehen so bleich aus.«

»Es ist nichts, nur die stickige Luft«, flunkerte sie, ohne den Blick von dem Paar zu lassen. Es war ein furchtbarer Anblick, der sich ihr auf dem Fliesenboden bot. Die Frau saß, den Kopf zur Seite gelehnt, vor dem Badewannenrand, wobei ihre verrenkten Beine darauf schließen ließen, dass der Mörder sie im Stehen getötet hatte, bevor sie in diese Position gerutscht war. Dem roten Fleck auf ihrer Seidenbluse nach zu urteilen, hatte sie nur einen Schuss abbekommen, aber der war direkt ins Herz gegangen. Auch wenn Claretta glaubte, auf ihrem erstarrten Gesicht noch die Todesangst sehen zu können, musste sie sehr schön gewesen sein. Ihr brünettes Haar wellte sich in großen gedrehten Locken bis auf ihre Schulter hinab, und ihre wohlgeformten Lippen leuchteten so rot wie das Blut, was ihren engen knielangen Rock beschmutzt hatte. Der war durch die unnatürliche Körperhaltung bis hinauf auf ihre Schenkel gerutscht, die Claretta am liebsten mit einem der herumliegenden Handtücher bedeckt hätte. Immerhin war zu viel nacktes Fleisch nichts für den jungen Allievo, so ein Anblick würde nur seinen Charakter verderben. Abgesehen davon gab es auch nach dem Tod so etwas wie Würde, und was eine Dame zu Lebzeiten nicht öffentlich zeigen wollte, das sollte auch danach niemand sehen. Ganz wie alle reichen Ausländerinnen trug sie eine hautfarbene Nylonstrumpfhose, deren verschobene Nähte ihrer Eleganz keinen Abbruch tat. Nur die Schuhe konnte Claretta nicht ausmachen, aber womöglich wurden die nur von dem Mann verdeckt, der halb schräg über den Füßen der Dame zusammengekauert lag. Am Hals war Blut ausgetreten, und sein hellgrauer Tagesanzug wies, soweit Claretta das erkennen konnte, ein Einschussloch auf Bauchhöhe auf. Seine Hand ruhte dicht daneben. Er trug einen dicken silbernen Ehering, der im Vergleich zu dem prunkvollen Siegelring an seinem kleinen Finger nahezu winzig aussah. Seine Haare, die komplett ergraut waren, hingen ihm bis in die Augen hinein, und so derangiert wie seine Kleidung wirkte, schien er mit dem Täter gekämpft oder es zumindest versucht zu haben. Nach der Anordnung der beiden Opfer zu urteilen, hatte er sich schützend vor die Frau gestellt, was beiden am Ende leider nichts genützt hatte.

»Wer sind die Herrschaften?«, fragte Claretta noch einmal und trat auf wackeligen Beinen zwei Schritte näher an die Leichen heran.

Der Hoteldirektor ließ sich mit der Antwort Zeit. »Doktor Theodor Kornmehl und seine Frau Therese«, sagte er irgendwann mit so schwacher Stimme, dass Claretta genau hinhören musste, um ihn zu verstehen. »Gäste unseres Hauses.«

Deutsche. Schon wieder. Wie die Fliegen, dieses Pack.

»Deutsche«, sagte Claretta laut.

Der Hoteldirektor bekam ein nervöses Flackern in den Augen. »Österreicher, aus Wien«, sagte er, wobei sein Tonfall keinerlei Aufgeregtheit erkennen ließ.

Na servus!

»Aus Wien«, wiederholte Claretta, die nichts mit dem Namen anfangen konnte.

Wien ist eine Stadt, die Hauptstadt, du Dummkopf.

»Die beiden wollten hier Urlaub machen«, redete Claretta weiter.

Der Hoteldirektor ließ sie nicht aus den Augen. »Brauchen Sie als Protokollantin nicht Zettel und Stift, oder wie notieren Sie sich das alles?«, fragte er misstrauisch.

Claretta bemerkte, wie ihr Gesicht anfing zu glühen. Erst jetzt fiel ihr auf, dass sie keine Handtasche bei sich hatte, in der man diverse Utensilien vermuten könnte. Aber selbst die hätte, wenn man es nüchtern betrachtete, nichts genützt.

Sie steht mit dem Alphabet auf dem Kriegsfuß, meine kleine Claretta. Egal, wie man es nimmt: Die Zubereitung von Fischgerichten ist ihr auch nicht gegeben, feine Handarbeiten, singen …

»Lass das bleiben!«, fauchte Claretta aufgebracht.

Der Direktor stutzte. »Bitte erlauben Sie, Signora aber ich denke nicht, dass dies der passende Ton …« Den Satz beendete er nicht, denn der Allievo trat ein und schlug im gleichen Augenblick der Länge nach auf dem weißen Marmorfußboden auf.

***

»Da in der Wand, mit goldenen Hähnen«, sagte der Allievo mit schwerer Zunge. »Ein weißer Abort aus Porzellan ... kein Donnerbalken wie bei uns zu Hause. Und es riecht so gut ...« Bevor er weiterreden konnte, hielt ihm Claretta das Glas Wasser an den Mund, was der Hoteldirektor ihr gegeben hatte; zuvor hatten sie ihn noch halb benommen ins Schlafzimmer gebracht und dort auf einen Stuhl gesetzt. Der Allievo trank mit den weit geöffneten Augen eines Kindes, das sich in einem Märchenland wähnte.

»Geben Sie dem Kerl einen Grappa. Das ist ja lächerlich«, sagte der Direktor ungehalten. »Eine Frau und ein Kind, ich hab's gewusst«, murmelte er zu sich selbst und streckte Claretta ein weiteres Glas hin, aus dem der unverwechselbare würzige Duft des Schnapses strömte. Den hatte er einer kleinen im Salon stehenden Anrichte entnommen, die nur für diesen Zweck gebaut worden zu sein schien. Claretta hätte sich normalerweise gefragt, wieso man für Getränke einen eigenen Schrank brauchte, noch dazu in einem Hotelzimmer, aber sie kam nicht dazu. Stattdessen schüttelte sie energisch den Kopf. Ganz sicher würde sie den Jungen nicht an Alkohol heranführen. Das Risiko war durch die anderen Carabinieri, mit denen er jeden Tag zusammenarbeitete, schon groß genug. »Er hat sieben Geschwister und bekommt nicht jeden Tag etwas zu essen«, sagte sie und bemühte sich, den Vorwurf in ihrer Stimme nicht allzu sehr durchklingen zu lassen. Reichtum und Armut lagen nun einmal dicht beieinander, vor allem hier in Amalfi. Dafür konnte man niemanden anklagen, auch nicht, wenn er zu den wenigen Privilegierten gehörte.

Direktor Fusco atmete tief ein. »Komm mit, Junge«, sagte er.

Der Allievo, der noch immer nicht von dem Wasser abgelassen hatte, schaute ihn ängstlich an.

»Komm mit!«, wiederholte er. »Und Sie auch.«

Claretta reagierte nicht, zog dem Jungen Papier und Bleistift aus der Jackentasche und begab sich zurück ins Badezimmer.

»Diese Frauenzimmer!«, knurrte der Hoteldirektor und nahm den Allievo mit sich.

Einen Augenblick später hörte Claretta, wie die Tür der Suite ins Schloss fiel. Nun war sie allein, mit Doktor Theodor Kornmehl und seiner schönen Frau Therese. Ohne die Augen von den beiden zu lassen, zog sie sich einen gepolsterten Hocker heran und ließ sich darauf nieder. Das Papier und den Stift legte sie auf ihren Schoss und faltete die Hände darüber, als wollte sie ein Gebet sprechen. Zweifelsohne sollte man das in einer derartigen Situation tun. Claretta hingegen, die gelernt hatte, ihre Defizite ganz hervorragend zu kompensieren, wenn man vom Zubereiten von Fischgerichten absah, machte sich daran, jedes noch so kleine Detail zu registrieren und in ihrem fotografischen Gedächtnis abzuspeichern.

Meinen zerschossenen Kopf wolltest du nicht sehen, aber hier starrst du wie unsere Jungs, als ich damals die neun Kilogramm schwere Brasse mit nach Hause gebracht habe.

»Fünf Kilo«, verbesserte Claretta.

Neun. Du hast es mit den Zahlen genauso wie mit den Buchstaben.

Großmama Nunzia hatte den Fisch damals in Clarettas Beisein gewogen. Aber da sich Emilios angeborene Aufschneiderei durch nichts und niemanden im Zaum halten ließ, sparte sie sich einen erneuten Widerspruch. Außerdem hatte sie eine Aufgabe, eine höchst wichtige obendrein.

Doktor Kornmehl war zweifelsfrei etwas älter als seine Frau Gemahlin. Seine Hände, insbesondere die Fingernägel, waren sauber und wiesen keinerlei Schwielen auf. Womit auch immer er sein Geld verdiente, körperlich schwere Arbeit war es nicht.

Hast du schon einmal einen Doktor gesehen, der Steine schleppt oder Dreck schaufelt? Dummerchen!

»Dann mach du doch weiter«, forderte sie. »Was fällt dir auf?«

Die sehen aus, als könnten sie Lire kacken, aber garantiert nicht von ihrer eigenen Arbeit. Trotzdem müssen sie sich erholen. Der Himmel weiß von was! Deswegen sind sie hier, damit wir sie den lieben langen Tag bedienen können. Außerdem lieben die Reichen es, sich das Elend der anderen anzusehen. Dann fühlen sie sich noch erhabener.

»Du hörst dich schon wie Giovanni an«, beschwerte sich Claretta. »Du kennst die beiden überhaupt nicht und schon verurteilst du sie.«

Dein Bruder ist ein kluger Mann.

»Das Geld von den Feriengästen nimmt er trotzdem gern«, erwiderte Claretta.

Ich sage es ja, ein kluger Mann.

Claretta erhob sich, trat direkt vor den toten Signore Kornmehl und beugte sich leicht zu ihm herunter. Mit zittriger Hand fasste sie nach dem Revers seiner Jacke und klappte es daran ziehend auf.

Die Brieftasche. Das ist mein Mädchen.

Claretta öffnete das Portemonnaie, aus dem ein ganzes Bündel fremder Geldscheine quoll, schloss es sogleich wieder und steckte es zurück.

Was soll das? Mein Vetter Mario wechselt dir das. No problemo! Der Winter naht. Denk an die Jungs und ihre kleinen kalten Füße. Claretta!

Claretta hörte nichts, sondern griff nach dem Pass, der ebenfalls in der Innentasche des Sakkos steckte.

Was willst du denn damit? Im Krieg hätte der womöglich anständig was eingebracht. Heute doch nicht mehr!

Das hellrosafarbene Büchlein war leicht vergilbt und an den Ecken eingerissen. Auf der Vorderseite stand mit blauer Tinte ein unleserlich geschriebener Name, dessen letztes Drittel durch Wasserflecken verschmiert war. Claretta öffnete das Dokument. Dieses Mal hatte man sich mit dem Namen mehr Mühe gegeben. Sie fuhr langsam mit ihrem Zeigefinger über die Buchstaben. »Kornmehl«, kein Zweifel. Das auf der nächsten Seite klebende Foto zeigte den Mann, der zu ihren Füßen lag. Er war deutlich jünger, aber die Ähnlichkeit war unverkennbar. »Wien. 12. August 1932.« Das musste das

Datum der Ausstellung sein. Claretta schaute prüfend auf den Mann. Ganz sicher nicht das Geburtsdatum, nein. Sie blätterte weiter. »3. Januar 1900.« Wieder fiel ihr Blick auf den Leichnam. Er war einundfünfzig Jahre alt geworden, stellte sie mitleidsvoll fest.

Das langt doch. Bedenke, ich war erst vierundzwanzig. Über zwanzig Jahre mehr hätte ich mich gefreut.

»Zeig mir den Menschen, der freiwillig sterben will, egal in welchem Alter«, sagte Claretta und betrachtete die letzte Seite des Papieres. Dort gab es zwei alte Stempel in verblichenem Blau. Frontiera Italiana, Entrata 12. Mai 1934 und Uscita 25. Juni 1934 war darauf zu lesen. Darunter klebte ein neuer: Entrata 23. September 1951.

Da hast du es, andauernd nur Ferien.

Claretta blätterte den Reisepass durch, es blieb bei den Einträgen. Doktor Kornmehl war vor siebzehn Jahren letztmalig in Italien gewesen. Bis gestern. Claretta machte einen Schritt zur Seite und streckte den Kopf aus der Tür, um das Schlafzimmer noch einmal in Augenschein zu nehmen. Das Paar hatte es nicht einmal geschafft, seine Koffer auszupacken. Lediglich das Kleid, das sie vermutlich zum gestrigen Abendessen tragen wollte, war herausgenommen worden. Sie ging zurück und verstaute den Pass wieder an seinem Platz. Wenn der Capitano kam, was fraglos irgendwann passieren würde, sollte er alles so vorfinden, wie es gewesen war. Dann betrachtete sie die Frau. Therese, ein schöner Name. Ganz automatisch fuhr Clarettas Hand nach vorn und sie streichelte ihr über das glänzende

Haar. Es war samtweich. Sie nahm den Arm zurück und roch an ihren Fingern. Wundervoll. »Parfümierte Haare«, seufzte sie.

Ich rieche Zigarettenrauch.

Claretta wiederholte die Prozedur noch einmal. Emilio hatte recht. Da war Rauch, nur ganz dezent, aber immerhin.

Eine Unsitte für eine Frau.

Claretta war das gleich. Sie hatte jetzt nur Augen für die dunkelroten Steine in den Ohrläppchen der Dame, die ganz hervorragend auf den Anhänger der Kette, die ihren Hals zierte, abgestimmt waren. Dabei handelte es sich um eine auffallend fein gearbeitete Rosenblüte, die von einem fünfzackigen Stern umrahmt wurde, der wiederum ebenfalls eine beträchtliche Anzahl an Edelsteinen trug. Sie war überwältigend schön. Bestimmt besaß die Signora noch mehr Schmuck, aber nichts davon, da war sich Claretta sicher, konnte dieses Geschmeide übertreffen. Unweigerlich dachte sie an die kleinen Schmuckkästchen, die nach allem, was sie gehört hatte, alle wohlhabenden Frauen besaßen. Es musste wundervoll sein, wenn man es so nach Lust und Laune öffnen und die Kostbarkeiten bestaunen konnte.

Vor allem kommt Freude auf, wenn der Pfandleiher einem dafür die Scheine über den Tisch schiebt.

»Der Pfandleiher«, entfuhr es Claretta, die vor Schreck beide Hände gegen ihren Busen hielt. Den hatte sie völlig vergessen. Vor einem halben Jahr war sie mit dem Ehering, ihrem einzigen Schmuck, dort gewesen. Die Jungs hatten Ziegenpeter gehabt und dringend Medizin gebraucht … Der Herr stehe ihr bei! Schon lange wollte sie den Ring zurückgeholt haben. Oh, wie konnte sie nur? In ihrer Not warf sie den Kopf nach hinten und betrachtete die Zimmerdecke. »Jetzt sag doch was, Emilio, es tut mir leid. Wirklich«, flehte sie.

»Signora Claretta?«

Claretta fuhr wie vom Donner gerührt herum. Ihr Herz schien keinen Schlag mehr zu tun, und sie hätte auch nicht sagen können, ob sie noch alle Sinne beieinanderhatte oder schon ohnmächtig zu Boden gegangen war.

»Signora Claretta. Was machen Sie hier?« Sergente Gabriele stand im Türrahmen und schaute sie verwundert an.

Claretta bekam kein Wort über die Lippen. Stattdessen wanderten ihre bangen Blicke zwischen den Toten und dem Sergente hin und her.

»Sie sind ganz weiß um die Nase«, sagte der Sergente. »Kommen Sie, das ist kein Ort für eine Frau.«

Claretta betrachtete den Ringfinger ihrer rechten Hand, an der man nicht einmal mehr den vom Ring verbliebenen weißen Streifen sehen konnte, der sich so lange auf ihrer tiefbraunen Haut gezeigt hatte. »Wo ist der Capitano?«, hauchte sie.

»Bei den Feierlichkeiten. Der Hoteldirektor Signore Fusco hat einen Pagen geschickt, um ihn zu informieren. Der Capitano ist jedoch unabkömmlich.« Der Sergente verzog den Mund, sodass man ahnen konnte, was den Capitano zurückhielt. »Er hat mich abgestellt. Aber ich konnte ja nicht ahnen, dass …«

»Der Allievo bat mich, ihn zu begleiten«, antwortete Claretta, die sich so langsam wieder sammelte.

Das Gesicht des Sergente verfinsterte sich.

Claretta wiegelte ab. »Nein, nein, das habe ich gern gemacht, noch dazu, da der Junge heute etwas kränkelt.«

»Signora Claretta, Sie glauben nicht …«, rief der Allievo schon von Weitem und stoppte, nachdem er dem Sergente gewahr wurde. »Gabriele, ich … du bist …«, stammelte er, wobei man an seinen fettigen Lippen noch erkennen konnte, dass er etwas gegessen haben musste. Dass der Schmaus ganz hervorragend gewesen war, stand ihm in den leuchtenden Augen geschrieben.

»Du begleitest die Signora zurück auf die Stazione«, kommandierte Gabriele ungehalten. »Dann benachrichtigst du umgehend den Doktor und die Leichenträger. *Avanti!*«

Noch ehe Claretta sich's versah, hatte sie der Allievo untergehakt und aus dem Zimmer geschoben. Im Salon stand der Hoteldirektor und betrachtete die beiden, als hätte er zwei Läuse in seinem Haupthaar ausgemacht. Dabei fiel sein Blick demonstrativ auf das jungfräuliche Blatt Papier in Clarettas Händen. Hastig faltete sie es zusammen, um es sogleich in der Jackentasche des Allievo verschwinden zu lassen.

»Eine Frau und ein Kind«, murmelte er während die beiden hinausgingen. Seltsamerweise wirkte er dabei überhaupt nicht mehr so ungehalten wie noch vor einer halben Stunde.

***

Der Capitano wird wütend sein oder sogar Schlimmeres, ging es Claretta in einem fort durch den Kopf, während sie mit schnellen Schritten, den Korb unter dem Arm, zum Waschplatz an der Piazza dei Dogi eilte. Er könnte sie beschuldigen, sein Vertrauen missbraucht zu haben, womit er zweifelsfrei recht hatte. Und dann? Unter diesen Umständen konnte er es sich kaum zumuten, sie weiter zu beschäftigen. Wenn sich Signore Fusco über sie beschwerte, war ohnehin alles aus. Ganz Amalfi würde die Sache zu Ohren kommen. Die Leute redeten gern, und was sie einmal über die Lippen gebracht hatten, vergaßen sie lange Zeit nicht mehr. Was hatte sie sich nur dabei gedacht? Das stand einer Sekretärin nicht zu, ein unangemessener Besuch in einem Grand Hotel, erschlichen durch ein Ammenmärchen. Der Schweiß lief ihr in dicken Tropfen über die Schläfen. Verbrechensprotokollantin. Zugegeben, irgendwie bedeutsam klang das schon. Abgesehen davon war sie das auch, also wenn der Capitano ihr seine Ermittlungsergebnisse von seinem Schreibtisch aus diktierte.

Die du noch niemals mitgeschrieben hast.

Emilios Verschnupfung schien überholt. Etwas früh, wie sie fand.

Du hintergehst den Dicken vom ersten Tag an, indem du ihm weismachst, dass die tadellosen Mitschriften von dir stammen. Dabei heuerst du Solowjow an. Das ist nicht nur Hochstapelei, sondern auch noch hinterhältig.

Claretta wusste, dass Emilio recht hatte, aber trotzdem tat es nicht Not, dass er ihr die Wahrheit so schonungslos entgegenschmetterte. Immerhin sollte er doch dankbar sein, dass sie ihre Jungs allein durchbringen konnte. Selbstverständlich war das in diesen Zeiten ganz sicher nicht. Außerdem, wer hatte denn desertiert und sich dabei auch noch erschießen lassen? Wütend auf sich und irgendwie auch auf Emilio packte sie den Korb auf eine der Steinbänke, griff sich eines der Hemden des Capitano und zog es so schwungvoll durch das Wasser, dass ihre Füße einen ordentlichen Schwapp abbekamen.

»Na, na, Mädchen, lassen Sie mal den Streit mit Ihrem Liebsten nicht an dem unschuldigen Stoff aus. So fein gewirkte Baumwolle ist seit dem Krieg nur noch schwer zu bekommen«, rief ihr eine unweit neben ihr waschende Frau zu.

Claretta deutete ein Nicken an und bemühte sich, die roten Wangen, die sie gewiss vor lauter Scham gerade hatte, wegzuatmen. Behutsam ließ sie das Stück noch einmal durch das Wasser gleiten, wrang es aus und legte es auf dem Rand des Beckens ab. Während sie das tat, bemerkte sie die neugierigen Blicke der Frau.

»Sie sind nicht verheiratet, in Ihrem Alter«, sagte sie, nachdem sie offenbar genügend Zeit hatte, sich Clarettas Hände zu betrachten. »Na ja, wir alle haben Väter und Brüder, die meisten von uns jedenfalls.«

Neugier macht krumme Nasen, sag ihr das, Claretta!

Claretta nickte erneut und wagte es dabei nicht, die Frau anzusehen. Ihr Gesicht sollte mittlerweile glühen, was der Wäscherin hundertprozentig nicht entging und woraus sie vermutlich ihre eigenen Schlüsse zog. Ihrem abrupt und überaus auffällig zur Schau gestelltem Desinteresse nach zu urteilen, tat sie das auch.

Nun weiß die ganze Stadt, was du für eine bist.

»Die Sekretärin des Capitano, mehr nicht«, echauffierte sich Claretta schnaufend, worauf die Frau sie noch einmal ins Visier nahm, sich dann aber erneut und von einem Kopfschütteln begleitet von ihr abwendete.

»Signora Claretta, wie schön Sie zu sehen!« Doktor Andrej Solowjow stand neben ihr und lächelte sie erfreut an. Solowjow, der 1917 aus seiner Heimat geflohen war, unterhielt die einzige Zahnarztpraxis in Amalfi. Der stattliche Mann mit dem dunklen, penibel gestutzten Vollbart und der silbernen Nickelbrille kleidete sich überaus elegant, wozu Sommer wie Winter ein Gehstock mit Elfenbeinknauf zählte, sprach nie viel und schien permanent mit sich und der Welt im Zwiespalt zu sein. Seine Großzügigkeit war stadtbekannt, wobei Claretta aus Anstand und Scham allein ihre vier Söhne davon profitieren ließ, und das auch nur, wenn sie die Behandlung wirklich nicht bezahlen konnte. Der Rest der Familie Lépore brauchte keinen Zahnarzt, und wenn, dann erledigte das Großmama Nunzia mit jeder Menge Grappa und einer Zange. »Unsere letzte Begegnung muss Wochen her sein«, fügte er bedauernd an. »Sie sind immer sehr beschäftigt.«

Claretta unterbrach ihre Arbeit, wischte sich den Schweiß und damit ein paar angeklebte Haarsträhnen aus dem Gesicht und grüßte herzlich zurück.

»So viel zu tun«, stellte er fest, wobei er seine neugierigen Augen über die Wäschestücke wandern ließ. Dabei schien er das Gesehene für sich nicht einordnen zu können.

Genau, du alter Bolschewik, sie wäscht Männersachen, und die sind nicht deine.

»Sie bringen Ihre Wäsche aus dem Dorf hier hinunter …?«, hob Solowjow enttäuscht an.

»Der Capitano ist immer viel beschäftigt. Er hat doch sonst niemanden«, erklärte Claretta eilig, bevor der Doktor etwas sagen musste, was ihm womöglich hinterher peinlich sein könnte.

Egal was sie macht. Sie wird niemals deine Frau.

»Abwarten«, sagte Claretta, um es Emilio heimzuzahlen.

»Worauf?«, fragte Solowjow verwundert.

Claretta senkte genant den Kopf. »Ich dachte nur, Sie hätten etwas Zeit und wir könnten, wenn ich hier fertig bin, ein paar Schritte gemeinsam gehen.«

»Zustände sind das hier!«, beschwerte sich die Wäscherin von nebenan, pfefferte demonstrativ ein letztes Kleidungsstück in ihren Korb und stapfte schimpfend davon. »Früher war das einmal ein anständiger Wäscheplatz, aber was wissen die jungen Dinger schon davon!«

»Aber selbstverständlich gern«, entgegnete Solowjow, und man konnte ihm den Mut, den er durch Clarettas Einladung gefasst hatte, ansehen. »Wenn Sie möchten, trage ich die Wäsche für Sie. So nass ist das hinauf zur *Comando Stazione* zu schwer für eine Frau.«

»Ich will Ihnen aber keine Umstände machen«, entgegnete Claretta fast schon ein wenig verlegen. Spätestens seit Emilios Tod war zwischen ihnen beiden eine nahezu herzliche, aber durchaus ungewöhnliche Freundschaft entstanden, angesichts ihres Altersunterschieds als auch der unterschiedlichen Herkunft. Dass Solowjow höchstwahrscheinlich gern darüber hinaus gehen würde, konnte Claretta nur vermuten. Er war zu anständig und sicherlich auch zu schüchtern, um jemals darüber ein Wort zu verlieren. Was Claretta ihm im Falle eines Falles antworten würde, wusste sie selbst nicht so genau. In den ersten Jahren nach Emilios Tod hatte sie öfter darüber nachgedacht. Wenn einen nachts die Sorgen übermannten, griff man nach jedem Strohhalm, der sich einem bot. Aber genau das sollte die Liebe nicht sein, ein Mittel zum Zweck. Der Freund Andrej war ihr zu teuer, um sich allein getrieben von den eigenen Befürchtungen in sein Leben einzuschleichen. Das hatte kein Mann verdient.

»Ach wo!«, entgegnete er begeistert. »Heute ist mein freier Nachmittag und ich freue mich, Ihnen helfen zu können.«

Das kann ich mir vorstellen. Schürzenjäger Stalins!

»Was haben Sie denn auf dem Herzen?«, fragte er noch, bevor Claretta etwas sagen konnte.

Sie ließ von dem letzten Hemd ab und schaute ihn erstaunt an.

»Immer, wenn Ihre Nasenflügel zucken, ist etwas Aufregendes passiert«, entgegnete er.

Was gehen den denn deine Nasenflügel an? Der wird doch wirklich so langsam zudringlich.

Claretta fasste sich unwillkürlich ins Gesicht, worauf Solowjow herzhaft lachte. »Woher … also … wieso …?«, antwortete Claretta abgehackt und spürte, wie sie errötete.

Er sagte nichts, sondern schaute sie nur mit durchdringendem Blick an, was sie noch mehr in Verlegenheit brachte. »Was ist passiert?«, fragte er schließlich.

Claretta trat dicht an ihn heran. »Wir haben einen neuen Fall«, flüsterte sie. »Einen Mord an einem Touristenpaar im Grand Hotel. Morgen wird bestimmt etwas in der Zeitung stehen.«

Zwischen seinen Augen zeigten sich dicke Falten. »Sie müssen mir alles erzählen. Unbedingt«, sagte er wissbegierig. »Es braucht doch sicherlich wieder ein Schriftstück für den Capitano, nicht wahr?«

Claretta senkte beschämt den Kopf. Ihr eigenes Unvermögen war die eine Sache, aber die Bredouille, in die sie den Freund dadurch schlimmstenfalls brachte, war unverzeihlich.

Solowjow schien ihr die Bedenken anzusehen. »Oh bitte, ich möchte mich keineswegs aufdrängen. Wenn so etwas nicht notwendig ist, müssen Sie es nur sagen. Anderenfalls können Sie immer auf mich zählen.« Er beugte seinen Oberkörper leicht zu ihr herüber. »Ich bin verschwiegen wie ein Grab. Ich würde sogar so weit gehen zu behaupten, dass ich Sie nicht kenne.« Er zwinkerte Claretta ungewohnt keck zu.

»Es ist notwendig«, gab Claretta zurück. »Sehr sogar.« Nebenbei versuchte sie in seinem Gesicht zu lesen, aber erfolglos wie eh und je. Sie konnte nicht sagen, ob Solowjow nur ihretwegen so eifrig bei der Sache war. Manchmal konnte man meinen, die Verbrecherjagd reizte ihn, da die Aufgabe seinen Verstand kitzelte und ihn ein wenig aus dem Tageseinerlei holte. Vielleicht ging es ihm aber auch um das Geheimnis, das ihn und Claretta damit verband. Einen Mann wie Solowjow brauchte man nicht nach seinen innersten Beweggründen zu fragen. Claretta trat einen Schritt zur Seite und wartete, bis er den Korb aufnahm. Wenig später befanden sie sich auf dem Weg hinauf zur Stazione, und Claretta berichtete ihm ausführlich von ihren Beobachtungen.

»Na, das ist ja mal eine Freude, mein Schwesterchen, mitten am Tag in der Stadt und dann auch noch in Begleitung von einem …« Zu Clarettas Erleichterung schluckte Giovanni das Ende des Satzes herunter. »Ich dachte, jemand wie Sie lässt seine schmutzige Wäsche durch andere in Ordnung bringen«, provozierte Giovanni weiter. Er trug einigermaßen anständige Kleidung und roch markant nach dem billigen Landwein, den sie in den heruntergekommenen Tavernen am Hafen anboten. Dieser Tag würde also auch zur Neige gehen, ohne dass Giovanni eine Lira verdient hatte, dachte Claretta, wagte aber nicht, etwas zu sagen, geschweige denn ihren Bruder überhaupt anzusehen.

»Da liegen Sie offenkundig falsch, mein lieber Signore Lépore«, erwiderte Doktor Solowjow souverän. »Wir Männer sollten uns für nichts zu schade sein.«

Giovanni machte ein abweisendes Gesicht, zog eine Packung Zigaretten nebst Streichhölzern aus seiner Hosentasche hervor, fummelte eine heraus und steckte sie sich mit zusammengekniffenen Augen an, wobei er sein Gegenüber unentwegt musterte. Claretta übersah er dabei großzügig.

»Und was führt Sie in die Stadt?«, fragte Solowjow höflich, wobei er keinen Hehl daraus machte, dass ihn die Antwort wenig interessierte.

Giovanni grinste breit. »Behördenangelegenheiten«, gab er kurz angebunden zurück. Dann fuhr er sich mit dem Finger über die Zungenspitze, auf der sich offenbar ein Tabakkrümelchen befand, und nahm den nächsten Zug. »Was auch immer du hier machst, Claretta«, hob er an und brachte es tatsächlich fertig, seine Schwester einmal anzuschauen. »Du solltest heute pünktlich zu Hause sein. Wir haben etwas zu feiern.« Ohne ihre Reaktion abzuwarten, wandte er sich um und schlenderte pfeifend davon. Ein paar Meter entfernt drehte er sich noch einmal zu den beiden um. »Wenn du den heiraten willst, dann warte bitte, bis ich in den Staaten bin. Die Blamage eines Kommunistenschwagers möchte ich mir nicht antun.« Dann bog er um die nächste Hausecke.

»Andrej, bitte entschuldigen Sie …«, hob Claretta an. »Er weiß vor lauter Fusel in seinem Kopf nicht, was er sagt.«

Solowjow bemühte sich um ein entkrampftes Lächeln. »Manche Männer wissen nach einem Krieg einfach nicht mehr, wer sie sind«, sagte er und klang dabei überaus melancholisch. »Da würde ich mich nicht ausnehmen«, fügte er kaum hörbar noch an.

Claretta würde für ihren Bruder einfach mal behaupten, dass er das noch niemals gewusst hat. Allerdings war es früher nicht so schlimm gewesen. Aber irgendetwas hatte sich in der amerikanischen Gefangenschaft in seinem Kopf festgesetzt, das da nicht mehr rausging. Es nagte an ihm, egal was er tat. Dabei tat er meistens nicht viel, außer zu warten. Giovanni wartete auf seine Chance, und die gab es nach seiner Überzeugung nur in Amerika. Allein dort war er im Stande, glücklich zu werden und reich, wobei das für ihn vermutlich ein und dasselbe war.

»Und Sie sagen, das Touristenpaar war kaum im Hotel angekommen«, wechselte Solowjow zu Clarettas Erleichterung umgehend das Thema.

»Der Einreisestempel ist vom Sonntag«, entgegnete Claretta. »Und ihre Koffer waren nahezu unangerührt. Keine umsichtige Frau lässt ihre Kleidung unnötig lange eingepackt. Das deutet darauf hin, dass sie keine Zeit mehr dazu hatten.« Claretta dachte daran, dass Doktor Kornmehl nicht einmal dazu gekommen war, sein Jacket auszuziehen. Der Mörder musste die beiden kurz nach ihrer Ankunft überrascht haben. Dabei schienen sie ihn jedoch gekannt zu haben, oder wieso sonst sollten sie ihn einfach so in ihre Suite bitten? Das Türschloss jedenfalls hatte hervorragend funktioniert, was nicht darauf hindeutete, dass es sich um einen Einbruch gehandelt hatte. Aber das waren nur ihre dummen Gedanken, und die behielt sie lieber für sich.

Drei

Die Domglocke schlug gerade einmal zehn Uhr, als Claretta die alten Holzstufen unter den schweren Tritten des Capitano knarzen hörte. Kurze Zeit später öffnete sich die Tür, und der Allievo, der die Klinke betätigt hatte, kam förmlich mit dem Rücken am Türblatt klebend in das Büro geflogen, bevor der Capitano eiligen Schrittes an ihm vorbei einmarschierte. »Guten Morgen, Signora Claretta Nazarena Roberta Lépore aus Pontone«, schmetterte er vergnügt. Claretta, die hinter ihrem schmalen Schreibtisch saß und an einem Bleistift kaute, wozu sollten die Dinger ansonsten auch gut sein, sprang auf und nahm unwillkürlich Haltung an. Wenn sie heute die erste Kündigung ihres Lebens entgegennahm, dann würde sie wenigstens versuchen, dies wie ein Mann zu tun.

Ein Mann in einem Rock? Die Rundungen, die er vortäuscht, stehen dir übrigens gar nicht so schlecht. Ist der neu?

Claretta war heute noch weniger als sonst nach Emilios Frechheiten zumute. Sie hatte sich die halbe Nacht unruhig hin und her gewälzt und sich Entschuldigungen ausgedacht, für eine Angelegenheit, die man ihr nicht nachsehen konnte. Wenn eine Frau eigenmächtig handelte, das mochte kein Mann, vor allem nicht, wenn er zu den wichtigsten Männern der Stadt gehörte. Claretta hatte sich aus Hilfsbereitschaft gegenüber dem Allievo Dinge angemaßt, die ihr nicht zustanden. Vielleicht auch ein bisschen aus Neugier, aber nur ein bisschen. Wenn sie ihre Arbeit verlor, traf allein sie die Schuld. Nun gut, ein wenig war auch Emilio daran beteiligt, doch das wollte sie jetzt unter keinen Umständen mit ihm diskutieren. Wenn eine Sorge auf der Schwelle stand, war die nächste nicht weit, sagte Nonna Nunzia immer. So war es auch gekommen. Giovanni war schon die zweite Nacht ausgeblieben, dabei hatte er doch unbedingt mit der ganzen Familie reden wollen. Fraglos war die Familie seine nächtlichen Abenteuer aus Alkohol und leichten Mädchen gewöhnt, aber bei allen Eskapaden hatte er sich immer irgendwann in seinem Bett eingefunden, auch wenn die ersten Hähne schon den Morgen verkündet hatten. Claretta kannte ihren Bruder gut genug, um zu wissen, dass dies nichts Gutes zu bedeuten hatte.

Er wird ein Mädchen haben, der Glückspilz.

Welche Sorte soll das sein, wenn sie sofort die Nächte mit ihm teilt?, dachte Claretta.

Nun …

»Was für ein herrlicher Tag«, frohlockte der Capitano, umrundete zwei Mal Clarettas Schreibtisch, erspähte seine auf dem Balkon flatternden Hemden, nickte ihr wohlwollend zu und richtete sich schließlich auf seinem Platz ein. »Jetzt könnte ich einen heißen und vor allem kräftigen Espresso vertragen.«

Der Allievo signalisierte der verwunderten Claretta,

dass er das übernehmen würde, worauf sie zu ihrem Unbehagen mit dem Capitano allein im Raum zurückblieb.

»Trauen Sie sich ruhig, *Ragazzina*«, bat der Capitano mit forschenden Augen, währenddessen er seine Beine auf dem Schreibtisch übereinanderschlug und sich eine seiner dicksten Zigarren ansteckte.

»Was denn, Capitano?«, fragte Claretta mit versagender Stimme.

Der erwartet so etwas wie eine Beichte von dir. Für wen hält der sich, für den Prete? Ich habe es immer gewusst, die Carabinieri leiden alle an Größenwahn.

Claretta hörte auf zu atmen.

Ein paar dicke Rauchwolken stiegen aus dem Mund des Capitano hinauf an die Decke. »Ihnen drängt es doch zu erfahren, wie meine gestrige Rede vor dem Volk gelaufen ist«, sagte er. »Ich sehe es Ihnen an Ihrer kleinen Nasenspitze an.« Der letzte Satz glich einem viel zu hohen Singsang. »Wenn meine gute Signora Claretta nur nicht so schüchtern wäre, nicht wahr?«

»Ja, Capitano«, entgegnete Claretta, in der sich ein wenig Erleichterung breitmachte. »Wie war Ihre Rede am Denkmal des berühmtesten Amalfitani?«, fragte sie.

Der Capitano genoss sichtbar den Triumph, und er meinte, durch sein Schweigen alles noch spannender zu machen. »Großartig!«, donnerte er schließlich in einem Moment, von dem er sich offenbar die größte Überraschung erhoffte. »Man hat mir förmlich an den Lippen gehangen und mir meine Ausführungen mit einem tosenden Applaus gedankt. Ein Wunder, dass Sie davon in den Gassen von Amalfi noch nichts zu hören bekommen haben, aber wenn man wie meine kleine Signora Claretta nur brav seiner Arbeit nachgeht und sich ansonsten um seine Familie kümmert, bleibt man ein wenig außen vor.« Er bedachte Claretta mit einem undeutbaren Augenzwinkern. Dann schwang er die Beine vom Tisch, was bei seiner Statur etwas schwerfällig wirkte, und erhob sich. Die ungewohnt schnelle Bewegung ließ ihn mit zusammengepressten Augen erstarren. »Wo bleibt denn nun mein Kaffee?«, beschwerte er sich unter dem Reiben seiner Stirn.

Trunkenbold, und das auch noch auf Kosten Italiens.

»Ich sehe nach«, sagte Claretta in der Hoffnung, vor ihm fliehen zu können.

»Nichts da«, wiegelte der Capitano ab. »Ich bin noch nicht fertig.«

Claretta verharrte in ihrer Bewegung. »Ja, Capitano.«

»Sergente Gabriele hat mir von den unerfreulichen Ereignissen berichtet, die sich während meiner Abwesenheit im Grand Hotel dei Cappuccini zugetragen haben«, hob er an. »Man sollte doch meinen, das Verbrechen riecht es förmlich, wenn ich mich anderen bedeutsamen Aufgaben widme. Ich verspreche Ihnen, meine liebe *Ragazzina*, so schnell wird das nicht wieder vorkommen. Das bin ich der Sicherheit unserer Stadt schuldig.«

Der hat seine Rede heruntergestottert, und am Ende ist ihm die Paradeuniform wie ein nass geregneter Pfirsich aufgeplatzt, jede Wette. Dass er sich an den Fischtöpfen nicht zurückhalten konnte, lohnt nicht mal der Erwähnung.

»Ich habe den Sergente angewiesen, Ihnen das Protokoll zu diktieren«, redete er weiter. »Er hat mich ganz nach seinen Fähigkeiten würdig vertreten.«

Es klopfte.

»Mein Espresso«, schlussfolgerte der Capitano. »Endlich. Manchmal fragt man sich wirklich, für was der Allievo seine langen Beine hat, flinker ist er damit jedenfalls nicht.« Wieder glaubte Claretta einen seltsamen Seitenblick des Capitano zu bemerken.

Nichts tat sich.

»Na was denn nun? Er soll reinkommen!«, rief der Capitano ungeduldig.

Die Tür ging auf, aber es war nicht der Allievo, der eintrat.

»Salvo, mein Freund!«, freute sich der Capitano, der den Besuch offenbar nicht erwartet hatte. »Wie schön, dass du es so schnell einrichten konntest.« Kaum wahrnehmbar ließ er seine Augen zu Claretta huschen, um dann umgehend mit ausgestreckten Armen dem altmodisch gekleideten krummen Mann entgegenzugehen.

Claretta war noch nie eine Ohnmacht widerfahren, aber sie fühlte sich, als würde sie gleich umkippen. Bei dem Herrn handelte es sich nämlich um keinen anderen als den Hoteldirektor des Grand Hotels dei Cappuccini, den sie gestern so schäbig angelogen hatte.

»Wenn du rufst, bin ich zur Stelle«, entgegnete Fusco, grüßte Claretta durch ein angedeutetes Kopfnicken und schloss den Capitano in seine Arme. Nachdem die beiden Männer sich voneinander gelöst hatten, wandte der Capitano sich Claretta zu.

»Signora Claretta, diesen Mann müssen Sie kennenlernen. Signore Salvo Fusco ist einer meiner ältesten Freunde. Ihm gehört das schönste und wohl auch teuerste Hotel der Stadt, nicht wahr?« Den Capitano belustigte seine kleine, durchaus herzlich gemeinte Spitze.

Signor Fusco winkte ab. »Du übertreibst.«

»Signora Claretta, habe ich jemals übertrieben?«, fragte der Capitano charmant, und es brauchte nicht viel, um zu bemerken, dass er darauf keine Antwort hören wollte. »Die *Ragazzina* ist übrigens meine Sekretärin. Die kann vielleicht Spaghetti kochen. So etwas bekommt man in deinem Restaurant nicht.« Wieder dröhnte das schallende Lachen des Capitano durch das Büro. »Sie hat da so ein Geheimrezept«, er rieb sich scheinbar geistesabwesend den Schnauzbart, »Olivenöl und Knoblauch sind drin, so viel habe ich schon mitbekommen.« Nun wackelte er mit dem Zeigefinger, als würde er jemandem drohen, wobei seine hohe Stimme eher das Gegenteil suggerierte. »Irgendwann werde ich es herausbekommen, wie ich alles herausbekomme, nicht wahr, meine kleine Signora Claretta?«

Claretta, die sich ertappt fühlte, wusste nicht, wo sie hingucken sollte.

Signore Fusco senkte noch einmal seinen Kopf, dieses Mal aber etwas tiefer. Dann bedachte er Claretta mit einem Blick, der ihr einen Schauer über den Rücken fahren ließ.

Du bist erledigt, Claretta.

Das ist dann wohl so, dachte Claretta. Ohne weiter auf die Männer zu achten, nahm sie ihre Tasche vom Fußboden auf und schob sie sich über den Unterarm.

»Jetzt will sie schon gleich frische Nudeln machen gehen«, frohlockte der Capitano. »Siehst du das, so ein gehorsames Mädchen!« Er faltete die Hände vor seinem dicken Bauch und betrachtete Claretta dankbar. »So ich Ihre Kochkünste auch schätze, meine Liebe, bitte bleiben Sie bei uns. Ich möchte Signore Fusco als Zeugen befragen, und dafür brauche ich jemanden, der seine Aussage protokolliert.« Die Worte waren kaum verklungen, da schob der Capitano seinen Arm unter den seines Freundes und führte ihn zu einem der Stühle vor seinem Schreibtisch. Fusco hatte gerade eben Platz genommen, als es erneut an der Tür klopfte.

»Herein!«, kommandierte der Capitano.

Claretta rannte zur Tür, denn sie wusste, wie ungeschickt der Allievo mit einem vollen Tablett sein konnte. Der Junge kam trotzdem nicht weit. Beim Anblick des Gastes vergaß er, dass er etwas in seinen Händen hielt. Das Servierbrett rauschte samt Geschirr und Espresso mit voller Wucht zu Boden.

»Also, das ist doch wohl ein Tölpel, wie es ihn kein zweites Mal gibt«, erregte sich der Capitano. »Was soll denn Signore Fusco von uns denken? Wie zielsicher schießt denn ein Mann, der nicht einmal einen Kaffee servieren kann?«

Der verdatterte Allievo erhob sich im Schneckentempo, wobei sein Blick auf dem Fußboden klebte. Claretta las derweil die Scherben auf und schob ihn samt den Resten des Gedeckes aus dem Zimmer. Kurze Zeit darauf kniete sie mit einem Lappen auf den Dielen und wischte, dass man meinen konnte, sie wollte das

Bohnerwachs der letzten hundert Jahre gleich mit abscheuern. Indessen plauderten die beiden Männer, und nur Signore Fusco ließ sich hin und wieder ein wenig ablenken und beobachtete Claretta aus dem Augenwinkel.

»Verehrter Riccardo, ich habe dir ein paar von meinen besten Zigarren mitgebracht«, sagte Hoteldirektor Fusco und legte ein Päckchen vor sich auf den Tisch. »Quasi als Anerkennung für deinen großen Auftritt gestern. Man spricht in der Stadt von nichts anderem, also fast.« Die letzten beiden Worte waren kaum zu hören.

Der Capitano wand sich vor Selbstverliebtheit. »Du weißt, dass ich nichts annehmen darf«, gab er zurück und zog im gleichen Atemzug das Mitbringsel zu sich herüber, um es schleunigst in einem der Schubfächer zu verstauen. »Ich will dich wegen der anderen, der unschönen Sache auch nicht lange behelligen. Ich weiß, du bist ein viel beschäftigter Mann.«

Fusco winkte großzügig ab.

»Die beiden waren Stammgäste von dir?«, fragte der Capitano. »Ich hoffe doch nicht.« Sein zweifelsfrei scherzhaft gemeinter Nachsatz rang dem Direktor nicht einmal ein müdes Lächeln ab.

»Das Ehepaar Kornmehl weilte das erste Mal in Amalfi«, sagte Fusco. »Sie sind am Sonntagabend angereist.«

»Oh!«, rief der Capitano betroffen aus. »Hoffentlich haben sie dann wenigstens schon etwas von der Stadt gesehen. Niemand sollte vor seinen Schöpfer treten, bevor er nicht mindestens einmal ausgiebig die Luft unseres wunderbaren Amalfi geschnuppert hat.« Er wackelte mit den Nasenflügeln, als ob er genau das soeben tun würde.

»Das kann man Ihnen nur wünschen«, gab Fusco kurz angebunden zurück.

Claretta, die hinter ihrem Tischchen saß und Kringel auf das vor ihr liegende Blatt malte, horchte gespannt zu.

»Du weißt also nichts über die Leute?«, fragte der Capitano weiter.

»Sie stammen aus Wien«, entgegnete Fusco. »Er soll angeblich ein angesehener Chirurg gewesen sein, aber das weiß ich nur von dem Zimmermädchen, das der Signora das Kleid aufgebügelt hat. Die beiden haben wohl ein klein wenig parliert. Das Mädchen war es auch, die die Herrschaften gestern morgen gefunden hat. Sie wollte das Zimmer richten.«

»Wann genau?«, hakte der Capitano nach, wobei er seinen Hals lang machte, um in Clarettas Sichtfeld zu geraten.

Die verstand den Hinweis, beugte sich eifriger als zuvor über den Zettel und zog noch fettere Linien.

»Kurz vor elf«, sagte Fusco. »Wenige Minuten später habe ich euch alarmiert.«

Die beiden sind weder zum Abendessen noch zum Frühstück erschienen, dachte Claretta. Das muss doch jemandem aufgefallen sein?

Ich sage es dir immer wieder. Misch dich nicht in Dinge ein, für die dir der Verstand fehlt. Die Reichen essen unentwegt und verzichten auf nichts.

»Therese Kornmehl hat ein leichtes Reisekostüm getragen, damit geht man nicht zum Abendessen, nicht in einem Grandhotel und erst recht nicht, wenn man ein so schönes Kleid besitzt«, murmelte Claretta vor sich hin. »Ihre Toilettenartikel hätte sie auch gebraucht.«

»Was meinen Sie, meine Liebe?«, rief der Capitano zu ihr herüber.

Claretta fuhr zusammen. »Ich habe mich nur gefragt, wo der Allievo mit dem neuen Kaffee bleibt«, beeilte sie sich zu sagen.

»Mhm. Man kann froh sein, dass der Krieg vorüber ist, die jungen Männer von heute wären verloren gewesen«, kommentierte der Capitano beiläufig. »Aber weißt du, mein lieber Fusco, ich verstehe nicht, wieso niemandem aufgefallen ist, dass das Paar nach seiner Anreise nicht mehr zu sehen war.« Ein flüchtiger Blick traf Claretta.

»Wir achten die Privatsphäre unserer Gäste«, entgegnete Fusco. »Niemand kann wissen, ob die beiden nicht frisch vermählt sind und …«

Der Capitano fiel ihm feixend ins Wort. »Ah, ich verstehe. Natürlich. Sehr umsichtig von euch. So macht man das in einem Grand Hotel. Ja, ja.« Unverwandt zog er die Schublade heraus, nahm die Zigarre auf, roch daran und legte sie sogleich zurück.

»Ich habe es als meine Pflicht angesehen, all meine Angestellten zu befragen, aber es steht dir natürlich frei, das noch einmal zu tun«, redete Fusco weiter.

»Keine Zeugen?«, fragte der Capitano nach. »Nicht einmal für die Schüsse? Wir beide wissen, wie laut so eine Waffe sein kann, wenn sie abgefeuert wird.«

Dann kriegt erst mal eine Kugel ins Ohr. Das kann nicht jeder verkraften.

Der Hoteldirektor verneinte. »Die meisten Gäste befinden sich in den Abendstunden im Restaurant oder im Foyer. Sonntags spielt auch eine kleine Kapelle zum Tanz auf. Das Personal hat dann alle Hände voll zu tun. Außerdem befindet es sich um diese Zeit ohnehin nicht auf den Etagen der Zimmer, also eigentlich nur, wenn ein Gast einen Wunsch hat.«

»Mhm. Ich verstehe«, antwortete der Capitano und kratzte sich ausgiebig am Hals. »Wieso meinst du, die beiden wurden bereits am Abend umgebracht?«

Das Bett war unbenutzt, die Vorhänge im Schlafzimmer zugezogen, die Zahnbürsten nicht ausgepackt. Claretta fand das alles ziemlich eindeutig.

»Ich weiß es nicht, aber ich würde es vermuten«, erwiderte der Hoteldirektor. »Ich vertraue da aber ganz und gar auf deine Kompetenz.«

»Das kannst du, ganz richtig«, sagte der Capitano. »Nun gut, nun gut. Die beiden waren sehr wohlhabend, wie mir mein Sergente berichtete.«

Fusco erwiderte nichts. Offenkundig widerlief das der Diskretion, der er sich verschrieben hatte.

»Selbstverständlich«, beantwortete sich der Capitano seine Frage selbst. »Wie sonst wären sie zu dir gekommen.«

Fusco beugte sich leicht nach vorn über den Tisch des Capitano. »Es wäre höchst fatal, wenn sich das unter den Ausländern herumspricht. Die Gäste, die wir beherbergen, erwarten mehr als ein paar weiche Daunen und ein Glas Champagner. Das können sie überall haben.«

Der Capitano stutzte sichtbar. »Wo denn? In Amalfi? Interessant.«

Fusco reagierte nicht auf diesen Einwurf. »Du erinnerst dich vielleicht an den Raubüberfall vor ein paar Jahren.«

Der Capitano machte ein nachdenkliches Gesicht. Ihm schien jedoch nicht aufzugehen, wovon sein Gegenüber sprach.

»Die amerikanische Filmschauspielerin«, half ihm Fusco auf die Sprünge. »Der Pudel.«

»Na, das war ein Ding!« Die Erinnerung schien beim Capitano zurückgekehrt zu sein, so sehr, dass er seine Arme nach oben riss und laut aufjauchzte. »Die Klunker und vor allem das Diamanthalsband des Hundes. Wenigstens konnten wir den kleinen Kerl zu seinem Frauchen zurückbringen.«

»Den habt ihr gefunden, jawohl«, erwiderte Fusco, und Claretta glaubte, ein wenig Spott herauszuhören.

Ein Klopfen ließ den Capitano innehalten. Mit einem genervten Wedeln seiner rechten Hand bedeutete er Claretta, dass sie sich kümmern sollte, und sie tat ihm den Gefallen.

»Gib mir das Tablett«, hauchte sie dem Allievo zu, der es kaum wagte, einen Fuß hereinzusetzen.

»Signora Claretta«, flüsterte er erleichtert und reichte es ihr. »Ich habe da auch noch das Protokoll, also Ihren Zettel von gestern«, sagte er weiter. »Allerdings steht da nichts drauf? Ich dachte, Sie brauchen ihn trotzdem.«

Claretta nickte zaghaft, schob das Servierbrett auf ihren linken Unterarm und griff sich das Papier.

»Da war auch noch ein Herr, der etwas für sie abgegeben hat.« Der Allievo fasste in seine andere Tasche und holte ein Kuvert hervor, das er ihr ebenfalls übergab. »Es ist etwas Wichtiges, nicht wahr?«

»Was wird da geflüstert?«, fuhr der Capitano dazwischen. »Wenn es etwas zu sagen gibt, dann bitte laut und deutlich!«

Der Allievo war den Tränen nahe.

»Es geht um die Uniform, Capitano«, sagte Claretta. »Der Allievo bat mich, sie passend zu machen, damit Sie mit ihm zufrieden sind.«

Sieh an, wie leicht dir neuerdings die Lügen über die Lippen kommen. Die Arbeit hat offenkundig einen schlechten Einfluss auf dich.

»Meinetwegen«, wiegelte der Capitano ab und konzentrierte sich wieder voll und ganz auf sein Gespräch mit Fusco.

Claretta betrachtete den Umschlag in ihrer Hand und erkannte Solowjows Handschrift. Es konnte sich nur um das Protokoll handeln. Auf den Freund war Verlass. Glücklicherweise. »Raus mit dir«, beschied Claretta und trat einen Schritt auf den neugierig den Männern lauschenden Allievo zu. Er fügte sich gehorsam, worauf Claretta den Herren die Getränke brachte.

»Dieser Diebstahl war wie eine Seuche«, redete Fusco weiter.

»Wie die Pocken des Bürgermeisters«, ergänzte der Capitano augenscheinlich amüsiert.

»Ich habe keine Ahnung, ob die Diva die Sache in die Zeitung gesetzt oder jedem auf die Nase gebunden hat, jedenfalls hatte ich zwei Jahre darauf kaum internationale Gäste aus dem Filmgeschäft bei mir. Das kann ich mir nicht ein zweites Mal erlauben, verstehst du, Riccardo.«

»Du denkst also, bei den Österreichern läuft das ähnlich«, warf der Capitano ein. »Mhm?« Er fuhr sich über sein schlecht rasiertes rundes Kinn. »So viele sind das nicht, und jemand Berühmten kenne ich da auch nicht.«

Fusco schwieg.

»Nun gut«, redete der Capitano weiter. »Du befürchtest, dein Hotel ist wieder zum Anlaufpunkt für Banditen geworden. Ich verstehe. Ich verstehe.« Er stützte beide Hände auf die Tischplatte und lehnte sich weit darüber. »Ganz im Vertrauen, mein Freund, die Situation ist heute noch schlimmer als vor ein paar Jahren. Man könnte meinen, die halbe Welt lebt nur noch von Unredlichkeiten. Bei uns häufen sich die Einbruchsanzeigen, auch Diebstahl ist hoch im Kurs. Na ja, wenn man einem Kind einen Lutscher unter die Nase hält, greift es danach. So ist der Mensch nun einmal.«

»Wir leben von den Touristen, Riccardo. Dann sollten wir auch für ihre Sicherheit sorgen«, gab Fusco zu bedenken.

»Jedenfalls sollten wir sie wenigstens nicht erschießen«, erwiderte der Capitano grübelnd. »Was hältst du davon, wenn ich einen meiner Männer vor deinem Hotel postiere? Der Allievo wäre dafür wie gemacht.«

Er nickte eifrig. »Gleich heute Nachmittag fängt er an, quasi als kleinen Gefallen unter Freunden. Und sollte der Mörder wiederkommen, sind wir bestens vorbereitet.«

»Tu das, Riccardo«, entgegnete Fusco augenscheinlich wenig beeindruckt, trank seinen Espresso und erhob sich. Nachdem er fast die Tür erreicht hatte, drehte er sich zu Claretta herum. »Es war sehr nett, Sie kennengelernt zu haben«, sagte er bedächtig. »Signora Claretta, Sekretärin der Carabinieri.«

Claretta wollte ebenfalls etwas Höfliches erwidern, aber ihr blieb die Stimme weg.

Ein anständiger Kerl. Immerhin hätte er dich bei dem Dicken ans Messer liefern können.

Das wird sich zeigen, dachte Claretta. Signore Fusco war schlau genug, um zu wissen, dass die Kornmehls nicht ausgeraubt worden waren. Wieso aber hatte er dann mit allem Nachdruck versucht, den Capitano auf genau diese Fährte zu locken?

***

»Der Capitano wird heute Nachmittag noch zurück erwartet«, sagte der Allievo, wobei er die Tür nur einen Spalt breit aufgemacht hatte.

»Ich weiß. Er isst zu Mittag bei Pedro«, entgegnete Claretta, die gerade damit beschäftigt war, den kleinen gusseisernen Ofen im Büro des Capitano anzuheizen.

»Frieren Sie?«, wollte der Allievo wissen.

»Ich muss die Hemden plätten und das macht sich mit

einem kalten Bügeleisen nun mal schlecht«, erwiderte Claretta, die sehr genau mitbekam, dass der Junge nicht für eine allfällige Unterhaltung heraufgekommen war. »Er hat nichts gesagt.«

»Wer?«, wollte der Allievo wissen.

»Signore Fusco, der Hoteldirektor«, entgegnete Claretta. »Er hat uns nicht verraten.«

Der Allievo sagte darauf nichts, aber allein an der Art, wie er die Luft aus seinen Lungen entweichen ließ, konnte man seine Erleichterung hören. »Ich muss in einer Stunde beim Grand Hotel sein«, hauchte er die Worte mehr, als dass er sie sprach. »Das ist eine bedeutsame Aufgabe, sagt der Capitano. Und dass auf meinen Schultern die komplette Verantwortung liegt.« Er fing an, mit seinen schweren Schuhen über den Fußboden zu kratzen. »Ich darf ihn nicht enttäuschen.«

In seinem Alter bin ich schon allein aufs Meer hinausgefahren. Und ihm ist bange, weil er sich am helllichten Tag die Beine vor einem Hotel in den Bauch stehen soll. Italien, du bist verloren!

Claretta ließ von dem Anzündholz ab, erhob sich und umfasste mit ihren Händen die Oberarme des Jungen. »Wenn ein Mann wie der Capitano jemandem eine Aufgabe gibt, dann weiß er auch ganz gewiss, dass derjenige bereit dazu ist.«

Der Allievo schluckte hörbar und schaute Claretta treuherzig an. Irgendwann sagte er: »Der Capitano sieht es nicht gern, wenn wir zu dieser Jahreszeit den Ofen hier oben benutzen. Es ist noch zu heiß und er schwitzt nicht gern, unser Capitano.«

»Es wird ihm ebenso missfallen, wenn er verknitterte Hemden tragen muss«, entgegnete Claretta.

»Sie können gern den Ofen in unserer Stube benutzen«, fuhr der Allievo fort. »Sergente Gabriele hat bestimmt nichts dagegen. Ganz sicher nicht.«

Claretta wollte gerade den Mund öffnen, um ihm zu sagen, dass sie das für keine gute Idee hielt, da durchquerte er schon das Zimmer, um kurz darauf mit den Hemden des Capitano über der Schulter und ihrem Plätteisen in der Hand siegesgewiss wieder hinauszustapfen.

»Aber …?«

Du willst doch nicht etwa allein zwischen diesen ganzen Kerlen da unten … Claretta, versündige dich nicht!

»Es sind Carabinieri«, entgegnete Claretta.

Genau deswegen.

Emilio schimpfte noch eine Weile auf sie ein, aber das störte sie nicht. Wenn die Männer wollten, dass sie zu ihnen nach unten kam, dann mussten sie einen guten Grund haben, und Claretta wollte ihn erfahren. Außerdem konnte sie nicht verhehlen, dass sie sich über den mitschwingenden Vertrauensbeweis freute. Die anfängliche Skepsis und das damit einhergehende verhaltene Beäugen jedenfalls – eine Frau bei den Carabinieri war allenthalben so ungewöhnlich wie ein gelehrsames Maultier – hatte sich mittlerweile fast vollständig verflüchtigt. Claretta wurde von den Männern respektiert, vielleicht sogar ein bisschen gemocht. Sie freute sich darüber, denn sie schien dazuzugehören, zumindest war sie auf dem besten Weg dahin.

Als sie die winzige Amtsstube der beiden betrat, kniete der Allievo schon vor dem Ofen, in dem ein mächtiges Feuer loderte. Das Plätteisen stand zum Erwärmen parat, und einer der Schreibtische war leer geräumt.

Na, die haben es ja eilig.

»Ich hoffe, wir stören Sie nicht, Signora Claretta«, sagte Sergente Gabriele bei ihrem Eintreten. Vor ihm lagen die Wertsachen des Ehepaars Kornmehl. Claretta erkannte den Siegelring des Mannes sofort. Auch eine elegante Damenhandtasche, die ihr in der Suite nicht aufgefallen war, gehörte offenbar dazu.

Sie lächelte zaghaft und begann damit, die Wäsche zu befeuchten. Erstaunlicherweise hatten die Männer auch an einen Topf mit Wasser gedacht.

»Wenn Sie ein Kleidungsstück fertig haben, bringe ich es gleich nach oben in den Schrank«, bot der Allievo diensteifrig an. »Dann müssen Sie nicht so oft über die steile Treppe laufen.«

Der Sergente nickte ihm bestätigend zu. »Du denkst aber auch an deinen Dienst vor dem Hotel. Nicht dass vom Direktor Klagen kommen.«

Der Allievo bestätigte das und schaute Claretta dabei dankbar an.

Die wollen dir an die Wäsche, Claretta. Männer sind nur so entgegenkommend, wenn sie ein bestimmtes Ziel haben.

Das gilt vielleicht für dich. Die beiden hier haben lediglich ein schlechtes Gewissen.

Eine ganze Weile verging, ohne dass jemand ein Wort sprach. Hin und wieder stand der Allievo auf und warf ein Stück Holz ins Feuer, was es in der Kammer mittlerweile schon unerträglich warm hatte werden lassen.

»Dreitausendzweihundertundfünf Schilling«, sagte der Sergente irgendwann in die Stille hinein. »Der Mann hatte ein kleines Vermögen bei sich. Was es alles gibt.«

»Wie viele Lire sind das?«, wollte der Allievo, der auf einem kleinen Hocker neben dem Fenster hockte, wissen.

»Viele«, entgegnete der Sergente.

Fast eine halbe Million. Fragt einfach mich. Mein Vetter Mario ist im Finanzwesen tätig. Er kennt alle Kurse auswendig.

Mario betreibt eine kleine Wechselstube, illegal natürlich, dachte Claretta. Und er betrügt die Leute. »Unglaublich viele«, sagte sie laut und biss sich gleich danach auf die Zunge. Sie hatte sich unter keinen Umständen einmischen wollen. Noch dazu sollten die Männer nicht merken, dass sie irgendetwas von deren Tagwerk mitbekam, geschweige denn, sich Gedanken darüber machte.

Sergente Gabriele kritzelte etwas auf ein Blatt, strich es eilig durch, murmelte ein paar zusammenhanglos scheinende Zahlen und schrieb erneut. »Etwas mehr als eine halbe Million«, sagte er, wobei er den Zettel anstarrte, als könnte er seiner eigenen Rechnung nicht trauen.

Oh. Die Kurse sind gefallen.

Dem Allievo fiel die Kinnlade herunter. »Dass jemand so viel Geld haben kann.«

»Dazu hätten wir noch diversen Schmuck nebst einer goldenen Herrenarmbanduhr, ein wertvolles Feuerzeug, zwei Reisepässe«, las der Sergente laut die Liste vor, die er soeben erstellt haben musste.

Clarettas vorwitziger Blick fiel auf die Handtasche, deren dunkelgrünes Leder die Anmutung einer Krokodilhaut hatte. Wie elegant sie war.

Ihr Blick entging dem Sergente nicht. »Die Tasche haben wir in einem der Nachtschränke gefunden«, sagte er, als wäre man ihr eine Erklärung schuldig.

»Das sind sicherlich die Sachen, die die Diebe nicht mehr tragen konnten«, bemerkte der Allievo auf einem Stück Holz kauend.

»Wie kommst du darauf?«, wollte der Sergente wissen.

»Ich habe gehört, wie der Capitano einen Raubüberfall erwähnt hat«, entgegnete der Junge kleinlaut.

Ehe er sich's versah, war der Sergente von seinem Stuhl aufgesprungen und hatte einen Ausfallschritt vollzogen, um dem Allievo eine Backpfeife zu verpassen. »Wie oft habe ich dir schon gesagt, dass du, wenn du vor dem Büro des Capitano stehst, gefälligst keine Ohren zu haben hast.«

Der Allievo rieb sich verstört die Wange. »Aber …«, versuchte er sich im Widerspruch, worauf der Sergente erneut hochsprang, die Ohrfeige aber nur andeutete.

»Angesichts dieser Sachlage kommt kein Mensch auf die Idee, dass die beiden Opfer ausgeraubt worden sein könnten. Hüte dich und erzähle kein dummes Zeug über unseren Capitano!«, sagte der Sergente noch immer ein wenig in Brass und mit vollkommener Überzeugung. »Der Mann hatte sogar noch seine Uhr am Handgelenk.«

Claretta stoppte ihre Bewegung und schaute den Sergente unter einem kaum merklichen Schütteln ihres Kopfes an.

Gabriele neigte den Kopf, schob die Liste zur Seite und wischte mit der Handfläche mehrmals hintereinander darüber wie jemand, der etwas unbeabsichtigt beschmutzt hatte und das ungeschehen machen wollte. »Nun ja, womöglich besaß der Doktor auch zwei Uhren oder drei. Man kann so etwas bei wohlhabenden Leuten ja nie wissen. Der Capitano denkt nun einmal in alle Richtungen. Das ist sehr umsichtig von ihm, sehr umsichtig.«

Der Allievo bestätigte die Aussage mit einem ausschweifenden Kopfnicken.

»Aber wage es bloß nicht und bitte Signora Claretta noch einmal, die Arbeit für dich zu machen«, blaffte er den Jungen im nächsten Moment an. »Das ist viel zu gefährlich.«

Claretta konnte die Unsicherheit in den Augen des Jungen sehen. »Es war ganz und gar nicht gefährlich und ich habe es sehr gern getan«, versicherte sie.

»Sieh zu, dass du der Signora hilfst, oder wieso trödelst du hier rum?«, befahl der Sergente, ohne auf Clarettas Worte einzugehen. »Und dann mach uns einen Kaffee.«

»Willst du deinen wie immer …«, sagte der Allievo.

»Mit Milch, genau«, fiel ihm Sergente Gabriele ins Wort.

Der Junge stutzte, nahm die Anweisung dann aber so hin und verschwand.

»Sie haben den Tatort gesehen, Signora Claretta, nicht wahr?«, sagte der Sergente, nachdem sie allein waren.

»Mhm.«

»Die beiden sind höchstwahrscheinlich vor ihrem Mörder ins Bad geflohen. Da sie noch ihre Straßenschuhe trugen, gehe ich davon aus, dass sie vor nicht allzu langer Zeit ihr Zimmer bezogen hatten. Ich weiß zwar nicht, welche Manieren wohlhabende Leute haben, aber wenn ich mit meinen Stiefeln über den blank gewienerten Holzboden oder sogar über einen Teppich – Gott bewahre, dass wir einen haben –, also wenn ich darüberlaufen würde, käme meine Mutter mit der Flinte ums Eck und würde mich …« Er zuckte mit den Schultern. »Egal. Im Bad hat er sie aus nächster Nähe erschossen. Wenn der Doktor die Kugel gefunden hat, wissen wir mehr.«

Reiche Leute gehen sogar mit Straßenschuhen auf den Abort. Dummkopf!

»Sie hatte ihre Koffer nicht ausgepackt«, ergänzte Claretta vorsichtig, und wieder hatte sie Mühe, ihre Augen von der Handtasche zu lösen.

Der Sergente nickte wissend, griff nach der Tasche, öffnete den Druckknopf und kippte deren Inhalt ohne Umschweife vor sich auf die Tischplatte. Zwischen einigen Taschentüchern, Lippenstiften, einem Brillenetui und diversen Dingen, die eine feine Dame bei sich trug, kullerte ein Flakon heraus.

Claretta konnte ihre Augen nicht von den Utensilien lassen. Auch das entging Gabriele nicht.

»Maggiore Romano wird jemanden aus Salerno schicken, um die Sachen abzuholen«, redete der Sergente weiter, wobei er seine Mütze abnahm und sich mit dem Handrücken den Schweiß von der Stirn wischte. »Aber wie der Capitano auf einen Raubüberfall kommt, ist mir schleierhaft. Sollten die Leute noch mehr Wertvolles bei sich gehabt haben?« Er drückte seine Nase zwischen Daumen und Zeigefinger zusammen, löste den Griff und stieß die Luft geräuschvoll aus. »Das geht doch kaum noch. Außerdem hätte ich trotzdem die Uhr mitgenommen.« Er nahm die Herrenarmbanduhr auf und drehte sie ehrfurchtsvoll in seinen Händen. »So ein Stück lässt nur ein Tölpel liegen.«

»Kommt das öfter vor, also dass die Gäste eines solch noblen Hotels auf ihren Zimmern überfallen werden?«, fragte Claretta naiv.

»Das kann schon mal passieren«, entgegnete der Sergente. »In so ein Haus kann jeder rein, also wenn man halbwegs passabel aussieht. Maio hat sogar immer einen schwarzen Anzug getragen, so einen wie auf einer Beerdigung. Wenn jemand aussieht, als wollte er gleich zu einem Leichenschmaus, wird er von niemandem für verdächtig gehalten. Dazu noch eine wichtige Miene …« Der Sergente machte eine wegwerfende Handbewegung. »Ein Kinderspiel.«

»Maio?«, fragte Claretta nach.

»Gabriele, Pedro sagt, du sollst demnächst mal deinen Wein bezahlen, dann kannst du immer so viel Milch von ihm haben, wie du vertragen kannst.« Der Allievo war zurück und reichte erst Claretta und dann dem Sergente eine Tasse. »Ich habe ihnen auch ein Schluck Milch reingemacht, Signora Claretta«, sagte er mit dem Lächeln eines Kindes. »Die ist ganz frisch.«

Sergente Gabriele schaute prüfend in seine Tasse und brummte ungehalten. Es war ihm sichtbar unangenehm, was der Allievo vor Claretta herauspalavert hatte. Er reagierte jedoch nicht, sondern trank schlückchenweise seinen Kaffee, als müsste er sich an den Geschmack erst gewöhnen. »Du musst gehen«, sagte er schließlich an den Allievo gerichtet.

Wenn der Kerl normalerweise Milch in seinen Kaffee macht, heiße ich Augusto. Er nützt jede Gelegenheit, mit Dir allein sein, und sollte es keine geben, schafft er sich eine. Dabei denkt er wohl, ich merke das nicht.

Der Allievo straffte umgehend den Rücken, zog den Stoff seiner Uniform glatt, versuchte es zumindest, schob seine Mütze auf den Kopf und nickte. »Ich werde den Capitano nicht enttäuschen«, murmelte er und verschwand.

Das hat der feine Sergente klug eingefädelt. Jetzt kann er schön mit dir beim Kaffee plaudern, und wie durch Zufall wird dabei seine Hand auf deinem Knie landen. Höre meine Worte, Claretta!

Solange ich stehe, wird das kaum passieren, also nicht ohne dass er sich bücken muss, dachte Claretta belustigt über diese Vorstellung.

Ich habe schon ganz andere …

Natürlich, Emilio. Das hast du und dafür kommst du in die Hölle, wenn du dort nicht sogar schon bist. Claretta biss sich auf die Zunge. »Wer ist dieser Maio?«, wollte sie wissen.

»Ugo Maio ist ein stadtbekannter Gauner und Anführer einer Bande von Straßendieben«, antwortete der Sergente. »Seine Spezialität sind wohlhabende Urlauber, und um an die ranzukommen, beweist er einiges an Erfindungsreichtum. Er hat vor ein paar Jahren sein Unwesen im Grand Hotel getrieben. Wir konnten ihm aber nie etwas beweisen. Er ist einfach zu clever.«

Wuff! Wuff! Wuff!

»Ich denke, er hatte den ein oder anderen Komplizen unter den Angestellten«, fuhr der Sergente fort. »Jedenfalls wurden niemals Fenster oder Türen beschädigt. Die Zimmer blieben unversehrt, nur dass alle Wertsachen der Gäste …« Er hielt inne und sein Blick verlor sich im Nichts.

Setzt sein Gehirn immer aus, wenn ihm ein Licht aufgegangen ist?

»Hoteldirektor Fusco hat das Zimmer der Kornmehls aufgeschlossen, als wir kamen«, sagte Claretta, um den Einfall des Sergente zu unterstreichen.

»Das Schloss war unversehrt, richtig«, murmelte der Sergente noch immer gedankenverloren.

»Ist dieser Signore Maio auch ein Mörder?«, fragte Claretta.

Es dauerte kurz, bis der Sergente reagierte. »Bislang hat er sich dahin gehend nichts zuschulden kommen lassen, also nichts, von dem wir Wind bekommen hätten«, entgegnete er langsam. »Aber Menschen ändern sich, auch Gauner. Maio ist auf alleinstehende Damen spezialisiert. Was, wenn er sich in diesem Fall geirrt hat und etwas schiefgelaufen ist? Doktor Kornmehl könnte sich gewehrt haben, womöglich hatte er auch eine Waffe? Nur weil wir keine gefunden haben, muss es nicht so gewesen sein. Der Eindringling könnte über den Schreck die Beute vergessen haben, vielleicht ist ihm auch jemand dazwischengekommen und er musste fliehen, bevor er die Sachen zusammenpacken konnte?« Der Sergente sprang auf, schnappte sich seine Mütze und stürzte hinaus. Schon aus der Tür, kam er noch einmal zurück. »Signora Claretta, dahinten im Schrank liegt die Paradeuniform des Capitano. Die müsste … na ja, Sie sehen schon, was ich meine. Aber er darf nichts wissen. Bitte.«

Claretta bedeutete ihm, dass sie verstand.

»Und wegen des Protokolls …« Sein Blick fiel auf die handgeschriebene Liste mit dem Eigentum der Kornmehls.

»Das ist gewissermaßen schon fertig«, antwortete Claretta.

Sergente Gabriele quittierte das mit einem dankbaren Lächeln. »Sie sind … Sie sind …«, stammelte er. »Danke!« Dann war er verschwunden.

Und was ist jetzt mit deinem Knie? Das war ihm doch zu knöchrig, was?

***

Gegen Ende des Tages stieg Claretta mit der Paradeuniform des Capitano hinauf in ihr kleines Dorf Pontone. Sie hatte versucht, die zwei Hälften des Rückens, die nur noch vom Kragen zusammengehalten wurden, wieder zusammenzuflicken, aber wie sie es auch anstellte, die zerfransten Kanten des Stoffes waren so widerspenstig, dass sie niemals eine unauffällige Naht geben würden. Großmama Nunzias Rat, die sich zweifelsfrei in Handarbeiten noch geschickter anstellte als sie, war gefragt. Doch selbst wenn es ihnen gelingen würde, dass Malheur aus der Welt zu schaffen, könnte der Capitano die Jacke nicht mehr getrost tragen, also nicht bei seinem Leibesumfang. Abgesehen davon konnte sie ihn unmöglich wissend in eine nächste Blamage laufen lassen, selbst wenn er sich der ersten nicht einmal bewusst war.

Wie ich immer sage: Kümmere dich nicht um die ungelegten Eier anderer Leute.

»Es ist meine Aufgabe, die Dinge für ihn zu richten«, widersprach Claretta.

Das schließt auch dein heimliches Ermitteln ein, nicht wahr, Claretta? Das machst du auch alles nur für ihn.

»Ich kann nichts dafür, wenn ich um Hilfe gebeten werde. Eine gute Christin tut das, was der liebe Gott ihr aufträgt«, entgegnete Claretta.

Für dich hat er tausendprozentig keine Verbrechensaufklärung angedacht.

»Woher willst du das wissen?«, fragte Claretta trotzig. »Immerhin habe ich am Tatort die gleichen Beobachtungen gemacht wie der Sergente.« Das hatte sie in der Tat. Deswegen traf es sich auch ganz hervorragend, dass sie dem Capitano das Protokoll bei ihrem Weggang aus der Stazione schon auf seinen Schreibtisch legen konnte. In Verbindung mit der Auflistung der Wertsachen der Eheleute Kornmehl hatte er nun einen umfassenden ersten Bericht vorliegen, soweit das Claretta natürlich beurteilen konnte. Anhand dieser Informationen würde ihm der ausgebliebene Diebstahl bestimmt wie Schuppen von den Augen fallen. Dann stellte sich nur noch die Frage, wieso Hoteldirektor Signore Fusco ihn in die Richtung gestupst hatte? Möglicherweise lag aber auch der Sergente richtig, und die Diebe hatten nicht mit Gegenwehr gerechnet. Von den Tatsachen überrumpelt waren sie überstürzt geflohen. Dann tat Fusco gut daran, hier vorzubauen. Wohlhabende Leute wurden nun einmal des Öfteren Opfer eines Raubes, einen Vorteil musste die Armut immerhin haben. Noch dazu waren die beiden fremd in der Stadt, und das Unglück hatte sie auf ihrem Hotelzimmer ereilt. Das konnte durchaus für einen missglückten Raubmord sprechen. Was aber war passiert, dass der Mörder sich nicht wenigstens die Brieftasche seines Opfers oder, wie der Sergente festgestellt hatte, seine Armbanduhr mitgenommen hatte? Wenn er schon so weit gegangen war, dann sprach doch nichts dagegen, den letzten eigentlichen Schritt auch noch zu tun, zumal es ein Leichtes gewesen wäre. Es sei denn, es war ihm jemand richtig in die Quere gekommen. Aber dann müsste es einen Zeugen geben. Das wiederum erklärte jedoch noch immer nicht, wieso die Kornmehls jemand Unbekannten in ihre Suite gebeten hatten. Es sei denn, derjenige hatte sie gleich nach dem Öffnen der Tür mit seiner Waffe bedroht. Aber war das für den Mörder nicht zu riskant?

Ich komme nicht mehr mit. Außerdem spielt es doch

auch keine Rolle, wer die beiden auf dem Gewissen hat. Himmel, es waren Österreicher und keine Italiener!

Die Fische taten gut daran, ihn nicht verstehen zu können, dachte Claretta und schwieg das letzte Stück des Weges, während Emilio ein altes Seemannslied zum Besten gab.

Seit wann besitzt Solowjow ein Auto?

Claretta hob den Kopf. Vor dem Haus der Familie Lépore stand ein Auto. Tatsächlich. Und da das hier oben in der Abgeschiedenheit einer kleinen Sensation glich, tummelte sich das halbe Dorf um den Wagen und bestaunte ihn wie eine Erscheinung der Jungfrau Maria.

Auf dem Fahrersitz hockt der alte Vincenzo. Wenn der Taugenichts sich einen vw Käfer leisten kann, Claretta, dann, dann … Emilio schnaufte vor Wut.

»Unsinn! Er kommt nicht einmal mit einem Fahrrad zurecht. Womöglich konnte er wieder nicht laufen und hat sich kurz ausruhen wollen«, sagte Claretta und fragte sich, was da wohl los sei.

In einem fremden Auto? Wo leben wir, im Kommunismus?

Als Claretta nah genug heran war, öffnete sich die Menschentraube langsam, um sie unter staunenden Blicken hindurch zu lassen. Dabei sagte keiner ein Wort.

Da bleibt ihnen die Spucke weg. Ein roter vw Käfer. Die Farbe würde ja zu deinem roten Zahnarzt passen. Aber wir lassen uns davon nicht beeindrucken. Claretta, wir nicht. Ein Automobil ist kein Grund für eine Heirat.

»Das war der alte Fischerkahn damals auch nicht«, zischte Claretta.

Da ist ja wohl noch ein Unterschied.

Als Claretta an die Haustür trat, wurde sie schon von ihren Söhnen in Empfang genommen. Sie durften sich ganz offenkundig nicht zu den anderen gesellen, um nicht Dinge auszuplaudern, die sie nicht verstanden, und damit am Ende noch mehr Aufhebens hervorzurufen. Ein winziges Dorf verzieh nichts, nicht einmal wahrheitkundtuendem Kindermund. Und so standen sie hinter der Tür und drückten sich ihre Nasen an der kleinen milchigen Scheibe platt.

»Onkel Giovanni hat ein Auto«, rief ihr Ältester bei ihrem Eintreten.

Der Schwager kommt voran. Beachtlich!

Claretta, die ihrem Bruder beides fraglos wünschte, immerhin waren sie aus einem Blut, konnte es dennoch nicht recht glauben. Sollte das etwa der Grund für die von Giovanni gestern großspurig angekündigte Feier gewesen sein, die dann aufgrund seines Fernbleibens nicht stattgefunden hatte? Unsicher, was sie erwartete, betrat sie die Küche.

Dort saßen sie um den kleinen Holztisch und sprachen kein Wort. Großmama Nunzia, Vater Michele, Giovanni und eine fremde junge Frau. Die schien erleichtert aufzuatmen, als sie Claretta erblickte, zog ihren dunkelrot bemalten Mund breit, dass man eine makellose weiße Zahnreihe sehen konnte, und deutete eine Geste der Begrüßung an.

Das nenne ich mal einen Fang!

Claretta schätzte »den Fang« auf höchstens fünfundzwanzig Jahre, also ein wenig jünger als sie selbst. Da ihr weißblonder toupierter Haarschopf Giovanni schon sitzend um so einiges überragte, musste sie sehr groß gewachsen sein. Ihre Oberweite jedenfalls war beeindruckend, und sie schien nichts dagegen zu haben, sie wie eine Auslage am Gemüsestand zu präsentieren. Hin und wieder zupften ihre leuchtend rot lackierten Nägel den Ausschnitt des hautengen Pullovers zurecht, um dann umgehend wieder nach Giovannis auf dem Tisch liegenden Händen zu greifen.

»Das ist Patricia«, sagte Giovanni an Claretta gerichtet. »Du kannst sie auch Pat nennen.«

Patricia reichte, nachdem sie ihren Namen vernommen hatte, Claretta die Hand, wobei ihr »Ciao« so fremd daherkam, dass man es nicht einmal für einen Dialekt aus dem Norden halten konnte.

»Wir werden heiraten. In New York im Haus ihrer Eltern«, fuhr Giovanni fort, und so bedröppelt wie die Nonna und Papa Michele dreinblickten, hatten sie die Neuigkeit schon vernommen. »Ich war gestern bereits auf dem Bürgermeisteramt, um die Formalitäten zu regeln. Spätestens in zwei Wochen geht es los. Bis dahin machen wir noch ein wenig Urlaub am Meer. Machen wir doch, Kleine.« Giovanni schaute Pat von der Seite an und kniff ihr in die Rippen, worauf sie laut aufjauchzte und im Schalk nach seiner Hand schlug.

»Heiraten? In New York? Wie schön.« Claretta bemühte sich, die Neuigkeit freudig aufzunehmen, aber es fiel ihr hörbar schwer.

Der Teufelskerl hat es tatsächlich geschafft. Gut gemacht, Schwager!

»Jetzt sag du doch mal etwas, Nonna«, bat Papa Michele mit leidender Stimme. »Was soll denn nun werden?«

Nunzias Blicke wechselten zwischen Giovanni und seiner Eroberung hin und her. Schließlich stand sie auf, nahm eine Flasche Grappa und fünf Gläser vom Regal und stellte alles mit einer energischen Bewegung auf den Tisch. Ohne auf jemanden zu achten, zog sie sich eines der Gläser rüber, goss es randvoll und setzte an. Das wiederholte sie noch ganze drei Mal, ohne die Augen von dem Paar zu lassen. »Niemand fährt mit einem Automobil bis nach Amerika«, sagte sie irgendwann.

»Der Wagen gehört dem Grand Hotel dei Cappuccini. Sie verleihen ihn an Gäste«, erklärte Giovanni mit gewichtiger Miene. »Wir nehmen natürlich das Flugzeug.«

»Ein Hotel besitzt ein Auto, noch dazu ein deutsches?«, fragte Papa Michele kleingläubig. Dazu schüttelte er den Kopf, als brauchte es schon mehr, um ihm einen Bären aufzubinden.

»Das sind die neuen Zeiten«, bestätigte Giovanni. »Die Urlauber verlangen nach so etwas.«

Papa Michele sagte nichts. Dafür schien er seinen Kopf nicht mehr still halten zu können.

Ob er wieder getrunken hat?, dachte Claretta. Womöglich hatte er das Mädchen auch engagiert, um ihnen dieses Schauspiel darzubieten. Niemand in der Familie hatte Giovannis Flausen jemals für bare Münze genommen. Von Wolkenkuckucksheimen wird nun mal keiner satt. Womöglich wollte er ihnen mit diesem Auftritt hier einen Denkzettel verpassen.

»Sie wohnen im Grand Hotel, Fräulein?«, fragte Claretta leise.

»Ciao«, entgegnete Patricia mit quietschender Stimme und unter einem breiten Lächeln.

»Kühe und Frauen sucht man sich nur in seinem eigenen Land«, kommentierte die Nonna darauf bissig.

»Ciao«, wiederholte Patricia nun auch in ihre Richtung.

»Muss man sich mit seiner Frau nicht verständigen können?«, fragte Papa Michele unsicher. »Ist das heutzutage nicht mehr notwendig?«

So wie das Püppchen aussieht, braucht es kein Gerede. Dafür gibt es andere Mittel und Wege …

»Emilio!«, entfuhr es Claretta erbost.

»Stimmt«, entgegnete die Nonna. »Der hat die Zähne auch nie auseinanderbekommen. Und was hat es am Ende gebracht?«

Die alte Schachtel konnte mich noch nie leiden.

»Gleich nach unserer Ankunft verbessere ich mein Englisch. Die wichtigsten Wörter kann ich ohnehin schon. *No problem!*«, sagte Giovanni. »Und dann ziehe ich mein eigenes Business auf. Pats Eltern werden mich unterstützen.«

»No problem, darling«, bestätigte Patricia.

»Was ist ein Business?«, wollte Claretta wissen, wobei sie das letzte Wort überaus holprig aussprach.

Patricia lächelte noch immer, währenddessen sie Daumen und Zeigefinger in die Luft hielt und demonstrativ aneinander rieb. *»Money. Money. Money.«*

»Sie meint Geld«, erklärte Papa Michele. »Lire.«

»Dollar. Das ist die einzige Währung, die auf der Welt zählt. Amerikanische Dollar.« Giovanni schien zu allem entschlossen. »Ich werde meine eigene Pizzeria haben.«

Großmama Nunzia pfiff skeptisch durch die Zähne.

»Kannst du denn Pizza backen?«, fragte Claretta erstaunt.

Giovanni warf ihr einen giftigen Blick zu. »Das ist ja wohl nichts, wofür man einen Nobelpreis braucht.«

Die Nonna neigte den Kopf. »Nun, mit einem Teig muss man umzugehen wissen, sonst …«

»Meint ihr wirklich, die da drüben können das einschätzen?« Er blies die Wangen auf. »Bis die drauf kommen, habe ich mein Geld gemacht. Und wer weiß, vielleicht werde ich auch noch der beste Pizzabäcker der Stadt.«

»Aha. Wie schön«, kommentierte Michele, und Claretta fragte sich, ob er überhaupt zugehört hatte.

»Gut. Dann wisst ihr jetzt Bescheid«, sagte Giovanni. »Bevor es losgeht, lasse ich mich noch einmal blicken.« Er erhob sich und zog Patricia an seiner Hand hinter sich her. »Wenn mich jemand sucht, ich bin im Grand Hotel.« Er fummelte seine Geldbörse aus seiner Gesäßtasche, zählte fünftausend Lire ab und legte sie auf den Tisch. Dann hörte man nur noch die Haustür zuschlagen. Wenig später heulte der Motor des Käfers auf.

Seit wann kann Giovanni ein Automobil lenken?, dachte Claretta bei sich, sagte aber nichts, um die Nonna und ihren Vater nicht noch mehr zu verunsichern.

»Er kann doch nicht einfach so ins Grand Hotel gehen«, hob Papa Michele an. »Was sollen denn die Leute denken?«

»Das er größenwahnsinnig ist«, erwiderte Nunzia abgeklärt. »Aber das wissen sie auch so.« Sie stand auf, ging zum Herd und stocherte mit dem Schürhaken im Feuer. »Was die wohl im Grand Hotel zu dem stinkenden Ziegenbockgeruch sagen werden, den der alte Vincenzo in dem Gefährt hinterlassen hat?«, schmunzelte sie. »Man kann sich seinen Stallgeruch nicht abwaschen, auch wenn man noch so sehr scheuert. Giovanni wird das auch noch aufgehen.« Sie erhob sich, hing den Schürhaken zurück an seinen Platz und rieb sich die Hände an ihrer schwarzen Leinenschürze ab. »In zehn Minuten wird gegessen. Die Jungs sollen sich die Gesichter und die Hände waschen.«

Er war die letzten beiden Nächte auch schon dort, dachte Claretta bei sich. Das bedeutete, die Carabinieri würden ihn befragen müssen. Was, wenn Giovanni etwas mit dem Verbrechen zu tun hatte? Ihr Bruder war zwar kein Mörder, aber er nutzte jede Gelegenheit, um etwas für sich herauszuschlagen. Dass in seinem Portemonnaie ein ganzes Bündel Geldscheine steckte und seine ungewohnte Freigiebigkeit waren jedenfalls kein gutes Zeichen.

Vier

Der Allievo riss das Weißbrot förmlich mit seinen Zähnen auseinander, wobei das Stück so groß war, dass es nicht einmal in seinen Mund passte. Breit kauend wackelte ein Teil des Abgebissenen vor seinem halb offenen Mund umher. »Danke, Signora Claretta«, sagte er, nachdem er es mit der Hand vollständig hineingeschoben und halbwegs durchgekaut hatte. »Ich habe mein Essen vergessen«, ergänzte er wie zur Entschuldigung.

Claretta wusste um die Flunkerei, denn der Allievo brachte nie etwas zu Essen von zu Hause mit. Sie sah es ihm nach. Der Junge hatte es wahrscheinlich schwer genug, da musste man großzügig sein. Sie reichte ihm die Flasche Milch, die sie heimlich von Nonna Nunzias Morgenausbeute abgezwackt hatte. Die Ziegen waren momentan so spendabel, dass es der Großmama vermutlich nicht einmal auffallen würde, und falls doch, würde sie die Jungs verdächtigen und damit wäre die Sache auch gut.

»Sie glauben nicht, was in einem solchen Hotel alles los ist, sogar nachts«, berichtete der Allievo gewichtig. »Die vielen Leute und die Autos, so richtige Schlitten waren das. Wussten Sie, dass da die ganze Nacht im Eingang das Licht brennt?« Er schüttelte ungläubig den

Kopf. »Alles hell erleuchtet. Zu Hause haben wir auch Strom, über dem Küchentisch, so ist das nicht. Aber eine solche Verschwendung wie hier würde meine Mutter niemals erlauben.«

Der arme Junge hatte sich tatsächlich nicht getraut, seinen Posten zu verlassen, dachte Claretta, die schon so etwas befürchtet hatte.

Dafür hat der Dicke selig schlummernd in den Daunen liegend seinen Rausch ausgeschlafen.

Sie reichte dem Allievo das Stückchen Trockenfisch, das sie sich als Tagesproviant eingepackt hatte. Er nahm auch das dankbar entgegen.

Wie jetzt, frisst der auch noch meinen Fisch?

»Er ist im Wachstum«, gab Claretta zurück.

»Meine Mama sagt immer, sie weiß nicht, was der liebe Gott sich dabei gedacht hat, mich so lang zu ziehen«, erwiderte der Allievo mit vollem Mund kauend. »Je größer ich werde, umso mehr Hunger habe ich.«

Claretta nickte nur, denn in ihrem Augenwinkel tauchte Giovanni mitsamt Freundin auf. Beide liefen eng umschlungen die breiten Treppen zum Hotel hinauf. Er bemerkte sie nicht einmal. Ob er wohl wusste, worauf er sich da einließ? Amerika sollte wohl der Ort sein, an dem alles möglich war, aber ob das auch für einen mittellosen italienischen Badewärter weit ab von seiner Familie galt?

»Ich habe keinen Verbrecher gesehen«, redete der Allievo weiter. »Obwohl ich genau aufgepasst habe.«

Claretta nickte erneut.

»Einen wunderschönen guten Morgen, die Herrschaften.« Ein Herr blieb unweit von Claretta und dem Allievo stehen, lüftete seinen eleganten schwarzen Hut, der ein streng gescheiteltes pomadisiertes Haar zum Vorschein gab, und lächelte höflich. »Ist das nicht ein herrlicher Tag?« Seine dunklen Augen funkelten. Er trug einen schwarzen Anzug mit feinen silbernen Streifen und ein weißes Hemd, hinter dessen offenem obersten Knopf ein rotes Halstuch seidig schimmerte. »Und die Carabinieri sind schon im Einsatz. Löblich!« Er deutete ein Zusammenschlagen der Hacken an, setzte seine Kopfbedeckung wieder auf und ging schließlich pfeifend davon.

»Man sieht mich also doch«, stellte der Allievo fest und schien sich nichts weiter dabei zu denken.

Wenig später kamen vier Carabinieri, angeführt von Sergente Gabriele, den Berg hinaufmarschiert. Als er Claretta sah, verzog sich sein Mund kurz zu einem erfreuten Lächeln. Die Männer grüßten höflich, blieben jedoch hinter Gabriele zurück, der an Claretta und den Allievo herantrat.

»Der Capitano hat eine Zeugenbefragung im Hotel angeordnet«, erklärte er.

Der Allievo rieb sich die Hände angesichts der bevorstehenden Abwechslung.

»Du wirst auf deinem Posten bleiben«, beschied der Sergente, dann wandte er sich Claretta zu. »Signora, Sie sollten sich beeilen. Der Capitano ist heute äußerst unleidig und ich glaube …« Pause. »… er hat Hunger«, sagte er in gedämpften Tonfall.

***

»Das nenne ich ein wahres Frühstück für einen Italiener!«, frohlockte der Capitano und wischte sich mit der in einem Knopfloch seiner Uniform steckenden Serviette den Mund ab. »Sie müssen wissen, *piccola bambina*, meine Nachtmahlzeit war gestern überaus dürftig. Nach einem so aufreibenden Tag kriege ich keinen Bissen runter. Aber Sie müssen sich nicht sorgen. Mit Ihren Kochkünsten ist es mir gleich viel wohler.« Er klopfte sich den runden Bauch und bedachte Claretta mit einem wohligen Lächeln.

Trinken scheint glücklicherweise kein Problem gewesen zu sein, also seiner Fahne nach zu urteilen.

Claretta, die sich fragte, wie man um diese Uhrzeit einen solch großen Haufen Spaghetti mit Knoblauch verdrücken und zwei Gläser Wein in sich hineinschütten konnte, reinigte den Kochapparat, den der Capitano in seinem Büroschrank aufbewahrte. Sie mochte dieses Gerät, das er angeblich nach dem Krieg von einem amerikanischen Soldaten geschenkt bekommen hatte, und entsprechend behutsam ging sie damit um. Schließlich trug sie das Geschirr hinaus zum Waschbecken auf dem Flur, und als sie damit zurückkehrte, lehnte der Capitano entspannt in seinem Stuhl, rauchte eine Zigarre und studierte ihr Protokoll.

»So eine schöne Handschrift, die meine kleine Signora hat, richtig vornehm«, murmelte er liebenswürdig. »Aber die Beobachtungen des Sergente sind auch nicht von schlechten Eltern. Das hätte ich ihm nicht zugetraut. Aber bei dem Lehrmeister …« Er schnaufte selbstzufrieden.

Schweigend wischte Claretta die Spuren des Essens von seinem Tisch, trat hinaus auf den Balkon und schüttelte den Lappen aus. Just in diesem Moment hielt ein Automobil vor der Comando Stazione. Es war einer von diesen großen, schwarzen Wagen, die man nur äußerst selten auf den Straßen von Amalfi zu Gesicht bekam. Neugierig, wer kommen würde, wartete sie darauf, das etwas passierte. Erstaunlicherweise tat sich eine ganze Weile nichts. Dann sprang einer der diensthabenden Wachposten auf das Auto zu und öffnete die Hintertür.

Claretta erkannte ihn sofort. Es handelte sich um den Mann, der sie vor etwa einer Stunde vor dem Grand Hotel so freundlich gegrüßt hatte. Ohne den Carabiniere auch nur anzusehen, richtete er sein Sakko und ging ins Haus. Kurz darauf klopfte es an der Tür.

»Ich bin beschäftigt«, sagte der Capitano mit starrem Blick auf das Blatt und schmauchend, sodass er eine dicke Rauchwolke ausstieß.

Claretta öffnete die Tür.

»Signorina!«, rief der Mann entzückt aus. »Dass ich Sie so schnell wiedersehe, hätte ich mir in meinen kühnsten Träumen nicht ausgemalt.« Er hob seinen Hut und verbeugte sich tief. »Der Tag ist noch nicht einmal zehn Stunden alt und schon ein Gewinn.« Er richtete sich langsam wieder auf, den Hut an seinen Bauch gedrückt, und schaute Claretta aus fast schon schmachtenden Augen an.

»Ich bin beschäftigt«, wiederholte der Capitano und klang dabei noch grimmiger.

»Aber doch nicht so sehr, dass Sie keine Zeit für einen alten Freund hätten«, säuselte der Mann und schob sich höflich, aber bestimmt an Claretta vorbei.

»Maio«, entfuhr es dem Capitano, und er blickte alles andere als erfreut drein.

»Sehr richtig«, entgegnete der Signore, reichte Claretta die Hand, verbeugte sich erneut und sagte: »Ugo Maio, schönes Kind, ein Name, den Sie sich merken sollten.« Dann deutete er einen Handkuss an, wobei er eine Sekunde zu lange ihre Hand betrachtete, um sie dann mit einem entzückten Ausdruck in seinem Gesicht freizugeben.

Claretta, die nicht wusste, wie ihr geschah, kribbelte es im Bauch. Er also sollte der gefährlichste Dieb Amalfis sein? Das konnte sie kaum glauben.

Das ist meine Frau. Finger weg!

»Was wollen Sie?«, blaffte der Capitano und machte keine Anstalten, den Herrn zu begrüßen.

»Die Frage ist, verehrter Spadaro, was wollen Sie?«, entgegnete Maio und schritt erhobenen Hauptes auf den Schreibtisch des Capitano zu.

Der Capitano gab etwas Unverständliches von sich, das seinen Gesichtszügen nach zu urteilen wenig freundlich war. Dabei richtete er sich auf und drückte die Schulterblätter nach hinten, als müsste er seinem Gegner die eigene Stärke präsentieren.

»Ihre Männer sind im Grand Hotel eingefallen wie die Fliegen auf einen dampfenden Haufen Kuhdung«, erklärte Maio, während er sich unaufgefordert auf einem der Stühle niederließ, erneut seine Kleidung ordnete und dann vornehm ein Bein über das andere schlug. »Da es sicherlich einen Grund dafür gibt, wollte ich den gern von Ihnen persönlich erfahren. Ihr Sergente sagte mir, dass ich Sie hier antreffen kann, und schon bin ich da.«

»Mhm.«

Er drehte sich zu Claretta, die sich noch keinen Millimeter von der Tür wegbewegt hatte, und schenkte ihr ein verwegenes Lächeln. Ugo Maio war eine elegante Erscheinung, braun gebrannt mit schwarzem Haar, und er verfügte über ganz außergewöhnliche Manieren.

Als ob es darauf ankommen würde. Ich wette, der kann einen Thunfisch nicht von einer Makrele unterscheiden.

»Als ob es darauf ankommen würde«, murmelte Claretta.

»Was hat einer wie Sie im dei Cappuccini verloren?«, wollte der Capitano misstrauisch wissen.

»Aber wieso denn so harsche Worte, lieber Freund«, beschwerte sich Ugo Maio auffallend künstlich. »So wie auch Sie liebe ich die schönen Dinge«, sein demonstrativer Blick fiel auf Claretta, »noch dazu bin ich Geschäftsmann, und das Foyer ist quasi mein Büro.« Er ließ seine Augen abschätzig durch den Raum gleiten.

»Seit wann brauchen Gauner ein Büro?«, fragte der Capitano.

»Sagen Sie es mir, Capitano«, forderte Maio provokant.

Dem Capitano verschlug es die Sprache.

Ugo Maio bewegte seinen Oberkörper leicht nach vorn und streckte das Kinn vor. »Die Sache mit den beiden Österreichern ist sehr bedauerlich, aber ich kann Ihnen versichern, dass ich ihnen kein Haar gekrümmt habe. Ich verabscheue Gewalt auf das Tiefste. Außerdem ist sie vollkommen unnötig, vor allem, wenn schöne Frauen im Spiel sind. Man muss die Menschen schätzen, um …«

»… sie zu beklauen!«, vervollständigte der Capitano unwirsch den Satz. »Woher wissen Sie überhaupt von dem Verbrechen?«, empörte er sich.

Über Maios Gesicht legte sich ein selbstzufriedenes Lächeln. »Oh, mein Lieber, jetzt kränken Sie mich aber. Ein Mann wie ich ist immer bestens informiert.«

»Dann wissen Sie sicherlich auch, was die bedauerlichen Gestalten alles so in den Taschen hatten«, schimpfte der Capitano. »Da schaut jemand wie Sie doch sofort hin.«

»Alles, was ihr guter Sergente gestern brav hierhergetragen hat, nehme ich an. Oder ist auf seinem Weg etwas verloren gegangen?«, fragte Maio süffisant.

»Jetzt erlauben Sie mal!«, echauffierte sich der Capitano. »Sie vergessen, mit wem Sie reden.«

»Das würde ich bedauern«, gab Maio amüsiert zurück.

»Sie kommen hier hereinmarschiert, wissen von einem Verbrechen, das offiziell niemals stattgefunden hat, und haben auch noch die Dreistigkeit, mir zu erklären, was meine Leute konfisziert haben!« Die runden Backen des Capitano leuchteten dunkelrot, so sehr war er in Rage.

»Eine Sache haben Sie vergessen«, warf Maio mit erhobenem Zeigefinger ein. »Ich habe nichts mit alledem zu tun.«

»Das ist doch wohl ein Witz!«, brüllte der Capitano wie von Sinnen. »Der durchtriebenste Ganove der Stadt lässt sich kaum einen so fetten Fisch entgehen, noch dazu, wenn er direkt vor seiner Nase vorbeischwimmt.«

Maio wiegte den Kopf hin und her und verkündete auffallend belustigt: »Ich würde es so formulieren, auch der klügste Mann kommt einmal zu spät.«

»Sie geben es also zu!«, konstatierte der Capitano.

»Ich glaube, ich habe soeben das Gegenteil klargestellt«, warf Maio ein.

»Aha!«, erwiderte der Capitano.

»Außerdem bin ich nicht mehr im Geschäft, also in diesem«, redete Maio weiter. »Man muss mit der Zeit gehen, Spadaro, sonst bleibt man zurück. Und wer will schon ein Capitano bleiben, wenn man Generalkommandant sein kann, nicht wahr?«

Als der Capitano nicht reagierte, fügte Maio noch an: »Nichts gegen Sie, verehrter Freund.«

»Wo waren Sie am Sonntagabend?«, entgegnete der Capitano ärgerlich.

Maio ließ sich mit der Antwort Zeit. »Ich war in Salerno«, sagte er langsam und in gänzlicher Ruhe.

»Das kann jeder behaupten«, blaffte der Capitano.

»Ein Abendessen mit einem alten Kameraden …«

Der Capitano schien jeden Augenblick aus der Haut zu fahren. »Name. Aufenthaltsort.«

»… Maggiore Marino Romano«, ergänzte Maio genüsslich. »Comando Stazione Salerno.«

Die rote Gesichtsfarbe des Capitano verflüchtigte sich unversehens. Kalkweiß stammelte er: »Der Provinzinspekteur?«

»Ihrem Vorgesetzten, sehr wohl«, bestätigte Maio und konnte dabei nicht verhehlen, dass ihn der Coup erheiterte.

Der Capitano öffnete noch mehrfach hintereinander seinen Mund, bekam aber kein Wort heraus. Hilflos schaute er auf Claretta, die sich hinter ihren Schreibtisch zurückgezogen hatte. »Sie erdreisten sich, einen so ehrbaren Mann wie den Maggiore in Ihre Geschäfte«, er hob die Zähne, »mit hineinzuziehen.«

»Ich nehme Ihnen das nicht übel, Riccardo. Sie tun nur Ihre Pflicht, wie wir alle.« Maio taxierte den Capitano aus schmalen Augen.

»Habe ich Pflicht gehört?« Plötzlich stand Maggiore Romano im Zimmer, ohne dass es jemand bemerkt hatte. »Dann bin ich richtig«, scherzte er. »Guten Morgen, die Herren«, ein scheeler Seitenblick fiel auf Claretta. »Na ja, Ihnen dann wohl auch«, schob er halbherzig noch nach. Dabei machte er keinen Hehl daraus, dass sich seine Meinung über Frauen bei den Carabinieri seit seinem letzten Besuch nicht geändert hatte.

»Signore Marino«, entfuhr es dem Capitano sichtbar überrumpelt. »Äh, Maggiore Romano. Sie hier?« Er sprang auf, stieß dabei den Aschenbecher, der etwas ungünstig auf der Tischkante gestanden hatte, zu Boden, und salutierte neben seinem Schreibtisch. Nebenbei angelte er seine Mütze, die gewohnheitsmäßig über der Schreibtischlampe hing, und schob sie sich auf den Kopf. Dass er noch immer die Stoffserviette an der Knopfleiste trug, schien er nicht zu bemerken.

»Sehr wohl, Spadaro«, gab der Maggiore zurück, wobei er an Maio herantrat und ihn auf das Herzlichste begrüßte. Man konnte wohl sagen, dass die beiden Männer so dicht nebeneinanderstehend einen höchst seltsamen Anblick boten. Im Vergleich zu Maio glich der Provinzinspektor einem Zwerg. Insgesamt schien der liebe Gott bei ihm ein wenig nachlässig gewesen zu sein, denn er hatte nicht nur an der Körpergröße, sondern auch am Haupthaar gespart. Aber das fiel womöglich weniger auf als das Schielauge hinter der silberumrahmten Nickelbrille, das es jedem Gegenüber schwer machte, seinem Blick standzuhalten. Der Herr gibt oder er gibt eben nicht, pflegte Nonna Nunzia immer zu sagen. Im Fall des Maggiore lagen die Dinge klar. »Haben wir ein Problem?«, fragte er mit einer überbordenden Höflichkeit, die ihn sogar die Hand von Maio länger halten ließ, als es der Normalfall bei einer Begrüßung war.

»Der Capitano und ich haben alles geklärt«, entgegnete Maio gespielt sanftmütig und entzog sich dabei durch einen kleinen Ausfallschritt der Nähe des Maggiore.

»Äh, Maio, Signore Maio, der Doppelmord im Grand Hotel dei Cappuccini.« Der Capitano brauchte vor lauter Aufregung nicht einmal mehr vollständige Sätze zusammen.

Der Maggiore wiegelte ab. »Das ist nichts, womit wir den Signore behelligen sollten«, stellte er fest, ohne den Capitano nur eines Blickes zu würdigen.

»Am Sonntagabend …«, sagte Maio mit weicher Stimme, wobei er seinen Kopf ein wenig zur Seite legte und den Maggiore auffallend musterte. »Der Capitano ist sehr gründlich.« Er zwinkerte ihm frech zu.

»Wie ich sage, es ist nicht die Sache des Signore hier«, wiederholte der Maggiore. »Wer weiß, welchem Pagen die Nerven durchgegangen sind …« Nun wandte er sich dem Capitano zu. »Nicht wahr?«

»Sehr wohl, Maggiore«, bestätigte der Capitano.

»Dann würde ich Ihre Zeit nicht länger in Anspruch nehmen«, sagte Maio und stand auf. »Ich bin Ihnen nicht gram, Capitano, und weiß Ihren Einsatz überaus zu schätzen. Bei solch fähigen Männern fühlt man sich in der Stadt gleich viel sicherer.« Er schüttelte dem Maggiore die Hand, bedachte den Capitano mit einem schnellen Seitenblick, warf Claretta einen Kussmund zu und ging zur Tür. Dort angekommen, kam er zurück, fasste nach Clarettas Hand und verbeugte sich nochmals. »Wir werden uns wiedersehen, *bella*, dessen bin ich mir gewiss.«

Nur über meine Leiche.

Dann zog er die Tür hinter sich ins Schloss.

»Aber Maggiore …«, hob der Capitano aufgelöst an.

Romano nahm sogleich abwehrend die Hände nach oben. »Kein Wort mehr dazu! Ich nehme einen Espresso, wenn ich schon einmal hier bin. Wenn ich mich recht erinnere, ist der zumindest ganz passabel.«

***

»Sie haben mir diesen Maio auf den Hals gehetzt!«, brüllte der Capitano, während er wutschnaubend Kreise im Büro lief. »Und den Maggiore gleich mit. Was haben Sie sich denn dabei gedacht?«

»Der Dienstweg, mein Capitano«, antwortete Sergente Gabriele bestürzt. »Wir sind angehalten, Salerno zu informieren, wenn wir einen gewissen Betrag oder Wertgegenstände sichergestellt haben.«

»Was erklärt er mir da? Das weiß ich selbst!«, blaffte der Capitano, klang dabei aber wieder deutlich gemäßigter.

Sergente Gabriele nickte hastig. »Natürlich. Entschuldigung.«

»Trotzdem. Ausgerechnet der Maggiore. Sie wissen doch genau, dass er immer höchstselbst erscheint, wenn der Topf, der abgeholt werden muss, anständig voll ist.« Er hielt kurz inne, als hätte er aus Versehen ein Geheimnis verraten, winkte dann aber ab und schimpfte weiter. »Kommt der Kerl auch noch zur absoluten Unzeit. So viel …« Er hielt Daumen und Zeigefinger nach oben, wobei er zwischen beiden nur wenige Millimeter Platz ließ, »… so viel hat noch gefehlt, und ich hätte diesen unsäglichen Maio so weit gehabt.«

»Das tut mir leid, Capitano«, sagte der Sergente. »Jetzt hat Signore Maio also nicht gestanden?«

»Nein!«, erregte sich der Capitano. »Das hat er nicht! Wieso auch, der Maggiore ist sein Alibi. Dabei macht der Kerl sich seine Finger im Leben nicht selbst schmutzig.«

Sergente Gabriele schien nach Luft zu ringen. »Maio saß in der Lobby, aber er hat sich geweigert, mir meine Fragen zu beantworten«, erklärte der Sergente. »Ich war überzeugt, dass seine Bande etwas mit dem Mordfall zu tun hat. Deswegen bin ich auch gestern Nachmittag schon einmal bei ihm gewesen, nur dass ich ihn nicht angetroffen habe.«

»Jemand wie Maio hätte nicht einen Centesimo zurückgelassen«, widersprach der Capitano. Dann schien er die Worte des Sergente komplett verinnerlicht zu haben. »Sie haben den Kerl gestern zu Hause aufgesucht?«, fragte er.

Der Sergente bestätigte das. »Selbst bei jemandem wie Maio laufen die Dinge mal aus dem Ruder, und es hätte sein können …«

»Ja, sind Sie des Wahnsinns!«, empörte sich der Capitano. »Wer hat Ihnen denn das erlaubt? Dann war der Gauner auch noch vorgewarnt.«

»Wie gesagt, da war niem…«, erklärte der Sergente mit dünner Stimme.

»Unsinn! Ein Mann wie Maio hat seine Augen und Ohren überall, auch wenn er nicht zugegen ist.« Der Capitano fuchtelte wie wild mit den Armen umher. »Geht der Kerl einfach los und macht sich wichtig, und ich darf sehen, wie ich den Schaden begrenze.« Er stampfte mit dem Fuß auf. »Aber im Protokoll stand davon nichts geschrieben.« Sein wütender Blick fiel auf Claretta, die unwillkürlich anfing zu zittern.

»Die Signora kann nichts dafür. Sie wusste nicht …«, sagte der Sergente.

»Das wird ja immer besser«, beschwerte sich der Capitano. »Meine Sekretärin wird auch noch außen vor gehalten. Ja, wer bin ich denn?« Er holte tief Luft. »Ugo Maio ist nicht der Mörder. Und wenn er es doch ist, ist er es nicht. Es sei denn, der Maggiore will es so. Merken Sie sich das! Und wenn Sie weiterhin durch die Stadt laufen und jeden dahergelaufenen Mann für den Täter halten, dann fragen Sie mich gefälligst vorher!« Er drehte noch zwei weitere Runden um seinen Schreibtisch, öffnete dann die Tür so schwungvoll, dass man meinen konnte, er wollte sie aus den Angeln reißen, und hastete hinaus. Auf der Treppe hörte man ihn noch schreien. »Ich bin bei Pedro, und wagen Sie es sich nicht, mich zu stören, nicht einmal wenn der Papst höchstpersönlich von den Sowjets entführt wird.«

Alkohol ist auch keine Lösung.

Sergente Gabriele atmete tief aus. »Will er nun wissen, was die Leichenbeschau ergeben hat, oder nicht?«

***

Der Umschlag lag einfach da. Zwei Stunden, in denen Claretta alles versucht hatte, ihn zu ignorieren. Doch dabei hatten ihr nicht einmal die verschmierten Fensterscheiben, die sie auf Hochglanz poliert hatte, geholfen. Geschweige denn der gebohnerte Boden oder der frisch gefegte Austritt. Der Kehricht war zu allem Überfluss nicht nur auf der Straße, sondern auch auf den uniformierten Schultern der wachhabenden Carabinieri gelandet. Sie konnte aber manchmal auch wirklich ein

Schussel sein. Die Männer hatten das Claretta gottlob nicht übel genommen. Im Gegenteil, gefeixt haben sie, vor allem da Claretta einen nach dem anderen sauber gebürstet hat. Nun saß sie ein wenig verschwitzt, aber zufrieden hinter ihrem winzigen Tischchen. Sie hatte alle Aufgaben für heute erledigt, und das Einzige, was ihr jetzt noch in den Sinn kam, war, das graue Papier anzustarren.

»Was der Doktor wohl herausgefunden haben mag?«, murmelte sie, stand auf und lief hinüber zum Schreibtisch des Capitano. Unentschlossen blieb sie kurz stehen und fuhr mit dem Zeigefinger über die Tischplatte, als gäbe es hier noch das kleinste Staubkorn zu entdecken. Die Bewegung wiederholte sie ein paar Mal, wobei ihre Hand immer näher in Richtung des Umschlages glitt.

Was machst du da?

»Nichts.« Ihre Fingerspitzen streiften behutsam das raue Papier.

Du spionierst.

»Nein.« Claretta nahm den Umschlag auf, betrachtete ihn von allen Seiten und hielt ihn gegen das Licht. Sein Geheimnis blieb jedoch verborgen.

Hast du das mit meiner Post auch immer so gemacht?

»Wer hätte dir denn schreiben sollen?«, entgegnete Claretta, getrieben von ihrer Neugier und deswegen, ohne recht über den Satz nachzudenken. »Er ist nicht zugeklebt«, sagte Claretta und biss sich auf die Unterlippe. »Unter diesen Umständen … Herr, verzeih mir!« Sie seufzte schwer. Im nächsten Augenblick fasste sie sich ein Herz, schob die Lasche nach oben und zog die Seiten mit Schwung heraus.

Was steht drin?

Claretta hielt das Schriftstück mit beiden Händen umfasst und las. Sie versuchte es zumindest.

Ich denke ja nicht, dass so eine Untersuchung bei einem Toten noch etwas bringt. Was will man denn da großartig sehen, wenn die Pumpe nicht mehr läuft? Alles Hokuspokus, wenn du mich fragst.

»Ich frage dich aber nicht«, entgegnete Claretta unzufrieden. Je länger sie ihre Augen über die Zeilen fahren ließ, umso mehr wurden die Buchstaben zu einem einzigen Brei. Da standen die Namen, Doktor Theodor Kornmehl und Frau Therese. Wenn man wusste, wonach man suchte, ließ sich das auch entziffern. »Gu … ter All … ge … mei … n … zus … tand«, stotterte sie angestrengt und brauchte ganze drei Durchgänge, um zu verstehen, was gemeint war. »Guter Allgemeinzustand.«

Bei einem Toten? Ich sage es ja, alles Lug und Trug. Hauptsache, der Doktor konnte ein paar Lire einstecken. Dein Russe ist für so etwas bestimmt auch zu haben. Die sehen ohnehin immer zu, wie sie an anderer Leute Geld kommen.

»Er ist nicht *mein* Russe!«, widersprach Claretta und ließ den Bericht enttäuscht sinken. Der Text war schlichtweg zu schwierig für sie. Und sie konnte nicht einmal jemanden um Hilfe bitten. Wütend auf sich und vor allem auf Emilio nahm sie die Seiten noch einmal auf. Irgendetwas musste sich doch herausbekommen lassen.

Wieso bist du wütend auf mich? Du hast keinen Grund.

Claretta konnte auf Anhieb ein halbes Dutzend Gründe aufzählen, aber sie konzentrierte sich lieber auf die ihr so verhassten Buchstaben. »Pis … to … la Au … Aut … Auto …«, stammelte sie.

Pistola Automatica Beretta, Modello 1934. Kaliber 7,65 Millimeter. Sieben Schuss. Das war die mit Abstand beste Waffe unserer Armee.

»Pistola Automatica Beretta, Modello 1934«, wiederholte Claretta. Das konnte passen. »Hattest du auch so eine?«, fragte sie.

Selbstverständlich! Sie gehörte zur Grundausstattung jedes italienischen Soldaten im Zweiten Weltkrieg. Der Stolz unseres Heeres. Na ja, die paar kleinen Probleme mit dem frei liegenden Hammer. Darüber kann man hinwegsehen. Wie oft kommt man denn aus Versehen daran, sodass sich eine Patrone lösen kann?

Einmal zu viel in jedem Fall, dachte Claretta.

Bei mir war es ein Mannlicher-Carcano-Gewehr, eine der besten Waffen, die unsere Truppen …

»Ich möchte darüber nicht reden«, unterbrach Claretta ihren Mann. »Die Österreicher wurden mit einer Waffe aus italienischen Armeebeständen erschossen«, schlussfolgerte sie. Sie überlegte. Außer Emilios privaten Sachen hatte sie von der Armee nichts zurückbekommen, erst recht keine Pistole.

Wieso sollen die an die Frauen Kriegswerkzeuge ausreichen? Dann hätten wir doch gleich eine Revolution.

Claretta schmunzelte. Manchmal konnte Emilio durchaus weitsichtig sein.

Die Ausrüstung bleibt bei der Truppe, für den nächsten Krieg.

Claretta dachte an ihre Söhne und bekreuzigte sich. Da man nie wusste, auf welche Ideen die mächtigen Männer dieser Welt kamen, wiederholte sie das Kreuzzeichen gleich noch einmal. Sicher war sicher.

Ein furchtbares Geschrei ließ den Schreck in sie fahren. Eilig steckte sie den Bericht zurück und legte den Umschlag dorthin, wo sie ihn weggenommen hatte. Eine Tür unter ihr wurde zugeschlagen, und man konnte hören, wie die Carabinieri ein paar Männer in Gewahrsam genommen hatten und sie nun dazu bringen wollten zu reden. Meistens handelte es sich dabei um arbeitslose Fischer, die ihren Frust mit dem billigen Wein der Hafentavernen herunterspülen wollten. Das taten sie so lange, wie das Geld oder der Langmut des Wirtes ausreichte, um dann auf alles und jeden, vor allem die Ungerechtigkeit der Welt, einzuprügeln. Die Männer brachten auf diese Weise mitunter das gesamte Monatsgeld ihrer Familien durch, um am nächsten Morgen ausgenüchtert in einer Zelle der Comando Stazione aufzuwachen und vor einem noch größeren Elend zu stehen. Es war ein Teufelskreis, der sich wohl niemals durchbrechen lassen würde, nicht einmal durch die Kirche, deren Almosen beträchtlich waren. Am schlimmsten ging es zu, wenn die Frauen kamen, um nach ihren Männern zu suchen. Meistens handelte es sich dabei um die jungen, die nichts von ihrem zu tragenden Kreuz wussten oder noch nicht abgestumpft genug waren, sich damit abzufinden. Jedes Mal, wenn ihr Klagen durch das Gemäuer klang, haderte Claretta etwas weniger mit der Last, die ihr das Leben aufgebürdet hatte. Denn ein toter Ehemann war allemal besser als ein trinkender.

Ich für meinen Teil wäre lieber ein Opfer des Brandweines.

Die meiste Zeit jedoch ging es in der Stazione überaus ruhig und beschaulich zu, sodass Claretta immer wieder vergaß, wo sie sich eigentlich befand.

Ich bleibe dabei, das ist kein Ort für eine Frau.

»Deswegen gehe ich jetzt auf den Markt. Der Capitano braucht frischen Knoblauch«, beschloss Claretta. Die unter ihr krakeelenden Fischer verursachten ihr Unbehagen. Bei den bisweilen auftauchenden Freudenmädchen, den Spitzbuben, Taschenspielern und sonstigen zwielichtigen Gestalten erging es ihr genauso. Aber bei den Fischern, bei den Fischern fand sie es am Schlimmsten.

Sul mare luccica l'astro d'argento, placida è l'onda, prospero il vento. Venite all'agile barchetta mia! Santa Lucia, Santa Lucia!

***

Die lila-weißen Knoblauchknollen hingen zu dicken Zöpfen gebunden an dem mit weißem Leinen überspannten Holzgestell, was der Gemüsehändler zum Schutz gegen die Mittagssonne über seinem Stand aufgebaut hatte. Ansonsten schien sich das Geschäft heute gelohnt zu haben, denn bis auf ein paar einzelne schrumpelige Auberginen und eine Handvoll Tomaten waren seine Auslagen leer.

»Nun, Signorina, Sie sind leider ein wenig zu spät«, entschuldigte sich der Händler, als er Clarettas suchenden Blick bemerkte.

»Signora, und ich brauche nur Knoblauch«, entgegnete sie lächelnd.

»Na, wenn das so ist«, freute sich der Mann. »Wie viele Knollen darf ich Ihnen abschneiden?« Er nahm ein Messer und streckte seine Arme schon zum erstbesten Zopf aus.

Claretta schüttelte den Kopf. »Ein ganzes Gebinde, bitte.«

Der Mann wackelte freudig mit den Schultern. »Warum auch nicht«, jauchzte er. »Gottes bestes Geschenk an die Italiener. Ihr werter Herr Gemahl kann sich glücklich schätzen. Eine Frau, die mit Knoblauch nicht geizt, verfügt über ein großes Herz.« Der Knoblauchzopf landete auf dem Verkaufstisch.

Ich pflege keine Nahrung mehr zu mir zu nehmen. Aber danke.

Claretta zahlte und ging weiter. Auf der Piazza Duomo fanden sich fast täglich diverse Händler ein, die neben Lebensmitteln auch Haushaltwaren, Stoffe, Feuerholz und Kräutersträuße feilboten. Jeder, der etwas zu verkaufen hatte, kam hierher. Dabei verfügten die wenigsten über eine Erlaubnis, geschweige denn einen Tisch oder sogar einen Stand. Man kam, präsentierte sein Gut in einem Korb, manchmal sogar auf dem nackten Steinboden und hoffte auf ein schnelles Geschäft. Nur die breite Treppe hinauf zum Dom war von diesem Treiben ausgenommen. Niemand wagte es, auch nur einen Sack voller Zitronen dort abzustellen. Monsignore Marini wachte über die zweiundsechzig Stufen hinauf zu Sant'Andrea wie über die Gebeine des gleichnamigen Apostels seiner Krypta.

Claretta schlenderte zwischen dem Gewusel hindurch, plauderte mit dem einen oder anderen und prüfte ausgiebig ein Knäuel Schafwolle, aus dem sie warme Socken für die Jungs stricken wollte.

»Signora Claretta, so eine Freude«, hörte sie jemanden hinter sich ihren Namen sagen.

Sie ließ von der Wolle ab und wandte sich um. »Monsignore Marini«, entfuhr es ihr überrascht. Sie deutete eine Verbeugung an.

»Geht es dir gut, mein Kind, und auch der Familie?«, fragte er interessiert. Seit ihrem letzten Zusammentreffen waren ein paar Monate vergangen. Claretta erschrak darüber, wie sehr die kurze Zeit ihn gezeichnet hatte. Der Geistliche, der von ihrer verstorbenen Mutter tief verehrt wurde und entsprechend intensiv in die Familiengeschicke eingebunden war, war nur noch ein Schatten seiner selbst. Aschfahl und zusammengefallen stützte er sich auf seinen Gehstock, ohne den er vermutlich gar nicht mehr aus dem Haus käme. Nur aus seinen Augen funkelte noch die gleiche Wissbegier und Klugheit wie eh und je. »Ich hatte gehofft, dich einmal in meiner Kirche anzutreffen.«

»Ich …«, hob Claretta mit glühenden Ohren an.

Er machte eine großzügige Geste. »Du trägst den

Herrn im Herzen. Seine Nachsicht ist dir gewiss.« Er nickte gönnerisch. »Prete Desiderio sieht dich aber öfter, nicht wahr?«

Claretta bestätigte seine Frage notgedrungen und entschuldigte sich sogleich bei ihrem Herrn für die kleine Flunkerei. Sie brachte es einfach nicht über das Herz, den Monsignore zu enttäuschen.

»Das ist besser als nichts«, murmelte der Monsignore zu sich selbst. »Auch wenn dieser Desiderio ... na ja, Gottes Weinberg ist groß und hat auch faule Trauben.«

Claretta bemühte sich, so zu tun, als habe sie nichts gehört.

»Du machst dich gut bei den Carabinieri, wie man hört«, fuhr der Monsignore unverwandt fort.

Der eine sagt so, der andere so. In jedem Fall ist dein Capitano ein Waschweib.

Er trifft sich jeden Mittwoch mit dem Monsignore zum Kartenspiel, dachte Claretta.

Waschweib, sage ich doch.

»Recht so, mein Kind. Der Herr wird dich leiten, auch durch schweres Wetter. Sei dir gewiss, dass auch auf die dunkelsten Nächte ein heller Morgen folgt.« Er trat einen Schritt auf Claretta zu. »Wie lange ist dein Mann, dieser ...« Er fuhr sich mit der Zunge über die Lippen und schmatzte mehrfach hintereinander, als würde ihm dadurch der Name leichter einfallen. Es half nichts. »Na ja, wie lange lebst du schon allein?«

Emilio. Acht, also lediglich ein Wimpernschlag. Das ist nichts, wenn man bedenkt, dass ein Stör über hundert Jahre alt werden kann.

»Seit 1943«, antwortete Claretta leise.

»Eine lange Zeit«, entgegnete der Monsignore sinnierend. »Mein Kind, bedenke, das gereicht einer jungen Frau nicht zum Vorteil.«

Sie ist so gefragt wie der Fisch vom Vortag.

»Du weißt, ich habe deiner Mutter auf ihrem Sterbebett mein Wort gegeben, auf dich zu achten. Es ist zu deinem Wohl. Ist denn ein geeigneter Kandidat in Aussicht?«

Ach das meint der Kerl!

Claretta verneinte zögerlich. »Es ist nicht so einfach …«, hob sie an.

»Manchmal ist es nicht die Liebe, die zwei Menschen zueinander führt, sondern es sind das gegenseitige Vertrauen und der Respekt«, sagte der Monsignore bedeutungsvoll.

Was soll das denn jetzt?

»Die Liebe kann wachsen und das wird sie auch, wenn man sich erst einmal aufeinander eingelassen hat. Du musst dir ein Herz fassen, Claretta«, redete er weiter.

»Ja, aber …?« Claretta verstand nicht.

»Capitano Spadaro ist ein anständiger Mann«, fuhr der Monsignore fort. »Er ist angesehen in der Stadt, verfügt über ein sicheres Einkommen und kann deinen Söhnen ein guter Vater sein. Sie brauchen einen Vater.«

Dieser alte fette Sack! Der ist doch mindestens sechzig, wenn nicht sogar noch älter. Was sage ich? Der riecht doch schon ranzig.

»Der Capitano ist achtundvierzig Jahre alt«, sagte

Claretta, wobei das nicht für die Ohren des Monsignore, sondern für Emilio bestimmt war.

Seine Papiere sind gefälscht. Das ist doch ein Leichtes für den Kerl.

»Was sind schon zwanzig Jahre gegen ein gutes Leben?«, bemerkte der Monsignore. »Die Zeiten sind hart, mein liebes Kind, bedenke das.«

Der Schwarzkittel will dir doch tatsächlich den dicken Knoblauchfresser aufdrängeln. Da habe ich aber ein Wörtchen mitzureden. Immerhin bin ich auch noch da.

»Ich weiß nicht, Monsignore«, antwortete Claretta zögerlich. »Für meine Arbeit ...«

Marini fasste nach ihrem Arm. »Du müsstest das dann nicht mehr tun, hab keine Sorge.«

Und was, wenn ich gern als Sekretärin des Capitano arbeite, dachte Claretta, sagte aber: »Emilio hätte bestimmt auch etwas dagegen.«

Das Argument hat gesessen. Prima, Claretta.

»Der Herr hat deinen Emilio zu sich geholt. In der unsrigen Welt hat er nun keine Stimme mehr«, entgegnete der Monsignore, faltete die Hände über dem Knauf seines Stockes und schloss die Augen. »Außerdem würde er immer wollen, dass es dir wohl ergeht.«

Also das schlägt dem Fass doch wohl den Boden aus. Keine Stimme mehr!

»Guten Tag, Signora Claretta«, grüßte ein Herr aus der Ferne.

Claretta, der das Gespräch so unangenehm war, dass sie lieber ihre Schuhspitzen als den Monsignore anschaute, hob verdattert den Kopf. Es handelte sich um den Hoteldirektor Fusco, der soeben die Stufen hinauf zur Kathedrale stieg und ihre Erwiderung mit einem ausdruckslosen Gesicht entgegennahm.

»Du kennst diesen Mann?«, fragte der Monsignore bass erstaunt.

»Ja«, meinte Claretta schüchtern.

Der Monsignore schaute Fusco nach, bis er im Dom verschwunden war. Dann widmete er sich wieder Claretta, wobei sich zwischen seinen Augen noch tiefere Falten als zuvor zeigten. »Eine junge Frau wie du sollte immer wissen, was geboten ist. Auch wenn der Anschein verlockend erscheint, es ist das Blendwerk, das uns in den Abgrund stürzt.« Seine Hand fasste erneut nach Clarettas Arm. Dieses Mal drückte er jedoch so fest zu, dass sie die Luft anhielt, um keinen Schmerzensschrei auszustoßen. »Die Seelen der Menschen können mitunter tief sein, so tief, dass sie sich selbst darin nicht mehr wiederfinden. Vergiss das nie!«

»Aber … ich …«, stammelte Claretta. Der Monsignore konnte doch unmöglich denken, dass sie und Signore Fusco …

Na ja, so hässlich bist du nun auch nicht, dass sich die Männer, vor allem die älteren, nicht für dich interessieren könnten.

»Achte darauf, mit wem du dich umgibst. Es ist nur zu deinem Besten«, sagte der Monsignore streng.

»Was ist denn mit Signore Fusco?«, fragte Claretta, die sich auf die Worte des Geistlichen keinen Reim machen konnte. Fusco hatte sie lediglich gegrüßt und nicht einmal besonders freundlich. Den Monsignore hingegen hatte er wie Luft behandelt. Dabei musste er ihn kennen. Jeder in der Stadt kannte ihn. Das war nicht sehr anständig von Signore Fusco.

Monsignore Marini bewegte mürrisch den Kopf. »Ich habe es deiner Mutter am Sterbebett versprochen«, wiederholte er. »Denke an Sie und halte dich an den Capitano.« Er nickte Claretta kurz zu und ließ sie allein zurück.

Man konnte doch meinen, er hätte Luzifer soeben auf den Schwanz getreten.

»Wohl eher meinem ganz persönlichen Teufel«, sagte Claretta nachdenklich.

»Ich bin keine Diebin!«, schrie eine Frau und riss sie damit aus ihren Grübeleien. An einem kleinen Fischstand unweit von ihr schien sich ein Streit zu entspinnen.

»Ach, nicht?«, fragte die Händlerin, eine burschikose in schlampigen Röcken, unnatürlich hoch. »Wie nennt man dann jemanden, der etwas kauft und es nicht bezahlt?«

»Ich habe bezahlt, du blödes Weib!«, widersprach die Kundin, die an ein verhutzeltes Mütterchen erinnerte.

»Mit buntem Papier«, keifte sie zurück. »Falschgeld wolltest du mir unterschieben. Weiter nichts. Das ist eine Sache für die Carabinieri.«

Claretta, in deren Kopf noch immer die Worte des Monsignore herumspukten, wollte sich gerade auf den Rückweg zur Stazione machen, als das Geschrei ihre Aufmerksamkeit weckte.

Du tust so, als ob du eine von denen bist.

Bin ich, dachte Claretta. Sie wissen es nur noch nicht.

»Pfff. Was hat denn die Polizei mit meinem Einkauf zu tun?«, empörte sich die andere mit flatternder Stimme.

»Kauf? Dass ich nicht lache«, erwiderte die anscheinend Betrogene, versetzte der Kundin einen Schups, packte sie am Arm und versuchte, sie mit sich zu ziehen. »Wir gehen jetzt schön gemeinsam zur Stazione und klären das.«

»Da gibt es nichts zu klären«, keifte das verhutzelte Mütterchen, wobei ihr grauer Haarknoten durch die heftige Gegenwehr, die sie leistete, schon halb zerfleddert war und sie auch sonst ziemlich derangiert wirkte.

»Das bestimme ich! Denk bloß nicht, du kommst damit durch, und meinen Fisch kannst du auch gleich wieder hergeben.« Sie riss an dem Korb, den das Mütterchen die ganze Zeit unter dem Arm getragen hatte. »Ich habe nichts zu verschenken, erst recht nicht an Hochstapler.«

»Das ist mein Korb!«, schrie die Käuferin wie von Sinnen und hielt mit ganzer Kraft den Henkel umklammert.

»Erst wenn du gezahlt hast!«

»Was ist denn hier los?«, wollte Claretta wissen. Die Frage war dabei so unerwartet leise aus ihrem Mund gekommen, dass sie bezweifelte, überhaupt gehört worden zu sein. Vermutlich war dem auch so. Da sie aber zwischen die beiden Frauen getreten war, kamen sie nicht umhin, sie zu beachten. »Warum streiten Sie denn?«

Die Frauen berichteten aufgebracht ihre jeweilige Version der Geschichte, wobei sie darüber froh zu sein schienen, dass sich jemand dafür interessierte. Vor allem die vermeintliche Betrügerin witterte wohl ihre Chance auf eine Einigung, ohne dass die Polizei hinzugezogen wurde.

»Falschgeld?«, vergewisserte sich Claretta.

»Hier«, sagte die Fischhändlerin und hielt ihr einen Geldschein entgegen. »Sehen Sie selbst!«

Claretta betrachtete die Note. »Das sind Österreichische Schillinge«, sagte sie nachdenklich. Wie der Herrgott die Dinge doch fügte. Bis gestern hätte sie keinen Schimmer gehabt, um welche Banknoten es sich hierbei handelte.

Die Fischhändlerin wirkte perplex. »Echtes Geld? Und das wissen Sie genau?« Sie neigte den Kopf und musterte Claretta unverhohlen. »Sie sind doch Signora Lépore, die Frau vom Fischer Emilio?«, fragte sie.

Claretta hob und senkte zögerlich den Kopf.

»Mein Mann erzählt oft von Emilio.« Sie stutzte. »Und Sie wollen sich mit fremdländischem Geld auskennen?«, fragte sie misstrauisch.

Alle reden über den besten Fischer der Amalfi-Küste.

»Mein Bruder war einmal dort«, log Claretta, der die Skepsis der Frau unangenehm war. Aber Emilio konnte sie nicht nennen, denn wer ihren gefallenen Gatten gekannt hatte, wusste genau, dass man es mit einem Mann wie ihm nie zu etwas bringen konnte, geschweige denn zu einer Fahrt ins Ausland.

Ach, und der Ausflug nach Neapel war wohl nichts?

Dort haben Sie mir deinen Sarg übergeben.

»Natürlich ist das echtes Geld«, mischte sich die andere ein.

»Aus Österreich«, stellte die Fischhändlerin fest, wobei ihr grimmiger Blick auf Claretta ruhte.

»Die haben auch Geld, du blöde Ziege!«, blaffte die des Betrugs Beschuldigte zurück.

»Aber dafür gibt es meinen Fisch nicht!«, wehrte sich die Fischhändlerin.

»Signoras, bitte«, mischte sich Claretta ein. »Was sollte der Fisch den kosten?«

»Oh Signora, bei uns bekommen Sie den frischesten und besten Fisch in ganz Amalfi, zu einem unschlagbaren Preis«, flötete die Verkäuferin mit fast schon lieblichem Tonfall. In einem unbedachten Moment entriss sie ihrer Nachbarin den Einkaufskorb und hielt ihn Claretta hin. »Sechshundert Lire, weil Sie es sind, sozusagen unter Fischersfrauen.«

Jetzt habe ich es! Das ist das Weib von Antonio. Der Faulpelz fährt nur freitags raus. Wie frisch kann der Fang dann am Dienstag noch sein?

»Ich sollte achthundert bezahlen«, beschwerte sich die andere und rempelte die Fischerhändlerin heftig an, die sich das nicht bieten ließ und zurücktrat.

Ein lautes Greinen erfüllte die Piazza.

»Nun, Signora, dann hätten Sie gut daran getan, die Schillinge zu behalten.« Claretta hielt den Schein in die Höhe. »Ich würde meinen, das sind etwa zehntausend Lire.«

Rechnen kann mein Mädchen. Das muss man ihr lassen.

Der Schein war schneller zurück in der Hand der Fischhändlerin, als Claretta Luft holen konnte. Noch dazu ließ sie das Geld umgehend zwischen ihren Brüsten verschwinden.

»Das Wechselgeld«, forderte die mittlerweile verstummte Käuferin. »Und meine Ware.« Der Korb wechselte wieder die Besitzerin.

Die Fischhändlerin blies die Wangen auf, um die Luft umgehend wieder entweichen zu lassen. »Ich wechsle kein ausländisches Geld«, ließ sie die andere wissen.

Das Gezeter begann von Neuem, nur dass die vermeintliche vormalige Diebin nun die andere des Klauens beschuldigte.

»Sie sollten das von den Carabinieri klären lassen«, bemerkte Claretta.

Der Hinweis wirkte wahre Wunder. Die beiden Frauen waren sogleich still, konnten sich die fiesen Blicke auf die jeweils andere jedoch nicht verkneifen.

»Die werden das Geld einstecken«, befürchtete die Fischhändlerin und legte sich die flache Hand auf die Brust, als würde das gleich an Ort und Stelle geschehen. Dabei stieg ihre Empörung im gleichen Maße wie die Schadenfreude ihrer Streitpartnerin.

Claretta schüttelte den Kopf. »Ausländisches Geld ist nicht verboten. Wo haben Sie es denn her, wenn ich fragen darf? Waren Sie mal dort? Es soll sehr schön sein, wie man hört.«

»Gestohlen wird Sie es haben«, keifte die Fischhändlerin. »Mit so etwas will ich nichts zu tun haben. Unsereins ist eine ehrliche Haut.« Der Geldschein blieb trotzdem in sicherer Verwahrung.

An Antonios Fischwaage fehlen an der entscheidenden

Stelle zwei Kettenglieder. Da hat das Kilogramm mal schnell zweihundert Gramm weniger und es sieht trotzdem noch nach rechtschaffend aus.

Die Wangen der ahnungslosen Käuferin leuchteten knallrot. »Das sind Österreichische Lire. Das haben Sie doch selbst gesagt«, sagte sie kleinlaut.

»Schilling«, verbesserte Claretta freundlich.

»Ich habe nichts Unrechtes getan«, jammerte die Käuferin.

Sie hat mit Geld bezahlt, das in der Republik Italien nicht gültig ist. Das ist eine Straftat.

»Das weiß ich doch«, beschwichtigte Claretta.

Die Frau schüttelte voller Verzweiflung den Kopf. »Ich kann doch nicht lesen«, schluchzte sie. »Der Schein sah irgendwie anders aus, aber was weiß ich denn, wie oft die Regierung neues Geld drucken lässt. Meine Enkelin hat ihn mir gegeben. Claudia ist ein ehrliches Mädchen. Sie wusste nicht, dass das Geld nicht echt ist. Das müssen Sie mir glauben.«

»Wie kommt Claudia an dieses Geld?«, fragte Claretta weiter und bemerkte erst jetzt, wie mitgenommen die arme Frau aussah. Das wiederum lag nicht nur an ihrem weitestgehend zahnlosen Gebiss und dem gebeugten Rücken. Das Leben schien ihr so einiges aufgebürdet zu haben.

Die Alte schaute unsicher zu Boden. »Sie hat es von einem reichen Gast«, murmelte sie ängstlich. »Die Gäste im Grand Hotel dei Cappuccini sind sehr großzügig, wir kämen sonst nicht über die Runden. Mein Sohn … der Krieg. Ich bin allein mit meinen acht Enkeln …« Ihre Worte überschlugen sich fast. »Claudia ist die Älteste, ein gutes Mädchen, fleißig und anständig. Wir sind froh, dass wenigstens sie eine Anstellung hat. Ich bin eine alte Frau, ich kann nicht mehr viel ausrichten.« Sie schluchzte. »Claudia darf keinen Ärger bekommen. Bitte!«, flehte sie. »Eine vornehme Signora hat es ihr geschenkt. Ich schwöre es bei der Heiligen Jungfrau Maria.«

***

»Da kommt der Maggiore, und zack ist der Goldschmuck weg«, lallte der Capitano, während er sich am Holzgeländer mühevoll die Treppe der Stazione hochzog. Sein Uniformrock stand bis auf einen Knopf offen, das Unterhemd hing aus der Hose, und seine Mütze war verloren gegangen, zumindest trug er sie nicht am Mann. »Was macht der Kerl nur mit den Sachen, die ich einsammle? Hicks.« Er blieb stehen und schwankte beträchtlich. »Wer weiß das schon? Hicks.« Stöhnend setzte er seinen Aufstieg fort.

Oh je, dachte Claretta, die auf dem oberen Treppenabsatz stand und wartete, ob ihre Hilfe benötigt würde. Dann eilte sie los. Eine Kanne Wasser und ein starker Espresso sollten Wunder wirken.

Der Capitano, der nun schon fast das Obergeschoss erreicht hatte, blieb erneut stehen. Offenkundig hatte er bemerkt, dass da jemand war, aber so wie er dreinblickte, konnte er denjenigen nicht ausmachen. »Ich bin bewaffnet und zu allem bereit«, nuschelte er und versuchte, sein Waffenholster mit der linken Hand zu ertasten, doch er konnte verständlicherweise nichts finden. »Immerhin bin ich zu allem bereit.«

Claretta war an die Treppe zurückgekehrt.

Der Capitano hob den Kopf, erkannte sie und lächelte sie breit an. »Da ist ja meine kleine *Ragazzina*«, säuselte er. »Sie hat auf mich gewartet. Wie schön.«

Claretta fielen die Worte des Monsignore ein, worauf sich ihr augenblicklich der Hals zuschnürte.

Das ist er, dein zukünftiger Ehemann. Sieh ihn dir an! Lächerlich!

»Signora Claretta«, schmachtete der Capitano und streckte eine Hand nach ihr aus, worauf er fast zu Boden ging. »Irgendetwas stimmt mit unseren Treppen nicht. Das Holz ist weich wie Brei. Wir sollten einem Tischler Bescheid geben.«

Claretta konnte das leise Kichern der Männer hören, die sich in ihren Stuben in Sicherheit gebracht hatten und das Schauspiel durch einen schmalen Türspalt verfolgten.

»Kommen Sie, Capitano«, sagte sie, fasste ihn unter und führte ihn in sein Büro. Ein Mann wie er sollte in einem schwachen Moment nicht dem Gespött der Leute ausgesetzt sein, erst recht nicht, wenn es sich um seine Untergebenen handelte.

»Diese Rede gestern Morgen«, sagte er ein paar Minuten später mit der dritten Tasse Espresso vor seinem Mund. »Ich weiß noch immer nicht, was es da zu lachen gab. Die Leute lachen gern. Sicher. Aber meine Ansprache, also eigentlich war es ja die von Signore Gregorino, die war nicht witzig, nicht ein Stück weit.« Er nahm einen Schluck. »Und heute wieder. Bei Pedro. Alle lachen. Man kann seine Bewunderung wirklich anders ausdrücken.«

Die aufgerissene Uniform, dachte Claretta und wurde sogleich ganz schrecklich aufgeregt. Der Capitano musste sich vor der ganzen Stadt blamiert haben, deswegen hat der Sergente sie gebeten, ihm nichts zu erzählen.

»Nur der Maggiore hat nicht gelacht. Seltsam. Er hätte doch auch lachen können, oder?«, redete der Capitano weiter.

Gott bewahre, dass auch noch der Maggiore die Beschämung erlebt hätte.

Na, warte erst, was passiert, wenn er dich in seiner Paradeuniform an den Traualtar führt. Da platzt ihm auch noch die Naht an seinem fetten Arsch auf. Man wird ja nicht dünner.

»Das ist nichts, worüber man scherzt!«, zischte Claretta.

»Recht hat sie!«, konstatierte der Capitano. »*Ragazzina*, ich brauche Ihre Hilfe. Immerhin stecken wir mitten in zwei abscheulichen Mordfällen und haben heftig zu tun. Ich würde vorschlagen, ich sitze einfach nur so da, und Sie berichten mir die neusten Entwicklungen in der Sache.« Sein Blick fiel auf den vor ihm liegenden grauen Umschlag. »Lesen Sie, Kindchen.« Er stellte das Geschirr ab, lehnte sich zurück und schloss die Augen.

Claretta ging auf weichen Knien zu seinem Schreibtisch und griff sich das Kuvert. Dabei ließ sie den Capitano nicht aus den Augen. Sie würde ihm sagen müssen, dass sie nur eingeschränkt lesen konnte, also eigentlich nur die leichten Sachen, die sie am besten schon kannte. Die Todesanzeigen am Brett der Kirchengemeinde bekam sie beispielsweise fehlerfrei zusammen. Oder die Überschriften in den Zeitungsseiten, die im Tabakgeschäft jeden Morgen neu an die Innenseite der Schaufenster geklebt wurden, damit auch all jene, die sich keine eigene Zeitung leisten konnten, die Neuigkeiten erfahren konnten. Gut, sie verbrachte dort auch immer mindestens eine halbe Stunde, aber auch nur, weil ihr die Zeitungsfrau immer so nett zuwinkte.

Vielleicht wäre dieser kleine Hinweis bei deinem Einstellungsgespräch angebracht gewesen.

»Lesen Sie, Kindchen«, bat der Capitano noch einmal.

Claretta hätte heulen können. Mit hängenden Schultern schlich sie zurück zu ihrem Tischchen, setzte sich und nahm den Bericht heraus. »Doktor Theodor Kornmehl und Gattin Therese, guter Allgemeinzustand«, sagte sie aus dem Gedächtnis, die Augen irgendwo auf das Blatt fixiert.

Die Antwort darauf war ein tiefes zufriedenes Schnarchen.

»Sergente, was steht in dem Bericht an den Capitano?« Claretta stand in der Stube des Carabiniere und schaute ihn fragend an. Es nützte nichts, wenn der Capitano erwachte, musste sie wissen, was der Doktor aufgeschrieben hatte. Erst dann konnte sie dem Capitano auch vorlesen, also zumindest so tun. Gabriele sollte von ihr denken, was er wollte. Ihretwegen konnte er sie getrost als dummes Ding bezeichnen. Sie wollte ihre Arbeit behalten, und nur das zählte.

Gabriele senkte die Lider und reagierte nicht.

Claretta klopfte das Herz bis zum Hals.

»Entschuldigung«, murmelte er schließlich irgendwann. »Ich hätte Ihnen alles erklären müssen, vor allen Dingen, da Sie neuerdings die Protokolle für mich schreiben, so schöne Protokolle.« Er schob sich die Mütze in den Nacken und wischte sich mit dem Handrücken über den Mund. »Ich bin nicht so sattelfest mit Stift und Zettel, wissen Sie«, gestand er genierlich. »Der Capitano weiß das. Deswegen sind wir alle froh, dass Sie nun bei uns sind.«

Das ist der Witz des Jahrhunderts.

Claretta hätte vor Erleichterung an die Decke hüpfen können. Stattdessen blieb sie einfach stehen und lächelte Gabriele warmherzig an.

Der Sergente nahm ihr den Umschlag ab, bot ihr einen Platz an und begann zu erklären. »Der Doktor hat die beiden Opfer gründlich untersucht. Das macht er, um die Todesursache herauszufinden.«

Das muss eine echte Leuchte sein, also ich meine, bei so schönen Einschusslöchern.

»Die Österreicher sind an einer Schussverletzung gestorben. Die Dame hat eine Kugel direkt ins Herz getroffen, bei dem Mann war es die Leber. Der Streifschuss am Hals war nicht entscheidend.« Der Sergente stoppte kurz und sah sie sorgenvoll. Als Claretta ihn nur gespannt ansah, redete er weiter. »Beide mussten nicht lange leiden. Darüber hinaus hatten sie keine anderen Verletzungen und waren auch ansonsten gesund. Der Doktor hat zwei Patronen gefunden, die von einer *Beretta Modello 1934* stammen sollen. Er war Lazarettarzt und kennt sich ein wenig aus. Gottlob, dass wir noch solche Männer haben. Ich habe das trotzdem bereits überprüft und es ist richtig. Die dritte Patrone steckte in der Wand. Die habe ich natürlich sichergestellt.« Er wartete, und Claretta nickte anerkennend. »Die Schüsse sind aus nächster Nähe abgefeuert worden. Das sieht man an den Wundrändern und dem Winkel, in dem sie das Fleisch zerfetzten.«

Claretta seufzte.

»Als der Hoteldirektor uns gerufen hat, waren die beiden schon etwa sechzehn Stunden tot«, sagte der Sergente.

Gegen acht Uhr abends mussten sie sterben, dachte Claretta bewegt. Das passte auch zu dem nicht stattgefundenen Abendessen. Kurz vor der Mittagsstunde hatte Fusco sie alarmiert. »Was ist eine Bere…?«, fragte sie gespielt unwissend, um überhaupt etwas zu sagen.

»Eine Pistole aus dem Zweiten Weltkrieg«, entgegnete der Sergente. »Alle unsere Soldaten hatten so eine. Sie verfügt über eine hervorragende Qualität und war bei den Alliierten eine begehrte Kriegstrophäe.«

»Das heißt, der Mörder kann ein Soldat sein?«, fragte Claretta.

Sergente Gabriele zuckte mit den Schultern. »Der Schwarzmarkt ist voll von Kriegswaffen. Vielleicht hat sie auch jemand gefunden, gestohlen … Mhm. Alles ist möglich. Aber immerhin wissen wir jetzt, wonach wir suchen müssen. Was die Fingerabdrücke aus der Suite angeht, gestaltet sich die Sache etwas schwieriger. Ich habe mehr aufgenommen, als wir Vergleichsproben in unserem Karteikasten haben. Bis ich die alle kontrolliert habe, ist Weihnachten.« Er kratzte sich den Kopf. »Dem Personal jedenfalls ist nichts aufgefallen, ganz so wie Signore Fusco, der Hoteldirektor, zu Protokoll gegeben hat. Wir setzen morgen die Befragungen der Gäste im Grand Hotel fort. Einige waren heute nicht auf ihren Zimmern. Dann werden wir weitersehen.«

Die Befragungen, dachte Claretta. Morgen. Giovanni sollte dann nicht dort sein. Und wenn er etwas wusste? Es war aber auch zu verflixt mit der Familie. Schleunigst verabschiedete sie sich vom Sergente. Der Capitano sollte keinesfalls aufwachen und sie nicht an ihrem Platz vorfinden.

Fünf

Ich kann nicht mit Ihnen reden. Wenn Signore Fusco das sieht, verliere ich meine Arbeit. Er duldet keine Extrapausen«, sagte das Mädchen, wobei sich ihre Worte fast überschlugen. »Außerdem sind Sie keine Bekannte meiner Nonna. Ich kenne sie nicht.« Die letzten beiden Sätze sollten ganz gewiss abweisend klingen, aber das Einzige, was Claretta unumwunden heraushörte, war Bangigkeit. Sie hatte sich von einem Gärtner, der gerade damit beschäftigt war, die Spalierrosen auf der Sonnenterrasse auszuputzen, zum Personaleingang des Grand Hotels führen lassen. Eine Frau mit ausgetretenen Schuhen und einem selbst genähten Kleid, dessen Stoff nicht einmal vor dem Krieg modern war, marschierte nicht mir nichts, dir nichts in ein solch vornehmes Haus, um ein Zimmermädchen ausfindig zu machen. So etwas fiel auf, und Claretta konnte alles gebrauchen, aber nicht die Aufmerksamkeit des ihr unangenehmen Hoteldirektors Fusco oder noch schlimmer, die von Giovanni.

Du versteckst dich also vor deinem geliebten Bruder. So weit ist es nun schon gekommen.

»Sie sind doch Claudia?«, fragte Claretta zurückhaltend.

Das Mädchen zeigte ein kaum sichtbares Nicken. Sie schien noch keine zwanzig Jahre zu sein, wobei ihre dicken schwarzen Haare in altmodischer Manier zu einem straffen Knoten am Hinterkopf zusammengebunden waren, was sie auf den ersten Blick deutlich älter erscheinen ließ. Ihr schmales Gesicht, das durch seine feinen Züge eigentlich recht ansprechend anzusehen war, wirkte ein wenig blass, wenn nicht sogar kränklich. Dann waren da noch ihre Augen, aus denen so viel Harm sprach, dass Claretta sie am liebsten in die Arme geschlossen hätte. Ein Krieg findet überall seine Opfer, nicht nur auf den Schlachtfeldern, dachte Claretta, der die Worte von Claudias Großmutter wieder in den Sinn kamen. Wenn das schmächtige Mädchen, das hier vor ihr stand, allein für das Auskommen einer neunköpfigen Familie sorgen musste, dann war das Kreuz, das sie zu tragen hatte, unendlich schwer.

»Ich habe Ihre Großmutter gestern auf dem Markt getroffen«, sagte Claretta, um nicht den Eindruck zu erwecken, als hätte sie den Gärtnerburschen angelogen, der ihr mit der Suche nach Claudia noch einmal mehr behilflich war.

Claudia wechselte die Gesichtsfarbe. Zweifelsohne bemerkte sie das, denn sie versuchte nun, ihre Nervosität mit einem Nesteln an ihrer weißen Spitzenhaube zu überspielen. »Sie wusste das mit den Schillingen nicht besser. Bitte …«, hob sie an. »Ich hätte das Geld umtauschen oder es ihr erklären müssen. Es war meine Schuld.«

Ich empfehle meinen Vetter Mario.

»Ich bin nicht deswegen gekommen«, fiel ihr Claretta ins Wort. »Mir geht es um den Mord an den beiden Gästen.«

Claudia stutzte. »Ich habe keine Zeit«, sagte sie nun erstaunlich entschieden und schickte sich an, auf dem Absatz kehrtzumachen. »Bis zwei Uhr nachmittags müssen alle Zimmer gerichtet sein. Wenn ich meine Arbeit nicht erledigen kann, dann tun es Dutzende andere Mädchen. Verstehen Sie?«

»Nur zwei Minuten«, bat Claretta. »Ich muss etwas über das österreichische Paar wissen, von dem Sie das Geld haben.«

Der jungen Frau schien die ganze Sache nicht geheuer. Sie machte einen Schritt zurück, als wollte sie sich unbemerkt entfernen. »Wir sind angehalten, nicht über die Gäste zu reden …«, sie stockte, »erst recht nicht, wenn sie tot sind.« Erneut schob sie einen ihrer Füße nach hinten, um den anderen sogleich folgen zu lassen. Dabei ließ sie Claretta nicht aus den Augen.

Claretta hatte also mit ihrer Vermutung richtig gelegen. »Das mit dem ausländischen Geld kann Ihrer Nonna als Betrug ausgelegt werden«, erklärte sie und staunte selbst über ihre Gewieftheit, die ihr im nächsten Augenblick ganz schrecklich unangenehm war. »Ich meine nur …«

»Sie kommen doch nicht wegen des Geldes. Das sagten Sie zumindest«, entgegnete Claudia nun auffallend schroff. »Außerdem habe ich mir das ehrlich verdient. Signore Fusco weiß das und er hat es erlaubt. Bei mir gibt es keine Heimlichkeiten.«

»Sie haben für Signora Kornmehl das Kleid aufgebügelt, nicht wahr?«, sagte Claretta hastig, um dem Mädchen keinen Raum zum Weglaufen zu lassen. »Es war wunderschön und so elegant. Sie können stolz sein, dass man Ihnen so etwas Außergewöhnliches anvertraut.«

Um Claudias Mundwinkel zeigte sich ein leichtes Zucken. Auch schien sie ihren Kopf etwas höher zu halten. Claretta hatte zweifelsohne ihren Stolz gekitzelt. »Ich musste mich sputen. Die beiden wollten nicht zu spät beim Abendessen sein«, sagte sie und biss sich sogleich auf die Lippen. »Woher wissen Sie von dem Kleid?«

»Aber Sie haben es geschafft«, erwiderte Claretta anerkennend und ohne auf die Frage des Mädchens einzugehen. »Das war bestimmt nicht leicht bei dem feinen Stoff. Es war Seide, nicht wahr?«

Claudia nickte verhalten. »Die Signora war sehr nett und großzügig«, bestätigte sie widerwillig und klang dabei wie jemand, der grundsätzlich nur gut über Verstorbene redete, auch wenn er nichts zu sagen hatte.

»Das freut mich«, sagte Claretta ebenso unverbindlich. »Haben Sie auch mit Signore Kornmehl gesprochen?«

»Nein«, antwortete Claudia schmallippig. Offenbar war ihr aufgegangen, dass sie schon mehr gesagt hatte, als sie eigentlich durfte. »Ich muss dann jetzt dringend zurück an meine Arbeit.«

»Signora, bitte. Es ist wichtig.« Claretta schaute sie flehentlich an. »Sind Sie sicher, dass Sie nicht auch mit dem Signore ein paar Worte gewechselt haben?«

»Arbeiten Sie für die Carabinieri?«, fragte Claudia unumwunden. »Sie waren aber gestern nicht dabei, als wir alle verhört wurden. Eine Frau wäre mir aufgefallen. Außerdem habe ich nämlich schon alles gesagt, was ich weiß. Sie müssen also Ihre Zeit nicht verschwenden. Ihre Kollegen haben sicherlich alles notiert, und Sie können es nachlesen.«

Claretta war perplex. Seltsamerweise schien die Vorstellung einer weiblichen Polizistin für eine Frau keineswegs illusorisch zu sein, im Gegensatz zu den Männern, die damit konfrontiert wurden.

Sie ist ein halbes Kind, noch dazu ein Mädchen. Was weiß sie schon?

»Ich bin die Sekretärin des Capitano«, sagte Claretta nach einer kurzen Überlegung. Das war das allererste Mal, dass sie das vor einem Fremden aussprach. Es fühlte sich erstaunlich gut an. »Wenn einer etwas aufschreibt, dann ich.«

Die Brasse hatte neun Kilogramm.

Claudias Eckzahn bohrte sich in ihre Unterlippe. Sie schien zu überlegen. Dann trat sie dicht an Claretta heran. »Die Signora hat nach mir rufen lassen, damit ich beim Koffer auspacken behilflich bin«, flüsterte sie. »Nachdem ich einem anderen Gast frische Handtücher gebracht hatte, bin ich sofort zu ihrer Suite gelaufen. Meine Dienste waren jedoch nicht mehr erwünscht. Sie hat mir nur an der Tür das Kleid in die Hand gedrückt, das ich so schnell wie möglich zurückbringen sollte, denn sie wollte es an dem Abend tragen. Ich hatte sogar die Erlaubnis, es in das Zimmer zu legen, wenn die Herrschaften nicht da sind. Das habe ich eine halbe Stunde später auch getan. Da auf mein Klopfen niemand reagiert hat, bin ich reingegangen und habe das Kleid an den Schrank gehängt …« In Claudias Augen sammelten sich Tränen, wobei sie angestrengt dagegen ankämpfte. Es gelang.

»Die Kornmehls waren vor dem Abendessen noch einmal weggegangen«, schlussfolgerte Claretta.

Claudia atmete hörbar den offenkundig noch immer tief sitzenden Schock des Sonntagabends weg. Sie wollte ganz offenkundig keine Schwäche zeigen. »Wieso sonst sollten sie nicht auf dem Zimmer sein? Ich habe gehört, wie der Signore nach ihr gerufen hat, als ich das Kleid abgeholt habe. Es klang sehr eilig. Es war ja auch schon sieben, viel Zeit bis zum Essen blieb nicht mehr.«

»Sie haben ihn verstanden?«, fragte Claretta nach.

Claudia schüttelte den Kopf. »Die Signora sprach etwas Italienisch.«

Was konnte so wichtig sein, dass die Kornmehls es sofort nach ihrer Ankunft und noch vor dem Abendessen erledigen wollten?

Claudia schaute sie von unten an.

»An dem Abend haben Sie die beiden nicht mehr gesehen?«, fragte Claretta weiter.

Claudia verneinte das. »Ich habe gegen acht Feierabend.«

»Aber am nächsten Morgen«, sagte Claretta gedankenversunken.

»Ich dachte, die beiden sind am Strand oder in der Stadt«, erwiderte das Mädchen tonlos. »Aber als ich in das Zimmer kam …« Wieder standen Tränen in ihren Augen.

»Sie haben einen Schlüssel«, stellte Claretta fest.

»Wir kriegen die Zimmer zugeteilt, für die wir dann

eine Woche zuständig sind. Signore Fusco möchte, dass alles gerecht zugeht. Diese Woche hatte ich die Suiten.« Sie schniefte. »Eigentlich ist das immer schön.«

Sie bekam dann mehr Trinkgeld, dachte Claretta, sagte jedoch nichts.

»Die Schlüssel holen wir uns zu Dienstbeginn bei dem Signore ab und geben Sie abends, wenn alle Arbeit verrichtet ist, wieder ab. Er achtet ganz penibel darauf. So einen Schlüssel zu bekommen, ist ein großer Vertrauensbeweis, wissen Sie.« Claudia schaute Claretta aus treuen Augen an.

»Und Sie haben Ihre Schlüssel am Sonntagabend auch wieder abgegeben?«, wollte Claretta wissen.

»Aber natürlich!«, rief das Mädchen aus. »Signore Fusco kann das bestätigen.«

»Das haben Sie auch alles den Carabinieri erzählt?«, vergewisserte sich Claretta. »Nicht, wahr Claudia?«

Sie hob und senkte den Kopf auffallend langsam. »Kommen Sie mit den Männern zurecht, ich meine auf Ihrer Arbeit?«, fragte sie schüchtern.

»Sie haben sich an mich gewöhnt«, scherzte Claretta, die dem Mädchen ansah, dass es noch etwas auf dem Herzen hatte.

»Es ist nicht leicht, wenn der liebe Gott einen mit Nichts auf die Welt schickt«, fuhr sie leise fort.

»Sie sind jung, Claudia, verzagen Sie nicht. Der Herr prüft uns. Fleiß und Langmut werden belohnt. Haben Sie Gottvertrauen«, sagte Claretta, die den Eindruck hatte, das Mädchen konnte etwas Zuspruch gebrauchen.

Claudia jedoch schien nicht zuzuhören. »Manchmal

denke ich, er verhöhnt mich«, flüsterte Claudia mit gebrochener Stimme, und noch ehe Claretta ihr sagen konnte, dass sie so etwas niemals denken dürfte, redete sie weiter. Im Gegensatz zu vorher war ihr Tonfall jedoch entschiedener, ja fast schon kämpferisch. »Wir Frauen müssen viel mehr und härter arbeiten als die Männer, und am Ende bleiben wir doch nur Zimmermädchen oder wir heiraten und bekommen Kinder. Sie werden sehen, wenn Sie erst einen Mann haben, dürfen Sie nicht mehr zwischen den ganzen Carabinieri arbeiten. Er wird es verbieten.«

Die Kleine ist schlauer, als ich dachte.

Sie ist erstaunlich mutig, dachte Claretta. In ihrem Alter wäre ich nie darauf gekommen, dass eine Frau mehr sein kann als Ehefrau und Mutter.

Und Sekretärin der Carabinieri ist besser, oder was?

»Mein Mann ist tot, im Krieg gefallen«, sagte Claretta.

Musst du damit denn immer hausieren gehen?

Claudia riss die Augen weit auf und schlug sich die flache Hand vor den Mund. »Entschuldigen Sie … ich wollte nicht … das wusste ich nicht«, stammelte sie bekümmert. »Sie sehen noch so jung aus und, und … Sie tragen keinen Ring.«

Keinen Ring. Genau. Meine Frau trägt keinen Ring. Dafür trägt ihn der Pfandleiher.

Claretta fasste nach dem Arm des Mädchens. »Was haben Sie noch mitbekommen, was Sie den Carabinieri nicht sagen wollen, Claudia?«, flüsterte sie in vertraulichem Tonfall.

Claudias Kinn berührte nun fast den Kragen ihrer

schwarzen Bluse, so unangenehm schien ihr die Nachfrage zu sein. »Ich …«, hob sie kaum vernehmlich an. »Ich habe wirklich kein Wort mit dem Signore gewechselt. Ganz sicher nicht«, beeilte sie sich zu sagen. »Ich habe ihn nicht einmal richtig gesehen. Wenn Sie extra nach ihm fragen, muss das wichtig sein. Es war aber alles so, wie ich es gesagt habe.«

Claretta verspürte Mitleid. Claudia war noch so jung, und niemand konnte wissen, was das Leben für sie bereithalten würde. Harte Arbeit, Sorge und Verzicht waren bestimmt nicht alles. Ganz gewiss nicht. Claretta hätte ihr gern Mut zugesprochen, aber sie scheute sich. Was konnte jemand wie sie schon vorbringen? Mit achtzehn hatte sie Emilio kennengelernt und ihn mit neunzehn geheiratet, zwei Jahre später war sie Witwe. Dazwischen kamen die Jungs, wobei der Jüngste schon keinen Vater mehr hatte, also keinen, der ihn auf dem Arm halten konnte.

Du hättest ihn trotzdem nach meinem Vater nennen können.

Claretta hatte Wichtigeres zu tun, als das leidige Thema zu diskutieren. Kein Kind sollte Bernualdo heißen müssen.

»Der Direktor«, hauchte Claudia irgendwann. »Ich habe gehört, wie sein Name gefallen ist.«

»Die beiden wollten sich mit ihm treffen«, mutmaßte Claretta. »Deswegen hatten sie es so eilig.«

Claudia machte eine zögerliche Kopfbewegung. »Ich bin mir nicht sicher, aber es klang so. Der Signore hat nach der Signora gerufen, und in dem Zusammenhang fiel der Name des Direktors. Daraufhin hat sie mir eilig das Geld in die Hand gedrückt und mich verabschiedet.« Sie fasste mit beiden Händen nach Clarettas rechter Hand. »Sie dürfen mich nicht verraten«, bat sie inständig. »Bitte nicht! Wenn Signore Fusco erfährt, dass ich so etwas gesagt habe, dann lässt er mich nicht mehr hier arbeiten. Meine Familie braucht das Geld. Wir sind verloren ohne meinen Verdienst. Und ich weiß es ja nicht genau. Vielleicht bilde ich mir auch nur ein, seinen Namen gehört zu haben, oder es war alles ganz anders. Ich verstehe kein Deutsch. Aber die Kornmehls sind tot, und ich …« Sie presste die Lippen fest zusammen.

Claretta versprach ihr, nichts zu sagen. Sie musste das sogar mehrfach versichern, damit sich das Mädchen wieder beruhigte. »Was war Signore Kornmehl eigentlich von Beruf?«, fragte sie, nachdem sich Claudia wieder gefasst hatte.

»Ich weiß es nicht«, sagte das Mädchen und verschwand ohne ein weiteres Wort im Haus. Claretta konnte noch sehen, wie sie sich beim Davoneilen die Augen wischte.

***

Salvo Fusco hatte also gelogen. Der Hoteldirektor und die Eheleute mussten sich gekannt haben. Woher sonst sollte er wissen, dass Theodor Kornmehl ein Arzt war? Von dem Zimmermädchen Claudia zumindest nicht.

Vielleicht muss man, wenn man sich in einem Hotel

anmeldet, seinen Beruf angeben. Schon mal daran gedacht?

»Muss man das?«, fragte Claretta.

Woher soll ich das wissen? Ich habe noch nie in einem Absteigequartier übernachtet.

»Ich auch nicht«, entgegnete Claretta. »Aber dann hätte der Signore die Geschichte mit dem Zimmermädchen trotzdem nicht erfinden müssen, zumal ihn auch niemand danach gefragt hat. Außerdem sollte man annehmen, dass er vor der Polizei seine Verabredung mit den Opfern auch erwähnen könnte, wenn er ein reines Gewissen hat.«

Auch wieder wahr, vorausgesetzt natürlich, das Zimmermädchen hat nicht irgendetwas Falsches aufgeschnappt.

»Der Direktor hat etwas zu verbergen, ein Mann mit einer tiefen Seele, ganz wie der Monsignore es gesagt hat«, schlussfolgerte Claretta überzeugt.

Der Monsignore.

Emilio klang ablehnend.

»Du sollst nicht so über ihn reden. Er ist ein Mann Gottes, und Mama verehrte ihn«, sagte Claretta.

»Wen verehrte Ihre Frau Mama?«

Claretta fuhr erschrocken herum. Vor ihr stand Ugo Maio und schaute sie mit einem unergründlichen Blick an. »Niemanden«, antwortete sie rasch. »Ich habe nur laut gedacht, nichts von Bedeutung, ganz sicher nicht.« Von ihrem Hals bis zu den Wangen musste die Haut förmlich in Flammen stehen, so heiß fühlte sie sich an.

»Selbstgespräche«, stellte Maio fest. »Interessant. Die

führe ich hin und wieder auch. Dann kann ich mir wenigstens sicher sein, dass ich mich gut unterhalte.« Er lächelte charmant.

Claretta gefiel sein Humor, sie schwieg jedoch zurückhaltend.

»Sie genießen diesen traumhaften Ausblick«, stellte Maio fest und schaute hinaus auf das türkisblaue Meer.

Claretta nickte schnell und folgte eilig seinem Blick. Sie war so sehr in ihre Grübeleien versunken gewesen, sie hatte nicht einmal bemerkt, dass sie nicht weiter als bis zur Sonnenterrasse gekommen war. Zu allem Überfluss hatte sie auch noch mit sich selbst gesprochen, laut und für alle hörbar. Verunsichert drehte sie ihren Kopf nach allen Seiten. Glücklicherweise saßen kaum Gäste an den Tischen und wenn, dann waren sie weit genug weg.

Du hast mit mir geredet. Das wird ja wohl noch erlaubt sein.

»Nein«, zischte sie und wedelte mit der Hand, als wollte sie eine Fliege verjagen.

Maio hatte sich wieder vom Meer abgewandt und schaute sie an, ein wenig zu intensiv, wie man meinen sollte. »Wenn Sie mir erlauben würden, in Ihrer Nähe einen Zigarillo zu rauchen, versichere ich Ihnen, dass sich kein Insekt mehr an Sie heranwagt«, sagte er. »Natürlich gehören zu der Rauchware auch eine Tasse Kaffee und ein Stück feinste Zitronentorte aus der hauseigenen Konditorei, die Sie mir unmöglich abschlagen können. Einen besseren werden Sie an der gesamten Küste nicht finden.«

Torte? Pah! Meine Frau hasst Torte. Keine Chance. Verzieh dich, du Kuchenkasper!

»Ich …«, hob Claretta an, wobei ihr Hals mit einem Male so trocken war, dass sie keine weitere Silbe herausbekam. Wann war sie das letzte Mal von einem Mann eingeladen worden? Sie konnte es nicht sagen. Wenn, dann wäre das ohnehin nur Emilio gewesen, aber hatte der sie irgendwann einmal ausgeführt?

Also wirklich! Meine Liebste, selbstverständlich waren wir miteinander aus, mehrmals sogar. Für dich war mir doch nichts zu schade. Denk allein an die vielen Besuche in Luigis Ausschank.

So konnte man es natürlich auch sehen. Emilio hatte dort einen Großteil der Zeit verbracht, die er nicht auf seinem Boot war. Anfangs war Claretta ihn öfters holen gegangen, nämlich immer dann, wenn sie der Meinung war, er hätte genug Wein intus, und sie Sorge trug, er könnte den Weg nicht nach Hause finden.

Du hättest nur einmal fragen müssen. Ich hätte dir auch ein Gläschen spendiert.

Maio schien Clarettas Schüchternheit in seinem Sinne zu deuten. Er verneigte sich höflich und sichtbar angetan. »Sie sehen den glücklichsten Mann von Amalfi vor sich«, sagte er und bedeutete einem der etwas abseits stehenden Ober, dass er zu einem Tisch gebracht werden wollte. Der eilte umgehend herbei, ließ sich von Maio einen abgeschiedenen Platz in einem kleinen Teepavillon weisen und begleitete die beiden dorthin. Diensteifrig wedelte er das weiße Leinentuch, das die ganze Zeit über seinem linken Unterarm gehangen hatte, über die Tischdecke, prüfte deren Reinheit und rückte schließlich mit einem erwartungsvollen Blick einen Stuhl für Claretta zurecht. Die wusste nicht recht, wie ihr geschah, worauf sie sich ein wenig zu schnell setzte, was es dem Ober unmöglich machte, ihr das Sitzmöbel unterzuschieben.

Claretta! Was machst du da? Amore mio. Bella.

»Was führt Sie hierher?«, fragte Maio unverblümt.

»Ich habe nur eine Freundin besucht, genauer gesagt, die Tochter einer Freundin«, log Claretta. »Wir haben uns gestern auf dem Markt getroffen, und sie hat mir etwas ausgeholfen.«

»Und dann stehen Sie am nächsten Tag sofort parat, um Ihre Schuld zu begleichen«, stellte Maio angetan fest. »Eine bessere Sekretärin hätte sich der Capitano nicht wünschen können, auch wenn das eine recht ungewöhnliche Aufgabe für eine Frau ist. Und gefährlich.« In seinen Augen blitzte etwas auf, was Claretta nicht deuten konnte. Entsprechend zog sie es vor, nicht auf das Gesagte zu reagieren.

Der Kellner kam mit einem Tablett herbeigeeilt und hatte die Sachen in Windeseile vor ihnen auf dem Tisch arrangiert.

»Greifen Sie zu, Signorina Claretta«, ermunterte Maio sie freundlich.

Claretta betrachtete das feine Porzellan, roch den Duft des frisch gebrühten Kaffees und bestaunte den dicken Zuckerguss auf dem riesigen Kuchenstück. Das alles fühlte sich an wie im Märchen. Schließlich nahm sie die goldene Gabel, stach die Spitze des Stücks ab und schob es sich mit geschlossenen Augen in den Mund. Nonna Nunzia beharrte darauf, dass man die Dinge besser schmecken konnte, wenn man sie nicht sah. Wie so oft hatte sie recht. Claretta genoss und wähnte sich im Himmel.

Neben ihr fing Signore Maio an zu lachen, nicht frech oder gar arrogant, nein, beinahe liebevoll.

Oh! Gefahr! Mann über Bord! SOS!

Erschrocken hob Claretta die Lider. Hatte Sie etwas gesagt? Womöglich etwas Dummes getan?

»Entschuldigen Sie bitte meine Unverschämtheit«, sagte Maio unverzüglich. »Ich wollte keinesfalls unhöflich sein. Ich habe nur selten jemanden gesehen, der so beseelt von einfachem Backwerk zu sein schien.«

»Sagten Sie nicht, es sei die feinste Torte an der Küste?«, hielt Claretta keck dagegen.

»Gewonnen«, antwortete er und steckte sich einen Zigarillo an. »Wie lange arbeiten Sie schon für die Carabinieri?«, wollte er wissen. »So lange kann es noch nicht sein. Sie wären mir aufgefallen.«

Aha! Daher weht der Wind. Der Bandit will dich aushorchen. Das ganze Schöngetue ist nur Masche.

»Nicht sehr lange«, entgegnete Claretta vorsichtig. Sie wusste selbst, dass man bei einem Mann wie Maio nicht zu vertrauensselig sein durfte.

»Sie haben viel zu tun, nicht wahr?«, fragte er weiter. »Spadaro nimmt seine Sache äußerst ernst.«

Du verbrennst dir die Finger. Claretta! Der Gangster ist auf alleinstehende Frauen spezialisiert. Schon vergessen?

»Ich komme zurecht«, antwortete Claretta kurz angebunden.

»Dass der alte Knabe so fortschrittlich ist und eine Frau beschäftigt, finde ich famos. Wie man sich doch immer wieder in den Menschen täuschen kann«, sagte Maio. »Er muss viel Zutrauen in Sie haben, wenn er Sie sogar an einen Tatort schickt.«

Claretta traten die Schweißperlen auf die Stirn, und sie wagte es nicht, ihr Gegenüber anzusehen. »Der Capitano war verhindert«, murmelte Claretta und merkte selbst, wie blödsinnig das klang. Ugo Maio hatte sie zweifelsohne durchschaut. Ganz offenkundig war er jedoch zu sehr Galan, um sie das spüren zu lassen. Oder er führte etwas anderes im Schilde. Emilio hatte recht, sie musste vorsichtig sein.

»Capitano Spadaro war unserem Herrn Bürgermeister eine würdige Vertretung«, antwortete Maio und es klang nicht einmal unehrlich.

Wie der seine Geschäfte macht, ist ja wohl mal vollkommen klar. Der ist in der Lage, den Leuten eine Brasse für einen Stör unterzujubeln, zum Preis des Letzteren versteht sich.

»Und Sie, Signore, womit verdienen Sie Ihr Geld?« Die Frage war schneller in der Welt, als Claretta ernsthaft darüber nachgedacht hatte. Sie zuckte unwillkürlich zusammen.

Dann kannst du auch gleich Salvatore Giuliano fragen, was er von Beruf ist. Oder Al Capone. Dummerchen! Er wirft dich auch über die Klippen. Du wirst schon sehen.

Ugo Maio lachte so schallend und ausdauernd, dass

sich die wenigen anwesenden Gäste schon nach ihnen beiden umsahen. »Signorina Claretta, Sie sind mir eine …«

»Darf ich fragen, was hier gerade vor sich geht?« Unbemerkt tauchte Giovanni neben dem Tisch auf, und so wie er dreinblickte, war er ziemlich ungehalten. Nur wenige Meter hinter ihm stand auch Patricia, die sichtbar gelangweilt einen Kaugummi kaute und Claretta nicht einmal zu erkennen schien.

»Das dürfen Sie natürlich nicht«, entgegnete Maio, dessen Heiterkeit umgehend verschwunden war. »Sollten die Signorina und ich unbedachterweise ein wenig zu laut gewesen sein, entschuldige ich mich selbstverständlich bei Ihnen und wünsche Ihnen noch einen schönen Nachmittag.«

»Überhaupt nichts wünschst du«, blaffte Giovanni. »Und du gehst sofort nach Hause, Claretta!«

Claretta traute sich kaum noch, Luft zu holen. Zutiefst beschämt wich sie den fragenden Blicken von Maio aus.

»Ich möchte Sie bitten, gegenüber der Signorina einen anderen Ton anzuschlagen. Darüber hinaus kann ich erwarten, dass Sie sich vorstellen, wenn Sie uns schon so unflätig stören.«

»Signorina?« Giovanni lachte boshaft. »Die Dame ist verheiratet, und ich spreche mit ihr, wie ich will. Verstanden, du Lackaffe!«

Ugo Maio schaute kurz auf Claretta, richtete sein Jacket und erhob sich bedächtig, wobei er Giovanni mit seinen Augen fixierte. »Und wenn Sie nicht mit Ihnen kommen möchte?«, fragte er leise, aber umso entschiedener. Dabei trat er so dicht an Giovanni heran, dass sich ihre Nasenspitzen fast berührten.

»Das werden wir ja sehen«, erwiderte Giovanni.

Hau ihm eine runter, Giovanni. Nicht lange fackeln, zuschlagen.

Maio schaute demonstrativ über Giovannis Schulter. »An Ihrer Stelle würde ich die Dame dort nicht warten lassen. Nachher sucht sie sich einen hübscheren Italiener, um sich von ihm die Zeit vertreiben zu lassen.«

Giovanni, der hat dich beleidigt. Das kannst du dir doch unmöglich gefallen lassen!

Claretta, die ihrem Bruder ansah, dass er jeden Augenblick in die Luft gehen würde, stand auf und schob ihre Hand zwischen beide Männer. »Giovanni, das ist Signore Ugo Maio, der mich vor einem Taschendieb auf der Piazza Duomo gerettet hat«, erklärte sie. »Signore Maio, das ist mein Bruder Giovanni Lépore.«

Welcher Taschendieb? Habe ich etwas verpasst?

»Sehr erfreut«, sagte Maio, trat einen Schritt zurück und streckte Giovanni die Hand entgegen. Der dachte nicht einmal daran, sie anzunehmen, machte auf der Stelle kehrt und verschwand mit seiner Freundin im Hotel, ohne sich noch einmal umzudrehen.

»Es tut mir sehr leid«, sagte Claretta betrübt. »Seit mein Mann im Krieg geblieben ist, meint mein Bruder, er müsste besonders auf mich aufpassen. Ich glaube, er macht sich Vorwürfe, da Emilio und er in der gleichen Einheit gedient haben.«

Ich habe ihm gleich gesagt, er sollte ebenfalls desertieren. Er hat ja nicht auf mich gehört.

Maio setzte sich und nahm unwillkürlich die gleiche entspannte Haltung ein, die er vor dem Auftauchen Giovannis hatte. »Wenn ich eine Schwester wie Sie hätte, würde ich Sie auch verteidigen, wenn es sein müsste, sogar mit meinen Zähnen.« Er nahm einen langen Zug von seinem Zigarillo. »Ein Taschendieb also«, sagte er entzückt. »Auf diese Idee wäre ich nie gekommen. Sie haben Humor, Signora.«

Claretta, die noch immer stand, schaute unschlüssig hinaus auf die See. »Ich sollte gehen. Vielen …«

»Aber nein«, widersprach Maio. »Ihr Kuchen. Trinken Sie wenigstens noch Ihren Kaffee aus. Es wäre doch schade darum.« Er fasste nach ihrer Hand, wobei ihm im gleichen Augenblick aufzugehen schien, dass er damit wohl zu forsch vorgegangen war. Unversehens ließ er von ihr ab.

Claretta überlegte kurz, ließ sich dann auf ihren Stuhl sinken und nahm die Kaffeetasse auf. Der Kaffee war mittlerweile lauwarm, und sie trank ihn in großen Schlucken.

»Oh nein!«, rief Maio betont entsetzt aus. »Sie stürzen ihn wie einen Grappa hinunter, um von mir wegzukommen.« Er neigte den Kopf leicht zur Seite und schaute sie enttäuscht an.

Claretta stellte die Tasse eilends ab. »Das wollte ich nicht«, flüsterte sie verlegen. »Was sollen Sie nur von mir denken? Verzeihung!«

Maio erwiderte nichts, sondern lächelte ihre Bedenken weg. Dann begann er zu erzählen, kleine Anekdoten aus seinem Leben, allesamt harmlos und so ganz und gar nicht das, was man womöglich von einem Mann wie ihm erwartet hätte. Claretta jedenfalls amüsierte sich darüber ganz köstlich, und als Maio ein zweites Stück Kuchen orderte, verspeiste sie es ohne das kleinste Anzeichen von Zurückhaltung.

Emilio räusperte sich. Es dauerte eine Weile, bis sie ihn mitbekam. *Die Jungs warten. Und Nunzia. Sie sorgen sich bestimmt. Die Wäsche macht sich nicht von allein. Das Flickzeug auch nicht. An deiner Stelle würde ich auch mal die Blumen auf meinem Grab wässern. Genug nun, Claretta! Die Leute reden schon.*

»Ich muss nach Hause«, sagte sie schließlich irgendwann. Vermutlich lag Emilio richtig und es war besser, sich nicht zu lange in Gesellschaft eines Mannes wie Ugo Maio aufzuhalten. Das konnte sich so oder so als gefährlich erweisen.

Das habe ich so nicht gesagt. Claretta. Wie meinst du das?

Wie sie wenig später den Garten des Grand Hotels verließ, sah sie Capitano Spadaro nebst dem Sergente und einem weiteren Carabiniere vor dem Portal stehen. Erschrocken machte sie einen Satz zurück und versteckte sich hinter einem der Rosenspaliere. Die Männer durften sie unmöglich hier entdecken. Sie wartete, wobei sie hin und wieder vorsorglich um die Ecke spähte. Nachdem die drei endlich verschwunden waren, trat sie aus den Rosen hervor, säuberte ihre Schultern von ein paar kleinen Blättchen und richtete ihre Handtasche. Getrieben von dem Gefühl, beobachtet zu werden, wandte sie sich noch einmal um. Unweit von ihr stand Signore Maio, der seinen Hut lüftete und ihr sanft zunickte. Er wusste, dass der Capitano im Hotel war, durchzuckte es Claretta. Und er hatte sein Möglichstes getan, damit sie ihm nicht in die Arme lief. Ohne ihn weiter zu beachten, machte sie sich auf dem Weg nach Hause, auf butterweichen Knien.

***

Solowjow. Sie brauchte keinen zweiten Blick, um den Freund zu erkennen. Die breiten Schultern, der modische Leinenanzug, die schwarzen Haare, die am Hinterkopf von Jahr zu Jahr einen größeren Kreis aussparten, er musste es sein. Doktor Andrej Solowjow saß mit durchgedrücktem Rücken vor dem Schreibtisch des Capitano und lauschte dessen Worten.

»Ah *Ragazzina*, herein mit Ihnen, immer herein!«, rief der Capitano frohgemut aus, als er sie im Türrahmen stehen sah.

Claretta stand wie angewurzelt da.

Na, wer ist denn da aufgeflogen? Machenschaften mit den Sowjets haben noch niemanden etwas eingebracht.

»Worauf warten Sie denn, Kindchen?«, fragte der Capitano. »Der Morgen ist noch frisch und wir wollen zur Tat schreiten. Ich habe so ein Kribbeln in meinen Fingerspitzen, das mir sagt, ich werde den Fall heute zum Abschluss bringen.«

Claretta senkte den Kopf, schloss die Tür hinter sich und ging eilig zu ihrem Tischchen. Sie bemühte sich dabei krampfhaft, niemanden anzusehen.

»Das hier ist übrigens Signore Solowjow, Doktor. Er ist so freundlich, uns bei den Ermittlungen behilflich zu sein«, stellte er den Gast vor.

Andrej Solowjow drehte sich langsam um und grüßte Claretta mit einer Zurückhaltung, als hätte er sie nie zuvor in seinem Leben gesehen. Im nächsten Moment hatte er sich auch schon wieder dem Capitano zugewandt.

Das ist das Ende, dachte Claretta und war nicht einmal in der Lage, ihre Handtasche abzustellen. Ihre Hände zitterten so sehr, dass ihr die Bügel entglitten und die Tasche auf den Boden fiel. Dabei kullerte der Inhalt über die Dielen. Sie sah, wie der Capitano sie mit mürrischer Miene beobachtete, was sie noch nervöser werden ließ. Wovon soll ich nur die Winterschuhe für die Jungs bezahlen? Und die Bücher? Sie brauchten doch Bücher, wenn sie etwas lernen wollten. Wenn Giovanni nach Amerika auswanderte, war sie die Einzige in der Familie, die ein Auskommen hatte. Nicht, dass ihr Bruder jemals viel zur Haushaltskasse beigetragen hätte, aber ab und zu hatte er ein paar Lire nach Hause gebracht. Lieber Gott, was sollte bloß werden?

»Der Signore ist der Einzige in der Stadt, der diese vermaledeite Sprache kann«, redete der Capitano, wobei er dabei niemanden ansah, sondern in der Schublade seines Schreibtisches nach irgendetwas kramte.

»Wo sind denn meine Zigarren wieder abgeblieben, Kindchen?«, fragte er ungeduldig. »Immer wenn ich mein Büro betrete, ist etwas anderes verschwunden. Man kennt sich selbst nicht mehr aus. Eine Frau bringt einem das ganze Leben durcheinander.« Er lächelte versonnen, zog das Rauchzeug schließlich doch noch hervor und steckte sich eine an, nachdem Solowjow sein Angebot mitzurauchen dankend abgelehnt hatte. »Wo waren wir stehen geblieben?«, fragte er und atmete eine Tabakwolke aus. »Ach so, ach so, bei unserem Freund hier.« Er nickte Solowjow anerkennend zu. »Ein Russe, der Dänisch spricht. Das ist wie ein Zitronenbaum, der Feigen trägt.« Er schüttelte ungläubig den Kopf und freute sich an seinem Vergleich, womit er allerdings allein war.

»Niederländisch«, verbesserte Solowjow in seinem typisch ruhigen Tonfall.

»Wie meinen?«, hakte der Capitano nach.

»Sie haben einen Mann gesucht, der des Niederländischen mächtig ist«, erwiderte Solowjow. »Dänisch kann ich Ihnen leider nicht bieten.«

Der Capitano wirkte verdattert. Er griff nach einem der Blätter auf seinem Schreibtisch und las. »Bas van der Horst.« Nun schaute er über den Rand des Papiers hinweg auf Solowjow. »Was denken Sie, welcher Landsmann der Kerl ist?«

»Niederländer«, entgegnete Solowjow kurz.

»Sehen Sie«, freute sich der Capitano. »Sie kriegen das schon hin. Und machen Sie sich bitte um Ihre Sicherheit keine Sorgen, Sie stehen unter meinem persönlichen Schutz. Außerdem wimmelt es in diesem Gebäude nur so von Carabinieri.«

»Ich helfe gern«, erwiderte Solowjow und machte dabei nicht den Eindruck, dass ihn irgendetwas aus der

Ruhe bringen könnte, geschweige denn, dass er Angst verspürte.

»Der Russe an sich ist hilfsbereit«, kommentierte der Capitano zufrieden. »Und er trinkt gern Tee. Nicht wahr?«

Solowjow nickte.

Ein dröhnender Ruf nach dem Allievo ertönte, aber der blieb ungehört. »Wo treibt sich dieser Kerl nur wieder rum?«, wetterte der Capitano.

»Sie haben ihn zum Wachdienst vor dem Grand Hotel abgestellt«, sagte Claretta leise.

»Ich?«, echauffierte sich der Capitano. Im nächsten Augenblick hielt er inne. »Selbstverständlich. Das war nach den aktuellen Ereignissen auch erforderlich.« Er hob den Kopf und schaute Claretta an. »Da steht er noch immer, nicht wahr? Sehr gut. Sehr gut.« Unschlüssig ließ er seine Augen hin und her schweifen.

»Ich mache den Tee gern«, bot Claretta an.

Solowjow hob abwehrend die Hände. »Das ist sehr freundlich, aber ich bin etwas in Eile. In einer Stunde öffnet meine Praxis.«

»Der Mann hier ist Zahnarzt«, wandte sich der Capitano anerkennend an Claretta. »Sollte der liebe Gott mich so sehr strafen wollen, dass ich ihn benötige, weiß ich nun, wo ich ihn finden kann. Nicht wahr? Der Russe an sich soll in medizinischen Belangen sehr bewandert sein, zumindest sagt man das. Ich habe noch nie einen getroffen, also bis zum heutigen Tag.«

»Ja, Capitano«, antwortete Claretta, ohne richtig zugehört zu haben.

»Keinen Tee«, beschied der Capitano. »Der Sergente soll den Verdächtigen bringen.«

Claretta, die zweifelsohne hinsichtlich der Ermittlungen nicht auf dem Laufenden war, eilte hinaus. Kurz darauf kam sie zurück, und wenig später folgte auch Sergente Gabriele in Begleitung eines fremden Herrn. Der Mann überragte den Capitano um eine gute Kopflänge. Die Hose und der kurzärmlige Pullover, die er trug, waren aus leichtem Sommerstoff gearbeitet und in ihrem Hellblau etwas gewagt, wie Claretta fand. Seine Haare jedoch faszinierten sie. Sie waren so rot wie der Kupferkessel der Familie Lépore, wenn die Nonna ihn blank gescheuert hatte. Seinetwegen war der Capitano also vorhin im Grand Hotel gewesen. Ganz offenbar hatte er ihn auch verhaftet. Wieso sonst sollte der Sergente ihn aus einer der Arrestzellen im Keller geholt haben?

»Er soll sich setzen«, sagte der Capitano und fuchtelte mit seinen Händen in Richtung des einzigen noch freien Stuhls. »Beschwerden über die Haftbedingungen sind schriftlich und in Landessprache zu stellen, in binnen von drei Tagen. Wenn er länger braucht, kann man ja annehmen, es gefällt ihm bei uns.« Er grinste. Dann bedeutete er Solowjow, dass er an der Reihe war.

Es war seltsam, die vertraute Stimme des Freundes in dieser unbekannten Sprache zu hören. Er sprach bedächtig wie immer und trotzdem klang er fremd. Claretta war beeindruckt. Sie wusste nicht, dass Solowjow neben dem Italienischen auch noch eine weitere Fremdsprache beherrschte. Aber er war nun mal ein äußerst kluger Mann mit vielen Geheimnissen.

»Signore van der Horst hat verstanden. Er hält es nicht für nötig, sich zu beschweren«, hob Solowjow an.

»Die Dänen sind mir doch auf Anhieb sympathisch«, bemerkte der Capitano und haute sich mit voller Wucht auf die Schenkel.

»Niederländer«, korrigierte Solowjow.

Der Capitano winkte ab. »Er wird verdächtigt, die Eheleute Kornmehl am Sonntag in ihrer Suite im Grand Hotel erschossen zu haben«, redete der Capitano weiter. Dann schaute er mit schmalen Augen auf den Niederländer und wartete, wie er auf die Worte Solowjows reagieren würde.

»Er hat niemanden umgebracht«, übersetzte Solowjow, nachdem der Fremde sich geäußert hatte. Claretta staunte, wie besonnen seine Antwort ausgefallen war. Er schien nicht einmal erschrocken oder entsetzt über diese Unterstellung zu sein. Gleichmütig saß er vor dem Capitano, die Hände auf dem Schoss gefaltet, und nichts schien ihn zu erschüttern.

Der Capitano wiederum hatte offenbar eine andere Antwort erwartet. Er zog seinen Kopf zurück wie ein Hund, der vor den Krallen einer Katze zurückschreckte. »Ist er sich da sicher?«, fragte er.

Kurz darauf bestätigte der Niederländer das mit einem zackigen Kopfnicken.

»Wieso wollte er dann heute überstürzt das Hotel verlassen und hat sich unflätig gezeigt, als mein Sergente ihn daran hindern wollte?«, legte der Capitano nach.

»Signore van der Horst wollte seinen Zug erreichen«, erklärte Solowjow. »Er war in Eile.«

»Ein Mann, der in Eile ist, hat etwas zu vertuschen«, schlussfolgerte der Capitano. »Noch dazu, wenn er bereits am Montag angewiesen wurde, sich nicht aus der Stadt zu entfernen, solange die Ermittlungen laufen. Und was auch immer er vorhatte, wofür braucht er dazu eine Automatica Beretta Modello 1934?«

Claretta hielt die Luft an. Die Carabinieri hatten die Tatwaffe gefunden? Das konnte doch nur bedeuten, dass Ugo Maio unschuldig war.

Wieso das denn? Die Holländer sind häufig als Auftragsmörder unterwegs. Das liegt den in den Genen. Das weiß doch jedes Kind.

Solowjow fragte nach der Pistole, aber eine Antwort des Niederländers blieb aus.

»Na nu?«, bemerkte der Capitano. »Hat es ihm die Sprache verschlagen?«

Es passierte eine Weile nichts, dann hob der Fremde an. Obwohl Claretta kein Wort verstehen konnte, bemerkte sie, wie er immer mehr in Rage geriet.

Solowjow hörte sich alles schweigend an. Sein Gesicht zeigte keine Regung. »Signore van der Horst möchte wissen, wieso Sie ohne Grund sein Gepäck durchsucht haben? Er sagt, in seinem Land sei es nicht üblich, dass man unbescholtene Feriengäste in einer Hotellobby stellt und ihnen die Taschen ausräumt. Er bittet um eine Erklärung.«

»Ohne Grund?«, fragte der Capitano mit hoher Stimme. »Der Kerl trug eine Waffe bei sich. Das ist ja wohl Grund genug. Nicht wahr, Sergente?« Er warf Gabriele einen kurzen Blick zu, der darauf umgehend übertrieben nickte. »Außerdem sind wir nicht in seinem Land. Gott bewahre, dass jemand in dieser Kälte leben möchte. Regnen soll es dort auch mehr, als die Zisternen fassen können.«

Solowjow wollte auch das dolmetschen, aber der Capitano unterbrach ihn rüde.

»Das ist meine Stadt und ich bestimme, wessen Taschen aufgemacht werden«, sagte der Capitano entschieden. »Bei illegalem Waffenbesitz verstehen wir keinen Spaß.« Er beugte sich weit über den Tisch. »Wer braucht denn für die Erholung eine Beretta, na, wer? Er soll sagen, wo er sie her hat!«, forderte er. Ungeduldig klopfte er mit den Fingerspitzen auf die Holzplatte.

Solowjows Worte waren eine Weile verklungen, aber der Holländer schien noch immer um die passende Antwort zu ringen. Schließlich schien er sie gefunden zu haben, in einem einzigen Wort.

»Schwarzmarkt«, erklärte Solowjow.

Der Capitano war baff. »Das gibt er einfach so zu. Na immerhin. Ihm ist aber schon klar, dass wir derartige Geschäfte hier nicht dulden? Wo kommen wir denn da hin, wenn jeder seine ausrangierten Handgranaten unter der Hand verhökert?«

Ein kurzes Zwiegespräch zwischen Solowjow und dem Niederländer folgte.

»Signore van der Horst ist Antiquitätenhändler in Amsterdam«, hob Solowjow an. »Er sagt, momentan würden die Leute entweder keine alten Sachen mehr haben oder sie nicht verkaufen. Stattdessen sind wohl Militaria sehr gefragt, vor allem die Waffen aus dem Krieg.

Die Engländer, aber auch die Amerikaner reißen sich förmlich um die Ausrüstung der italienischen Armee.«

Der Capitano wackelte angetan mit seinem Kopf. »Das will ich meinen. Wer sollte ein besseres Kriegswerkzeug haben als die Republik Italien? Der Signore hat einen hervorragenden Geschmack.«

Es gibt nichts Besseres auf der ganzen Welt.

Claretta entfuhr ein Seufzer, was ihr einen mitleidsvollen Blick des Capitano einbrachte.

»Dann ist der Mann also wegen *einer* Beretta extra nach Amalfi gereist«, fuhr der Capitano fort. »Nach einem lohnenden Geschäft sieht das nicht gerade aus. Nicht dass ich mich mit dem Handel auskennen würde, womöglich bringt gute italienische Wertarbeit so viel Geld, dass er von einer verkauften Pistole ein auskömmliches Leben führen kann.« Er hob die rechte Braue und schaute den Fremden eindringlich an.

Kaum dass Solowjows letztes Wort verklungen war, legte der Niederländer los.

Nun schien es auch der Capitano eiliger zu haben. Er schaute zwischen den beiden Männern hin und her. Nachdem Solowjow nicht sofort anfing zu reden, ließ er ihn unmissverständlich wissen, dass er wartete.

»Der Händler, mit dem er verabredet war, hat ihn über das Ohr gehauen. Es sollten zehn Pistolen geliefert werden, bekommen hat er jedoch nur eine einzige. Er sitzt nun seit einer Woche im Grand Hotel und wartet darauf, dass der Handel endlich abgeschlossen wird. Jetzt hat er sich entschieden, weiterzufahren und in Neapel sein Glück zu versuchen.«

»Neapel. Dort gibt es auch Berettas«, bemerkte der Capitano. »Mit wem war er in Amalfi verabredet?«

Ein kurzer Wortwechsel.

»Signore van der Horst möchte den Namen nicht preisgeben. Das ist schlecht für sein Geschäft«, erklärte Solowjow.

»Aha!«, rief der Capitano aus. »Wir werden sehen. Mein Sergente war so frei, sich die konfiszierte Waffe einmal näher anzusehen.« Spannungspause. »Das kann er gut, mein Sergente.«

Solowjow übertrug alles ins Niederländische.

Der Fremde verzog keine Miene.

»Eine Pistola Automatica Beretta 1934 verfügt über genau sieben Schuss«, erklärte der Capitano bedeutungsschwanger. »In Ihrer, mein Herr, befinden sich noch genau vier Patronen. Was sagt uns das?«

Dass irgendjemand drei Spatzen erschossen hat.

»Dass genau die drei fehlen, mit denen die Kornmehls ermordet wurden«, sagte Claretta, wobei sie nur die Lippen bewegte, aber keinen Mucks von sich gab.

Der Sergente betrachtete sie voller Erstaunen und schien zu rätseln, was in ihrem Kopf vorging.

»Der Signore hat keine Ahnung, was sie meinen«, erklärte wenig später Solowjow. »Er hat die Waffe nicht benutzt und hat nicht einmal nachgesehen, wie viel Munition darin war.«

»Na sicher! Ein Mann, der Waffen kauft und nicht nachschaut, ob sie geladen sind«, leierte der Capitano betont gelangweilt. »Aber angefasst hat er sie, oder? Seine Fingerabdrücke sind zumindest zu sehen.«

»Er hat sie ja auch gekauft«, warf Solowjow ein, ohne vorher mit dem Ausländer Rücksprache zu halten.

Der Capitano hob die Braue. »Er ist Zahnarzt und kein Anwalt«, mahnte er Solowjow mürrisch.

Solowjow bedeutete ihm, dass er verstanden hatte.

»Wenn ich ihm sage, dass der Mörder genau drei Schuss gebraucht hat, um seine Opfer zu richten. Was sagt er dann?«, redete der Capitano mit einer gebieterischen Geste weiter.

»Nichts«, sagte Solowjow im Auftrag des Niederländers.

»Mhm.« Der Capitano wurde immer ungehaltener. »Diese Schüsse sind nachweislich aus seiner Beretta abgefeuert worden. Sagt er nun etwas?«

»Nein«, antwortete Solowjow.

Signore van der Horst war auch Gast im Hotel. Womöglich waren die Eheleute Kornmehl mit ihm am Sonntagabend verabredet gewesen. Aber welche Rolle sollte Direktor Fusco dabei spielen? In Clarettas Kopf purzelten die Gedanken durcheinander.

»Na ja«, redete der Capitano weiter, während er demonstrativ einen Pass vor sich in die Höhe hielt und darin scheinbar uninteressiert herumblätterte. Claretta hatte ein Dokument in dieser Aufmachung noch nie zuvor gesehen, aber sie vermutete, dass es dem Niederländer gehörte, womit sie, wie sich im nächsten Augenblick zeigen sollte, recht behielt.

»Sie sind öfters in Österreich unterwegs«, sagte der Capitano leise und ohne den Verdächtigen anzusehen. »Hauptsächlich in Wien.« Er ließ das Dokument auf den Tisch fallen und drückte seinen dicken Zeigefinger hinein, als wollte er das Papier für seinen Besitzer bestrafen.

Der Niederländer gab es unumwunden zu.

»Das letzte Mal waren Sie vor zwei Wochen dort«, stellte der Capitano fest. Nun erhob er sich und begann damit, seinen Schreibtisch zu umkreisen, Solowjow und den Niederländer eingeschlossen. Nachdem er dies zwei Mal wiederholt hatte, blieb er abrupt hinter van der Horst stehen und legte ihm seine Hand auf die Schulter. Der zuckte nicht einmal. »Wissen Sie, was ich denke?«, flüsterte der Capitano. »Sie haben die Kornmehls gekannt, vermutlich sogar mit Ihnen Geschäfte gemacht, und weil das so schön ist, wollten sie sie bei uns in Amalfi noch einmal treffen, natürlich nur mit einer Beretta und dem Finger am Abzug. Dabei muss ich Ihnen sagen, lieber Freund, man tötet niemanden, der noch keine Gelegenheit hatte, sich unsere schöne Küste anzuschauen. Das ist ein fast noch größerer Frevel als ein Mord.« Der Capitano rieb sich genüsslich seinen Schnauzer und stolzierte zurück auf seinen Platz.

»Der Herr macht selbstverständlich auch in Österreich Geschäfte«, bestätigte Solowjow eine kleine Weile später.

»Sieh an! Er verhökert also auch die Waffen der Verbündeten. Interessant. Interessant«, stellte der Capitano fest.

»Er sagt, er hat die Kornmehls nie in seinem Leben gesehen. Und er hat sie auch nicht umgebracht.« Solowjow sagte das mit so viel Nachdruck, das man meinen könnte, er selbst müsste sich verteidigen.

Der Capitano fing aus vollem Halse an zu lachen. »Schön. Schön«, sagte er schließlich und glaubte offenkundig kein Wort. »Er bewohnt aber die Suite nebenan, ja?«

Solowjow machte nicht viele Worte, worauf der Niederländer nur einmal zackig nickte.

»So viele Zufälle. Da muss irgendwo ein Nest sein«, flötete der Capitano gespielt.

Der Niederländer, dem der Ernst der Lage so langsam aufzugehen schien, änderte die Strategie und sprach nun länger und auch lauter als vorher.

»Signore van der Horst gibt zu Protokoll, dass ihm die Beretta im Hotel abhandengekommen ist«, berichtete Solowjow. »Am Sonntagabend jedenfalls befand sie sich plötzlich nicht mehr in seiner Tasche. Er hat den Diebstahl dem Hoteldirektor gemeldet, diskret, da es sich ja um ein Objekt vom Schwarzmarkt handelte. Nichtsdestotrotz ist das Abhandenkommen einer Waffe eine überaus delikate Angelegenheit, die Signore van der Horst unmöglich auf sich beruhen lassen konnte. Man weiß ja nie, in wessen Hände so etwas gerät. Überraschenderweise hat die Pistole sich am Montagmorgen wieder auf seinem Zimmer eingefunden, sodass er davon ausgegangen ist, sie nur verlegt zu haben. Signore Fusco hat er darüber selbstverständlich umgehend informiert. Das Vorkommnis war damit für ihn aus der Welt.«

»Eine schöne Geschichte«, säuselte der Capitano. »Verlegt will er sie haben, die kleine Beretta.«

Van der Horst nickte.

»Wo war er denn am Sonntagabend?«, fragte der Capitano unwirsch.

Die Sätze des Holländers überschlugen sich nun fast.

»Er war gegen achtzehn Uhr an der Bar und hat auf den besagten Händler gewartet«, sagte Solowjow. »Da dieser nicht gekommen ist, hat er sich zwei oder drei Drinks bestellt und mit einer Dame geplaudert.«

»Welche Dame?« Der Capitano horchte auf.

Der Holländer antwortete brav, aber Solowjow schien mit dem, was er sagte, nicht zufrieden. Zumindest glaubte Claretta das in seinem Gesicht zu lesen.

»Eine Dame. Der Signore kennt sie nicht«, gab Solowjow kurz angebunden zurück.

»Wie? Er schiebt eine Dame zu seiner Entlastung vor und weiß nicht einmal ihren Namen? Welche Kinderstube hat denn der Kerl?« Der Capitano schüttelte ungläubig den Kopf.

»Sie hat eine gute Stunde bei ihm gesessen.« Solowjow schaute den Holländer an, als wartete er auf mehr. »Und sie war sehr hübsch«, fügte er schließlich noch an.

»Na immerhin«, kommentierte der Capitano lapidar.

»Sie stammt wohl aus Amerika und sie will bald heiraten«, ergänzte Solowjow noch.

»Wen, den da?«, fragte der Capitano und deutete auf den Holländer.

Solowjow erklärte ihm alles, worauf er heftig verneinte. »Signore van der Horst ist verheiratet«, sagte Solowjow zur Erklärung.

»Und wieso sitzt er dann mit einer unbekannten

Signorina an der Bar eines Hotels?«, wollte der Capitano wissen. Dann winkte er unwirsch ab. »Wenn es die Frau tatsächlich gibt, wird mein Sergente sie finden. Er hat noch jeden gefunden, mein Sergente.« Ein gewichtiger Blick in Richtung Gabriele folgte. »Noch was, verehrter Signore Solowjow. Was ich Ihnen hier zumute, ist alles andere als erbaulich, aber Sie sind ein Russe und daher vermutlich das Allerschlimmste gewohnt.«

Solowjow verzog keine Miene. »Signore van der Horst ist kurz vor acht in den Salon zum Dinner gegangen. Auf sein Zimmer will er erst weit nach Mitternacht zurückgekehrt sein.«

»Ach wie sich das alles fügt«, freute sich der Capitano gespielt, dann klatschte er in die Hände. »Der Kerl bleibt in Arrest und es wird Mordanklage erhoben. Das er sich auf dem Schwarzmarkt umtut, kommt noch oben drauf. Nicht, dass er denkt, ich vergesse das.«

Claretta fuhr zusammen. So schnell hatte sie keine Lösung des Falls erwartet. Wehe, jemand erdreistete sich noch einmal, über den Capitano zu lachen. Derjenige sollte es mit ihr zu tun bekommen.

Ich bitte dich. Der Dicke hatte einfach nur Glück, einen Holländer gefunden zu haben, der sich so doof anstellt.

Signore van der Horst schien sich mit dem Beschluss des Capitano nicht abfinden zu wollen. Er schimpfte und sagte dabei so einiges, was Solowjow offenbar nicht bereit war zu übersetzen.

»Was meckert der Kerl da?«, fragte schließlich der

Capitano, dem das ganze Geschrei zu bunt zu werden schien.

»Er sagt, die Pistole könnte ihm auch gestohlen worden sein«, erklärte Solowjow.

»Aber natürlich!«, flötete der Capitano belustigt. »Noch so ein trefflicher Zufall.«

Der Holländer wurde immer lauter.

»Er soll das lassen«, forderte der Capitano.

»Er möchte wissen, was er tun kann, um Sie umzustimmen«, sagte Solowjow, und Claretta konnte sich des Eindrucks nicht erwehren, dass diese Frage nie aus dem Mund des Niederländers gekommen war.

Der Capitano genoss sichtbar die Macht, die die Frage suggerierte. »Ich hätte noch immer gern gewusst, wer sein Mittelsmann bei uns hier in Amalfi ist«, sagte er gerissen.

Solowjow brauchte länger, als man für diesen kurzen Satz meinen könnte. Während er sprach, nickte der Niederländer mehrfach verständig.

»Ugo Maio«, sagte er schließlich.

Den Namen brauchte Solowjow nicht zu übersetzen, den verstand jeder auch so.

***

»Lépore. Lépore? Den Namen habe ich doch schon mal irgendwo gehört.« Der Capitano saß hinter seinem Schreibtisch und durchforstete die Aussagen der Gäste des Grand Hotels. »Mit den Namen ist es wie mit den Seevögeln, kaum sind sie da, sind sie auch schon wieder weg.« Er betrachtete sie forschend, aber Claretta drückte ihre Nase förmlich auf das vor ihr liegende Blatt Papier, auf dem sie mit einem Lineal und Bleistift Linien zog, um nachher das soeben gehörte schönschriftlich für die Akten festzuhalten.

Das will ich sehen. Mit deinem Russen hast du mal wieder mehr Glück als Verstand. Wenigstens musst du ihn dann heute nicht mehr aufsuchen. Er wird sich ja wohl das Gesprochene allein behalten können.

»Der Sergente soll kommen und mir das hier erklären«, forderte der Capitano. »Wenn nicht meine kleine *Ragazzina* die Aussagen protokolliert, versteht man doch wirklich kein Sterbenswörtchen.«

Claretta lief mit roten Ohren zu Gabriele.

»Capitano, wie kann ich helfen?« Kurz darauf stand der Sergente im Zimmer und wartete auf seine Anweisungen.

»Dieser Mensch hier, Giovanni Lépore.« Er brauchte einen Moment, um den Namen auf dem Blatt zu finden. »Hah!« Er lachte auf. »Ein Name wie ein Sammelbegriff.« Offenbar war ihm nun eingefallen, woher er den Nachnamen kannte. »Wieso will der Kerl als Einziger im Hotel die Schüsse gehört und jemanden gesehen haben?«

Claretta versteifte schlagartig. Giovanni sollte ein Zeuge in einem Mordfall sein? Ihr Bruder? Er hatte noch nie in seinem Leben mit der Polizei gemeinsame Sache gemacht, nicht einmal dann, wenn es für ihn um nichts ging. Giovanni hasste die Carabinieri, die für ihn allesamt korrupt waren und seiner Ansicht nach das einfache Volk auf einen Meter drei Mal linkten. Wieso er sich dann ausgerechnet in ein so schlimmes Verbrechen hineinziehen ließ, konnte Claretta nicht begreifen. Sie wusste doch genau, wie das für ihn ausging. Irgendwann, wenn die Polizei ihn damit noch einmal behelligte, wurde er der Sache überdrüssig, was er alle in schonungsloser Offenheit wissen ließ. Giovanni konnte nun einmal nichts anständig zu Ende bringen, ohne alle Beteiligten heillos vor den Kopf zu stoßen. Dass der Capitano sich ein derartiges Verhalten jedoch gefallen ließ, bezweifelte sie stark. Noch dazu barg eine Vorladung ihres Bruders unweigerlich die Gefahr, dass sie sich über den Weg liefen. Gott bewahre, dass Giovanni hier auftauchte!

»Er war wohl gerade auf seinem Zimmer, um die Stola seiner Freundin zu holen«, entgegnete der Sergente. »Das befindet sich drei Türen weiter von dem unserer Opfer. Dass man hier etwas hört, ist wahrscheinlich.«

»Und er kann einen Schuss von einem entweichenden Darmwind unterscheiden, ja?«, wollte der Capitano wissen. »Ihnen ist klar, Gabriele, dass so ein Verbrechen immer auch die Wichtigtuer und Schwätzer anzieht, nicht wahr?«

»Er war im Krieg, Capitano, sogar in Gefangenschaft«, antwortete der Sergente und beobachtete Claretta aus dem Augenwinkel.

Sie schrieb, was das Zeug hielt, wobei sie sich dabei auf ihren Namen und die ihrer Söhne beschränkte.

»Er hat die Schüsse gehört, ist aus dem Zimmer gestürzt, mhm?« Der Capitano legte das Blatt ab. »Ein D ist kein T, daran sollte Sie arbeiten, Sergende«, bemerkte der Capitano sichtbar belustigt.

»Ich bemühe mich, Capitano«, erwiderte Gabriele peinlich berührt.

»... und hat jemanden auf dem Flur gesehen«, redete der Capitano weiter. »Ist derjenige aus der Suite der Österreicher gekommen oder nicht? Das sollten Sie schon vermerken. Immerhin könnte es ein Knackpunkt in den Ereignissen sein. Nehmen Sie sich bitte mal ein Beispiel an unserer kleinen Claretta. Die schreibt alles auf, selbst die Farbe der gezackten Rose am Hals der toten Signora.« Er legte den Kopf in den Nacken und schaute Claretta provozierend an. »Nicht, dass das in unserem Fall von Relevanz wäre, aber wer weiß, womöglich beim nächsten Mal.«

Claretta fragte sich, ob sie Solowjow eventuell weniger detaillierte Ausführungen machen sollte. Offenkundig notierte er alles, was sie ihm sagte.

Du konntest noch nie das Wichtige von dem Unwichtigen unterscheiden. Die Krebse schmeißt man zurück ins Meer und die Hummer lässt man im Netz.

»Er wusste es nicht«, sagte der Sergente. »Angeblich hat er nur jemanden über den Flur laufen sehen, mit langsamen Schritten und von hinten.«

»Langsam. Von hinten«, antwortete der Capitano ärgerlich. »Welcher Mörder verlässt den Tatort im Müßiggang? So ein Blödsinn! Konnte er wenigstens sehen, ob es sich um einen Mann oder eine Frau gehandelt hat? Das kann ja nun wirklich nicht so schwer sein.«

»Ich weiß es nicht, mein Capitano«, antwortete der Sergente. »Derjenige soll eine Hose getragen haben.«

»Eine Hose? Mhm? Ach, das soll Hose heißen? Sieh an! Wo Sie es sagen.« Er kicherte verschmitzt. »Mittlerweile trägt das halbe Weibsvolk Beinkleider. Was soll mir das denn sagen?«, schimpfte er. »Groß. Klein. Dick. Dünn. Irgendetwas muss der Kerl doch mitbekommen haben?«

»Er will nicht darauf geachtet haben«, sagte der Sergente entschuldigend. »Seine Freundin hat auf ihn gewartet.«

»Seine Freundin? Seit wann bestimmen die Frauen das Tempo der Männer? Da hört einer Schüsse in einem Hotel, was man nun wirklich nicht als Normalfall bezeichnen kann, und wird nicht im Mindestens bösgläubig? In so einem Moment registriert man doch alles, sogar die Farbe eines Strumpfbandes.« Das letzte Wort schien dem Capitano nur so herausgerutscht zu sein. Seinem angestrengten Räuspern und den am Blatt klebenden Augen nach zu urteilen, schämte er sich gegenüber Claretta sogar ein bisschen dafür. »Vor allen Dingen ruft man nach den Carabinieri, meinetwegen auch nach der Feuerwehr«, witzelte er bemüht. »Aber den Hoteldirektor hat er doch informiert, oder?« Er schaute mit strengen Augen auf den Sergente, der nichts erwiderte. »Nun gut, die Aussage des Burschen wiegt nicht sonderlich schwer. Ich sehe schon. Vermutlich saß er auch an der Bar.« Er kicherte, wurde aber umgehend wieder ernst. »Kannte er die Kornmehls?«

Der Sergente verneinte. »Er wohnt erst seit Samstag im Hotel und hat die Herrschaften nie gesehen.«

»Wo kommt er denn her und was macht er?«, wollte der Capitano wissen. »Wieso ist das in aller Gottes Namen hier nicht zuvorderst festgehalten? So eine Sauwirtschaft!«

»Wohnort Grand Hotel«, antwortete der Sergente leise. »Er hat keine andere Adresse angegeben. Er ist wohl ein Pizzeriabetreiber aus New York.«

Claretta spürte ihren Herzschlag bis hinauf in ihre Ohren. Wie konnte Giovanni denn nur so etwas behaupten?

Wieso nicht? In spätestens vier Wochen ist es Realität. Die kann man doch schon einmal ankündigen.

»Das du immer Verständnis für die Flunkereien hast, ist mir klar«, schoss es unkontrolliert aus Claretta heraus.

Der Capitano hob seinen Blick und betrachtete sie irritiert. Der Sergente schien es ebenfalls gehört zu haben, auch wenn er sich alle Mühe gab, dies nicht zu zeigen.

»Der Sergente und ich sind uns einig, dass es so etwas nicht gibt«, schlussfolgerte der Capitano. »Ein Pizzabäcker wohnt nicht in einem Grand Hotel, auch nicht, wenn er aus New York stammt. Wo kommen wir denn da hin?«

Gabriele nickte diensteifrig. »Es sei denn, er gehört zur Camorra«, rutschte es dem Sergente übermütig heraus.

Dem Capitano froren umgehend die Gesichtszüge ein. Furchtsam ließ er seine Augen erst zur Tür und dann zu dem geöffneten Fenster huschen. »Niemals erwähne er in meiner Gegenwart diesen Namen«, forderte er in gereiztem Ton. »Nicht einmal flüstern darf er ihn, erst recht nicht aufschreiben! Ganz abgesehen davon, ihn zu denken, wenn er denn mal denkt.« Er beugte sich tief über seinen Schreibtisch und flüsterte: »Wenn man das Unglück herausfordert, packt es einen.« Wieder fiel sein Blick auf Tür und Fenster. Dann schien er zu lauschen. Nachdem er nichts Ungewöhnliches festgestellt zu haben schien, widmete er sich wieder dem Tagesgeschäft.

»Wo waren wir? Ach so, der Zeuge Giovanni Lépore. Ich möchte mir den Mann höchstselbst noch einmal zu Gemüte führen«, beschied er. »Irgendetwas läuft hier nicht rund. Sie werden sehen, in meiner Gegenwart wird er sich noch an ein Staubkorn auf der Jacke des Portiers erinnern. Das wäre doch gelacht! Und Sie, Sergente, gehen schon mal vor und überprüfen das angebliche Alibi dieses Dänen. Dass Sie auch die geheimnisvolle Amerikanerin finden, versteht sich von selbst.« Er rieb sich mit den flachen Händen über die Brust. »Ich komme dann nach. Aber vorher besuche ich erst einmal meinen alten Freund Pedro. Von Stress wird mir immer ganz flau im Magen, ganz so wie von nichtsnutzigen Zeugen.« Er zwinkerte Claretta zu und marschierte davon.

Sechs

Es ist mir sehr unangenehm, Signora Claretta«, murmelte Sergente Gabriele niedergeschlagen. »Sie haben so viel Arbeit mit der Aussage unseres Hauptverdächtigen, diesem Holländer …, also eigentlich handelt es sich ja um unseren einzigen Verdächtigen. Ugo Maio dürfen wir nicht mehr nachstellen. Aber womöglich liegt der Capitano damit auch richtig. Immerhin haben wir die Tatwaffe bei dem Holländer gefunden, und dessen Geschichte klingt mehr als unglaubwürdig. Finden Sie nicht? Obwohl ich davon schon gehört habe, dass Ausländer kommen und Andenken an den Krieg haben wollen. Was müssen das nur für Leute sein? Ich meine, wer will sich denn daran erinnern? Aber da sieht man es mal wieder, heutzutage lässt sich mit allem Geld verdienen, wenn man nur skrupellos genug ist. Und Maio ist es, das sage ich Ihnen. Wenn der neuerdings noch im Waffengeschäft sein Unwesen treibt, dann können wir uns warm anziehen. Unserem Capitano liegt der Kerl schon lange wie eine Laus auf der Leber. In den vielen Jahren, in denen er der Capitano ist, konnten wir Maio nie etwas nachweisen. Hier und da mal einen kleinen Fisch, ja, aber keiner von denen, die wir geschnappt haben, verrät nur ein Sterbenswörtchen über den Patron. Es ist, als hielte die Jungfrau Maria ihre Hände über diesen Kerl. Ich weiß nicht, ob sie das bei Langfingern auch macht, aber der Prete sagt ja, Gott liebt alle seine Schäfchen gleich. Trotzdem wird man doch für alle seine schlechten Taten bestraft. Das stimmt schon irgendwie. Bei meinem Vetter Armando, väterlicherseits, war das ganz gewiss so. Just an dem Tag, an dem er seine Frau verprügelt hat, ist ihm der einzige Esel gestorben. Und dann wurde vor einigen Jahren eine Frau am Strand angespült, wunderschön soll sie gewesen sein. Die Leute sagten, es hätte sich um Signora Maio gehandelt, die sich über die Klippen gestürzt hat, aus Unglück über ihren verdorbenen Mann. Wie man den Leichnam bergen wollte, war er verschwunden, und man hat nie wieder etwas davon gehört. Die bedauernswerte Frau hat sicherlich nicht einmal ein würdiges Begräbnis bekommen. Niemand weiß etwas. Dem Kerl ist einfach nicht beizukommen. Man weiß nichts über ihn, alles immer nur Gerüchte, da passt er auf wie ein Schießhund. Aber das mit der eigenen Frau … das hätte mir an seiner Stelle zu denken gegeben. Maio hat daraus trotzdem nichts gelernt. Mein Vetter Armando schon. Er hat sich keinen neuen Esel mehr angeschafft. Oh Signora Claretta, das Leben kann verdammt knifflig sein, und nun komme auch noch ich und …« Er wischte sich mit einem karierten Stofftaschentuch den Schweiß aus dem Nacken. »Aber wenn ich bei der Aussage des Niederländers etwas vergesse, wird der Capitano wütend. Wenn ich schreiben muss, vergesse ich immer irgendetwas. Es ist wie ein Fluch mit den Protokollen. Einen mündlichen Bericht bekomme ich problemlos hin, auch mit allen Einzelheiten, aber sobald ich meine Beobachtungen zu Papier bringen soll …« Gabriele redete den ganzen Weg zum Grand Hotel in einem fort.

Claretta war es recht, denn so konnte sie ihren eigenen Kampf mit sich ausfechten. Ihr Bruder Giovanni war der wichtigste Zeuge in dem Mordfall. Ausgerechnet Giovanni! Was hatte er sich nur dabei gedacht, in das Grand Hotel zu ziehen, zu diesem Mädchen, das er überhaupt nicht kannte. Man schlüpfte nicht in Schuhe, die einem zu groß waren, sonst landete man auf der Nase. Wieso wurde Giovanni eigentlich immer älter, aber dabei keinen Funken schlauer?

Du urteilst über deinen Bruder? Dabei sitzt du gestern noch glucksend am Tisch eines Verbrechers. Eine Frau hat er schon auf dem Gewissen. Willst du die nächste sein, die über die Klippen geht?

»Du übertreibst«, entgegnete Claretta gedankenversunken.

»Nein, nein, Signora Claretta, ganz gewiss nicht. Ich bin nicht halb so versiert wie Sie mit den Worten«, antwortete der Sergente.

Claretta biss sich auf die Zunge. Sie musste sich angewöhnen, nicht auf Emilio zu antworten. Das ging so einfach nicht weiter.

Jetzt erlaube mal! Bis dass der Tod uns scheidet, Claretta. Bis dass der Tod uns scheidet.

Das ist ja wohl schon passiert, dachte Claretta.

Das gilt nicht nur für mich, auch für dich!

Unsinn. »Was werden Sie zuerst tun, Gabriele?«,

fragte Claretta höflich und ganz so, als hätte sie sich selbst nicht schon ein eigenes Bild gemacht.

»Zuerst lade ich Sie an die Bar ein«, meinte Gabriele flapsig.

Noch so ein Galan! Man sollte doch meinen, in ganz Amalfi gäbe es keine andere Frau außer meiner.

Claretta schaute ihn entgeistert an.

»Nein, nein, Entschuldigung, ich wollte nur …«, haspelte Gabriele, um mit ernster Stimme fortzufahren. »Ich befrage den Barmann nach dem Alibi des Holländers. Dann werden wir sehen.«

»Gabriele, was ist los?« Der Allievo, der bis gerade eben noch auf einer der Stufen des Eingangsportals gehockt hatte, sprang auf und nahm umgehend Haltung an, als er den Sergente zurückkommen sah. Claretta hatte es für besser befunden, den Carabiniere allein in das Grand Hotel gehen zu lassen. Giovanni konnte überall sein. Stattdessen war sie bei dem Jungen geblieben, der nun schon die zweite Nacht vor dem Hotel ausgeharrt hatte und entsprechend betrübt darüber zu sein schien, dass die großen Abenteuer bislang ausgeblieben waren.

Sergente Gabriele schob sich seine Mütze mehrfach hintereinander über den Kopf, als hätte er es darauf abgesehen, den perfekten Sitz zu finden. An seiner Miene jedoch konnte man den Ärger, den er in sich trug, deutlich ablesen. Die Mütze musste das dann wohl ausbaden. »Ein Carabiniere sitzt nicht im Dienst!«, pflaumte er den Allievo schon von Weitem an. »Wie oft habe ich dir das schon gesagt?«

»Aber …«, wagte der Allievo mit roten Wangen einen sanften Widerspruch.

»Du bewachst das Objekt. Verstanden!«, fiel ihm der Sergente ins Wort. »Jeder Übeltäter hält sich den Bauch vor Lachen, wenn er dich halb auf der Treppe liegend antrifft. Das macht doch keinen Eindruck. Du weißt, was der Capitano sagt, ein Carabiniere muss immer Eindruck machen!«

Am besten sieht er aus, wenn er wie ein Hund die Treppe der Stazione heraufgekrochen kommt. Oder wenn ihm in aller Öffentlichkeit der Arsch platzt. Emilios Feixen übertönte fast die nächsten Worte.

»Ja, Sergente Gabriele«, murmelte der Allievo kleinlaut.

»Mhm.« Jetzt musste wieder die Uniformmütze daran glauben. »Man weiß nicht so recht, was man denken soll«, hob Gabriele resigniert an. »Der Capitano wird damit nicht einverstanden sein. Ganz gewiss nicht. Richtig sauer wird er sein. Und dann wird er mir die Schuld geben.« Vermutlich ohne sich dessen überhaupt bewusst zu sein, ließ sich der Sergente auf eine der Stufen nieder, legte die Unterarme auf seinen Knien ab und ließ den Kopf nach unten sinken.

»Ich könnte sagen, dass ich es war«, schlug der Allievo treuherzig vor.

Der Barmann hat das Alibi des Signore van der Horst bestätigt, dachte Claretta.

»Der Barmann hat das Alibi des Signore van der Horst bestätigt«, sagte der Sergente, als hätte er ihr in den Kopf geguckt.

Der Allievo schaute nur unverständig drein.

»Ich erkläre es dir später«, flüsterte Claretta ihm zu, um den Sergente nicht noch mehr aufzubringen.

»Der Holländer ist mit Schlag sechs Uhr in der Bar aufgetaucht. Da lebten die Kornmehls ganz gewiss noch«, redete der Sergente, als müsste er sich seine Seele erleichtern. »Der Angestellte erinnerte sich so genau, weil um diese Uhrzeit sein Dienst beginnt und er gleich ein Getränk mixen musste, das er nicht kannte. Angeblich hat der Holländer irgendetwas mit Rum und Whisky bestellt. Pfirsichnektar sollte wohl auch noch rein und allerlei Zeugs, von dem ich noch nie gehört habe.« Gabriele schnaufte gestresst. »Jedenfalls hat ihm van der Horst alles haarklein erklärt, auch noch auf Englisch, sodass er überhaupt nicht mehr wusste, wo ihm der Kopf stand. Und dann …« Nun huschte ein Lächeln über das Gesicht Gabrieles. »Zack, hatte der Holländer ausgetrunken und der Barmann musste noch einmal ran. Das Spiel haben die wohl an diesem Abend ganze vier Mal getrieben.«

Dann wird der Kerl hinter dem Tresen das jetzt hoffentlich begriffen haben.

Der Niederländer muss ziemlich angetrunken gewesen sein, nach vier Mal Whisky mit Rum, dachte Claretta. Was ist, wenn er nicht mehr wusste, was er tut?

Bitte? So ein bisschen Fusel haut einen echten Mann doch nicht um! Der Kerl misst zwei Meter und hat eine Figur wie Herkules.

Wenn du es sagst, Emilio.

»Jedenfalls wollte der Barmann den anstrengenden

Gast unbedingt loswerden. Der wiederum tat ihm nicht den Gefallen, weil er, wie er ihm sagte, auf jemanden gewartet hat …«

»Ugo Maio«, flüsterte Claretta. Aber der war in Salerno. Das hatte sogar der Provinzinspektor bestätigt. Aber wieso hatte er dem Holländer nicht abgesagt, noch dazu, wenn er die bestellte Ware ohnehin nicht liefern konnte? Diese Unzuverlässigkeit passte nicht zu dem höflichen Herrn, den Claretta kennengelernt hatte.

Ich glaube, mein Schwein pfeift! Der Kerl ist ein Berufskrimineller. Wie zuverlässig sind denn Halunken? Außerdem reden wir hier über den Verkauf von Eigentum der italienischen Armee. Bei jedem Centisime, den ich aus der Kollekte geangelt habe, damit ich dir ein Eis spendieren konnte, hast du dich furchtbar aufgeregt, aber bei Staatsdiebstahl schließt du die Augen.

Claretta biss sich auf die Lippen.

Der Sergente schaute kurz auf: »Ugo Maio, ganz richtig. Der ist aber tatsächlich nicht gekommen, und der Holländer soll ziemlich zornig gewesen sein. Der Barmann sagt, er hätte irgendetwas Unflätiges über uns Italiener gesagt, worauf er bei dem nächsten Getränk mit dem Alkohol ziemlich knausrig war. Niemand redet ungestraft schlecht über uns.« Gabriele hatte nun die Mütze abgenommen und drehte sie unaufhörlich in seinen Händen. »Jedenfalls soll der Kerl endlich kurz vor acht in den Salon marschiert sein. Man sieht dessen Tür von der Bar aus. Das habe ich überprüft.«

»Dann kann er es nicht gewesen sein«, schlussfolgerte Claretta für ihre Verhältnisse vorlaut.

Dem Sergente schien das nicht einmal aufzufallen. »Ich habe vermutet, der Holländer könnte den Salon an der anderen Seite verlassen haben. Zeit genug hätte er gehabt. Von dort ist es nur ein Katzensprung bis hinauf zu den Suiten. Abgesehen davon, was weiß der Doktor schon, in welcher Minute des Tages jemand aufhört zu atmen. Das kann nur der liebe Gott sagen.«

»Und den können wir nicht befragen«, ergänzte der Allievo vorwitzig, was ihm einen Satz heiße Ohren von dem Sergente einbrachte.

Claretta wartete gespannt, was Gabriele noch zu berichten hatte; dass ihn noch mehr umtrieb, war seiner Unruhe anzumerken.

»Jeder Tisch im Salon hat seine eigene Bedienung«, fuhr der Sergente fort. »Ich dachte erst, der Barmann macht einen Scherz, aber es stimmt wohl. Jedenfalls konnte der Kellner, der van der Horst an dem Abend zugeteilt war, bestätigen, dass sein Gast jeden Gang bekommen und auch verspeist hat, ohne zwischendurch nur einmal seinen Platz zu verlassen.«

Ich sage es ja. Die Reichen essen immer und versäumen nichts.

»Was bedeutet das dann jetzt?«, wollte der Allievo wissen.

Der rote Riese kann es nicht gewesen sein. Eurer Capitano muss sich einen anderen suchen.

»Die schnelle Aufklärung des Falles können wir vergessen. Dabei ist der Capitano doch bekannt dafür«, fuhr der Sergente fort. Dann hob er langsam den Kopf und schaute Claretta nachdrücklich an. »Wegen der

Sache mit diesem Giovanni ist er ohnehin schlecht auf mich zu sprechen«, sagte er. »Es ist vielleicht klüger, mit der Neuigkeit noch ein wenig zu warten. Für den Holländer ist es gleich, wo er sitzt. Und Sie, verehrte Signora Claretta, haben doch mit dem Protokoll von heute Morgen vorerst genug zu tun, oder?«

Siehst du! So sind Sie, die Burschen in Blau. Für die spielt es keine Rolle, ob einem in einem Grand Hotel die Hummer serviert werden oder man auf einer Holzpritsche im Keller einer Stazione verrottet. Ich für meinen Teil kann die Meinung deines Bruders Giovanni über diese Bagage nur unterstützen.

»Wenn Sie das sagen«, antwortete Claretta ausweichend. Sie fand es nicht richtig, einen Unschuldigen in dieser furchtbaren Arrestzelle sitzen zu lassen, noch dazu einen Ausländer. Was sollte er denn von ihnen denken?

Gabriele nickte dankbar. »Das mit der unbekannten Signorina stimmt übrigens«, redete der Sergente weiter. »Der Barmann hat das bestätigt.« Gabriele senkte die Lider, als könnte er sich so besser erinnern. »Groß. Blond. Jung. Amerikanerin. Und ziemlich üppige …« Er hielt inne, öffnete die Augen und schaute Claretta an. »Das möchte ich nicht wiederholen.«

Der Allievo grinste.

»Da ist es mir wieder eingefallen. Sie ist eine von den Hotelgästen. Sie hat mir erzählt, dass sie am Tatabend mit einem Fremden in der Bar gesessen hat, während ihr Verlobter auf ihrem Zimmer etwas holen wollte, zumindest habe ich das so gedeutet. Sie wusste allerdings seinen Namen nicht, also nicht den des Verlobten, sondern des Fremden. Offenbar hat sie sich nur die Zeit vertreiben wollen. Das war vielleicht ein zähes Gespräch. Der Rezeptionist, der für uns übersetzt hat, scheint aus der Gegend um Rom zu sein, man versteht wirklich kaum ein Wort. Es handelt sich übrigens um die Freundin dieses jungen Pizzabäckers aus New York, da bin ich mir sicher. Ich habe die beiden kurz nach der Befragung zusammen gesehen.«

Claretta glaubte, ihre Füße zerliefen wie flüssiger Brei und sie würde jeden Moment auf das Pflaster rutschen. Wo um alles in der Welt war Giovanni in der Zeit gewesen? Wie lange will er denn gebraucht haben, um einen Schal aus seinem Zimmer zu holen? Und warum konnte seine Verlobte nicht wie eine ordentliche Frau warten, statt mit einem unbekannten Mann an der Bar zu sitzen? Das war nicht anständig.

***

»Aber mein lieber Freund. Ich bitte dich!« Der Capitano thronte förmlich in einem der ausladenden Sessel im Foyer des Grand Hotels dei Cappuccini. »Du kannst jedem deiner Gäste davon berichten, dass der Capitano der hiesigen Carabinieri höchstpersönlich gekommen ist, um über ihre Sicherheit zu wachen.« Er wandte sich in die eine so wie in die andere Richtung um und grüßte jeden vorbeischlendernden Fremden wie einen guten alten Bekannten. Bei denen, die ihn nicht ohnehin schon erspäht hatten, hob er die Stimme, sodass er unmöglich übersehen werden konnte. Die Leute schauten etwas irritiert, nickten dann aber vermutlich aufgrund seiner Uniform höflichst. Der Capitano gefiel sich sichtbar in seiner Rolle. Hoteldirektor Fusco wiederum litt Höllenqualen, was anhand der Schweißperlen auf seiner Stirn und dem unentwegten umherrutschen auf dem Polster deutlich auszumachen war.

Wenn der größte Gauner der Stadt im vornehmsten Hotel der Stadt seine Geschäfte abwickelt. Dann darf ein Capitano ihm nicht nachstehen.

Claretta, die auf das Geheiß des Capitano gegenüber den beiden Männern Platz genommen hatte, hatte keine Ohren für ihren Emilio. Allein die Gewissheit, dass Giovanni jeden Moment hier auftauchen würde, trieb sie fast in eine Ohnmacht. Der Capitano wollte ausgerechnet sie bei der Befragung dabeihaben. Mit hängenden Schultern saß sie da und wartete auf ihr Todesurteil. Immerhin konnte das nicht lange dauern. Giovanni war ein Heißblut, und die Dinge würden schneller gesagt als gedacht. »Lieber Gott, steh mir bei«, murmelte sie immer wieder und bekreuzigte sich im Geiste, um auch wirklich alles getan zu haben, das Unglück abzuwenden.

»Wir haben einen deiner Gäste in Gewahrsam«, schwadronierte der Capitano unter ausladenden Bewegungen seiner Arme. »Ein Däne, oder war es ein Holländer? Eines der Länder wird schon passen.« Er machte ein grunzendes Geräusch. Offenbar war er angesichts der Aussicht auf eine bevorstehende Mordaufklärung und Pedros Wein, der durch seine Blutbahn floss, überaus frohgemut gestimmt.

»Riccardo, ich weiß überhaupt nicht mehr, was ich sagen soll«, sagte Direktor Fusco leise, wobei er sich mit eingezogenen Schultern mehrfach umschaute. »Meinst du nicht, es wäre besser, deinen Amtsgeschäften in der Stazione nachzugehen? Das hier ist gewiss nicht der richtige Ort. Seit Montag wimmelt es auf meinen Fluren vor Carabinieri. Die Gäste registrieren so etwas, und wenn sie das zu häufig tun, hinterlässt das einen schalen Beigeschmack. Mit der Polizei ist das wie mit einem guten Wein, es kommt auf die Menge an. Mit dem Jungen am Portal hast du mir schon einen großen Gefallen getan. Ich kann unsere Freundschaft nun wirklich nicht noch mehr überbeanspruchen.«

»Aber Salvo, wenn ich nicht dir einen guten Dienst erweisen kann, wem denn sonst?«, flötete der Capitano. »Schau, ich habe dir sogar meine kleine Signora Claretta mitgebracht. Ihr gefällt es auch außerordentlich gut bei dir. Sie würde bestimmt gern von deiner ganz hervorragenden Zitronentorte probieren. Nicht wahr, *Ragazzina?*«

Was haben die nur alle mit ihrem Kuchen? Ist das heutzutage Mode, wenn man eine Frau beeindrucken will? Oder bist du dem auch zu mager?

Fusco bedeutete dem Mann hinter dem Empfang, dass er etwas wünschte. Der Rezeptionist eilte umgehend herbei, und kurze Zeit später stand vor Claretta ein überaus appetitlich anzusehendes Stückchen Torte.

Claretta jedoch konnte sich vor Angst kaum bewegen, geschweige denn einen Ton von sich geben oder gar essen. Flüchtig schaute sie zum Direktor herüber, der sie wiederum gänzlich übersah.

»Ich werde einfach ein wenig hier sitzen und plaudern. Ganz unauffällig, das verspreche ich dir«, beschwichtigte der Capitano. »Gleich wird noch ein Zeuge kommen, und dann bin ich bestimmt auch wieder weg. Es sei denn, du bittest mich, bis zum Abendessen zu bleiben.« Er zwinkerte. Dann bedeutete er Claretta, dass sie endlich zulangen sollte.

Fusco machte nicht den Eindruck, als beruhigte ihn das Gesagte.

»Weißt du, mein Lieber, was sich die Signora und ich die ganze Zeit fragen?«, hob der Capitano an und machte eine lange Pause, in der er den Direktor mit seinen Augen fixierte. »Du wusstest von der Waffe, die der Holländer bei sich trug und die man ihm angeblich gestohlen hat.« Der Capitano lehnte sich hinüber zu Fusco, sodass sich ihre beiden Schultern berührten. »Schon wieder ein Diebstahl in deinem schönen Haus. Nicht wahr?«, raunte er ihm zu. »Es nimmt einfach kein Ende.«

Fusco räusperte sich pikiert. »Signore van der Horst hat sein Eigentum zurück«, sagte er schmallippig. »Deswegen habe ich es nicht zur Anzeige gebracht.«

»Ja, ja, mein Lieber«, erwiderte der Capitano wie ein Mann, der mit allen Wassern gewaschen war. »Diebesgut meldet man ja auch nicht bei der Polizei. Da wartet man lieber, bis es wieder auftaucht oder dessen Besitzer verschwindet.« Er klopfte ihm mit der Hand auf den Oberschenkel. »Immer zuerst an das Geschäft denken. Recht so!«

»Du weißt, ich halte nichts davon, die Pferde scheu zu machen«, sagte der Direktor leise. »Unser Land wird nur dann zu seiner alten Stärke zurückfinden, wenn wir uns auf das Wesentliche konzentrieren. Effektivität ist dabei unabdingbar. Abgesehen davon weiß ich sehr wohl, dass du ein viel beschäftigter Mann bist, noch dazu an einem Sonntag. Ich wollte deine kostbare Zeit nicht verschwenden. Und unter uns, Riccardo, was soll ich von einem Mann halten, der angeblich am Sonntagabend seine Waffe verliert und sie noch vor dem Frühstück am Montag zurückhat?«

»Dass es sich um einen leichtsinnigen Dummkopf handelt«, konstatierte der Capitano wissend lächelnd. »Du hast das schon alles im Blick, mein guter Salvo.«

»Wir haben Tresore für derlei Dinge«, fügte Fusco noch an, um seine Frage zu unterstreichen. »Man muss sie nur nutzen.«

»Auch für Schwarzmarktware«, erwiderte der Capitano. »Die kann da auch rein. Selbstverständlich! Das steht ja an den Kisten nicht dran, dass nur ehrliche Dinge darin aufbewahrt werden können. Stimmt schon.« Er nickte wissend. »Aber dass jemand wie Ugo Maio bei dir im Hotel seine Geschäfte abwickelt, ausgerechnet bei dir? Das ist schon ein starkes Stück! Ich habe mich ja vom ersten Moment an gewundert, was der Langfinger in einem Haus wie deinem zu suchen hat. Das passt nicht zu dir, Salvo. Und es steht dir nicht gut zu Gesicht, also wenn du die Meinung eines alten Freundes hören willst.«

Fusco sagte erst nichts und schaute nur zu Claretta. Irgendwann stieß er einen schweren Seufzer aus. »Was soll ich machen, Riccardo? Ich kann meine Gäste nicht nach ihrer Rechtschaffenheit auswählen, vor allen Dingen nicht nach den Gerüchten darüber. Maio benimmt sich stets tadellos. Er ist überaus zuvorkommend zum Personal, zahlt seine Zeche umgehend und immer großzügig aufgerundet. Mit wem und zu welchem Zweck er sich in meinem Haus trifft, entzieht sich meiner Kenntnis, aber das hat mich auch nicht zu interessieren. Ich führe ein Hotel und da geschieht nun einmal alles, was einem auf der Straße auch passieren kann. Überdies sind die Zeiten nicht so, dass man wählerisch sein dürfte, und nur Gott allein weiß, ob sie es jemals sein werden.«

Der Capitano wippte sanft mit seinem Oberkörper hin und her, zeigte aber ansonsten keine Reaktion.

Claretta fragte sich, wer wohl im Hotel noch von der Waffe gewusst hatte? Wenn der Holländer die Wahrheit sagte, wovon sie nach Gabrieles Erkenntnissen ausging, dann musste sich jemand anders Zutritt zu seinem Zimmer verschafft haben. Dass die Beretta dabei ein Zufallsfund gewesen war, glaubte sie keine Minute. Derjenige, der für sein Vorhaben eine Pistole brauchte, wusste, wo er sie finden konnte. Ugo Maio ging wie selbstverständlich im Hotel ein und aus, und es gab unter dem Personal sowie den Stammgästen wohl kaum jemanden, dem er nicht bekannt war, zumindest würde der ein oder andere über ihn schon etwas gehört haben.

Wenn er sich mit dem Holländer in der Lobby getroffen hatte, wovon nach allem, was Claretta mitbekommen hatte, auszugehen war, dann gab es dafür mit Sicherheit genügend Zeugen.

Du meinst doch nicht im Ernst, dass dein Gangsterboss eine Waffe einfach so über den Tisch schiebt. Du kleines Naivchen!

Claretta wusste nicht, wie ein solcher Handel ablief, aber wenn der Holländer nur halb so unvorsichtig wie beim Verstecken seiner gekauften Ware gewesen war, dann könnte das hinkommen. Eines musste man dem Mörder jedoch lassen, er war äußerst raffiniert vorgegangen. Sich eine fremde Pistole quasi auszuborgen und sie nach der Tat zurückzubringen, war nicht dumm, wenngleich auch ein wenig riskant.

Wenn man keine eigene hat. Was soll man machen?

Es gab eine Gelegenheit, dachte Claretta. Und die lenkte den Verdacht fast automatisch auf einen anderen, nämlich auf den bedauernswerten Holländer mit den schönen roten Haaren, der nun im Keller der Stazione hockte.

Der hässliche Kerl?

Ach, Emilio.

Der Hoteldirektor wusste von der Beretta. Immerhin hat der Rotschopf deren Verschwinden gemeldet. Und er hat einen Generalschlüssel.

Wenn die Pistole schon weg war, konnte man sie nicht mehr stehlen.

Wie meinst du das?

Pass einfach besser auf. Es kann also nur jemand die

Tat begangen haben, der von der Waffe wusste und der Zutritt zur Suite des Niederländers hatte, grübelte Claretta weiter. Sie vermutete, dass niemand der wohlhabenden Gäste seine Tür unverschlossen ließ, ganz unmöglich bei all den Reichtümern. Derjenige, der die Waffe an sich genommen hatte, musste also einen Schlüssel haben. Vermutlich war er damit auch einfach so in die Suite der Kornmehls gegangen, um sie zu erschießen. Das würde das intakte Schloss erklären und vermutlich auch den Umstand, dass die Kornmehls jemand Fremden eingelassen haben. Danach brachte er die Pistole umgehend zu ihrem ahnungslosen Eigentümer zurück. Die Suiten liegen nebeneinander. Das dauerte keine halbe Minute. Und Signore van der Horst saß derweil seelenruhig an der Bar.

Zusammen mit Emilios scharfer Braut.

Während Giovanni die Stola holen gegangen ist, dachte Claretta. Was, wenn nicht nur Giovanni den Täter gesehen hat, sondern auch andersherum. Dann könnte das für ihn gefährlich werden. Dumm war nur, dass Giovanni jede Warnung von ihr ausschlagen würde.

Was weißt du schon, Frau.

Der Mörder musste sich im Hotel recht gut auskennen, setzte Claretta ihre Überlegungen zum Fall fort. Und mit den Gästen. Immerhin wusste er, wer in welcher Suite wohnte, wie die Abläufe im Haus vonstattengingen und dass es eine Pistole gab.

Und da fällt dir nichts auf, Dummerchen?

Der Direktor ist ein seltsamer Kauz, das stimmt schon, aber er ist viel zu sehr auf das Geschäft bedacht, als dass er seine Gäste umbringen würde. Und unter den Gästen waren wohl keine weiteren Verdächtigen außer dem Holländer. Der Sergente hätte ansonsten so etwas erwähnt.

Claretta!

Was denn?

Das Personal, genauer gesagt, das eine Zimmermädchen. Diese … diese … ach, egal. Die jedenfalls hatte unehrliche Augen. Ich habe es gleich gesehen.

Claudia? Niemals! Welchen Grund sollte sie haben, die Kornmehls zu ermorden? Überleg doch mal! Keine Frau bügelt erst ein Kleid auf und erschießt dann deren Trägerin.

Frauenlogik.

Außerdem ist sie viel zu nett und zu verantwortungsvoll. Sie weiß genau, wenn sie kein Geld verdienen kann, ist ihre Familie verloren. Ihre Großmutter ist zu alt, um ihre vielen Geschwister durchzubringen. Dann macht sie doch nicht so etwas. Dafür kommt man ins Gefängnis.

Wieder nur Frauenlogik. Sie will auch gehört haben, dass der Hoteldirektor mit den Leichen verabredet war, also bevor sie Leichen waren. Dabei versteht sie kein einziges Wort Deutsch. Irgendetwas stimmt doch mit der nicht. Allein die Vorstellung, dass Familie und Kinder für eine Frau nicht ausreichend genug sind. Die ist aufmüpfig, und da ist ein Mord nicht weit.

Sei still! Ich muss aufpassen, sonst verpasse ich das Wichtigste.

Ich will das jetzt diskutieren!

»Ach Salvo, dass es sich um illegalen Waffenbesitz, noch dazu eines Ausländers und damit um eine Straftat handelt, kann man ja schon mal übersehen«, redete der Capitano weiter. »Auch ich, selbstverständlich. Hast du eigentlich noch eine von den hervorragenden Zigarren, die du mir neulich mitgebracht hast?« Er nickte wohlwollend. »Nun essen Sie doch, Signora!«, forderte er. »Wenn Sie es nicht wollen, ich lasse diese Köstlichkeit nicht verkommen.« Er warf einen kurzen fragenden Blick auf Claretta und zog sich dann mit einer äußerst zufriedenen Miene den Teller herüber.

Das war ja klar.

Wieder machte Fusco dem Mann hinter der Rezeption ein Zeichen. Wenige Augenblicke später war der Kuchen verspeist und der Capitano paffte zufrieden vor sich hin. »Ich weiß sehr gut, wie die Dinge laufen. Schwamm drüber. Die Beretta ist wieder da, und während sie angeblich verschwunden war, sind zwei Menschen in deinem Hotel gestorben.«

Fusco schien zu erstarren. Er schaffte es nicht, den Capitano auch nur anzusehen, sondern schaute nur an Claretta vorbei ins Nichts. Sie sah, wie sehr der Direktor mit sich rang. Zweifelsohne hatte er einen Fehler gemacht, den er zu bereuen schien. Dass ausgerechnet der Capitano ihn dabei ertappt hatte, schien ihm ebenfalls zu missfallen. Aber da war noch mehr. Claretta konnte förmlich sehen, wie der Direktor innerlich einen Kampf mit sich ausfocht.

»Da bist du baff, was dein alter Freund Riccardo alles so aus dem Hut zaubert«, freute sich der Capitano.

»Aber du warst es nicht. Ich kenne dich fast so gut wie das Innenleben meiner Uniformtasche. Wieso solltest du auch deine Gäste erschießen, also wenn sie brav ihre Zeche zahlen? Und die Kornmehls haben doch bezahlt, oder?«

Fuscos Antwort blieb aus.

»Ach weißt du, trotzdem möchte ich gern wissen, wo du am Sonntagabend warst«, redete der Capitano weiter. »Das darf ich sogar einen alten Freund fragen.«

Fusco schien nicht mehr zu atmen. »Im Hotel natürlich«, hauchte er und wirkte dabei unendlich müde.

»Schon gut. Schon gut, Salvo.« Der Capitano winkte großzügig ab. »Ich möchte nicht behaupten, dass sie nicht gestorben wären, wenn du mich am Sonntag über das Verschwinden der Waffe informiert hättest«, redete er weiter. »Wer weiß denn auch schon, ob sie wirklich weg war?« Der Capitano legte seinen Arm um die Schulter des Direktors. »Das Unschöne an meinem Amt ist, dass die Leute doch tatsächlich meinen, man könnte mich mit billigen Ausreden hinters Licht führen.«

Fusco schaute den Capitano entgeistert an. »Du meinst, Signore van der Horst hat Doktor Kornmehl und Gemahlin ...« Das letzte Wort blieb ihm im Halse stecken. Er schluckte mehrfach hintereinander, aber der Kloß in seinem Hals schien sich nicht zu lösen. »Aber das ist doch unmö...« Er schwieg und senkte betreten den Kopf.

»Wie lange kennen wir uns, mein Freund?«, fragte der Capitano, obwohl er die Antwort zweifelsohne wusste und dementsprechend auch keine Reaktion erwartete.

»Wieso sollte ein holländischer Antiquitätenhändler nicht zwei Österreicher erschießen? Gibt es dafür Regeln?«

Fusco hob und senkte nur ratlos die Schultern.

»Was denkst du, Salvo? Wieso hältst du das für unmöglich?«, hakte der Capitano nach.

Wieder bewegten sich die Schultern des Hoteldirektors. »Signore van der Horst ist ein sehr angenehmer Mensch. Er weilt immer mal bei mir, wenn er geschäftlich an der Küste zu tun hat.«

»Nun, womöglich hat ihn dieses Mal irgendetwas wütend werden lassen. Man steckt in den Köpfen einfach nicht drin«, erwiderte der Capitano unbeeindruckt. »Ach, übrigens, ein Signore Lépore, auch ein Gast von dir, will am Sonntagabend die Schüsse gehört haben«, fuhr der Capitano fort. »Hat er dich darüber informiert?«

»Mich …? Wieso …? Wer …?« Der Hoteldirektor wirkte nun komplett überfordert. »Ein Zeuge?«

»Na ja, wenn die Taube vom Dach gefallen ist, kann sie den Gehweg nicht mehr vollsch…« Ein flüchtiger Blick hinüber zu Claretta, und der Capitano vollendete den Satz nicht. »Kurzum, ich wäre ohnehin zu spät gekommen. Dafür bin ich jetzt flinker als die anderen. Der Holländer war es.« Der Capitano zog seinen Arm zurück. »Hinter das genaue Motiv komme ich auch noch. Ich schätze jedoch, beide hatten geschäftlich miteinander zu tun. Der Schwarzmarkt brummt, wie wir wissen.«

»Doktor Kornmehl? Der Schwarzmarkt?«, entfuhr es

dem Hoteldirektor entgeistert. Claretta konnte sehen, für wie abwegig er eine Verwicklung des Mannes in derlei Geschäfte hielt. Dass der Direktor die beiden Opfer näher kannte, stand für sie spätestens jetzt unumwunden fest. Fusco, der sich zweifelsohne für einen kurzen Augenblick vergessen hatte, bemerkte ihren kritischen Gesichtsausdruck. Nur dieses Mal wich er ihr nicht aus, sondern hielt ihrem Blick stand. Dabei brauchte es nicht viel, um mitzubekommen, dass er sie nicht sah. Signore Fusco war ganz weit weg. Was wusste er, was er um keinen Preis verraten wollte?

***

So kenne ich mein Mädchen. Mit dem ersten Hahnenschrei ist sie zur Stelle. Moment mal! Wo sind die Kinder? Giovanni? Nicht einmal Michele ist dabei? Hatte ich nicht darum gebeten, dass ich wenigstens an meinem Jahrestag einmal alle zu Gesicht bekomme?

Claretta summte ein leises Lied und zupfte die welken Blüten aus den wilden Vergissmeinnicht, die Emilios Grabstätte nahezu vollständig überwuchert hatten.

Man kann sagen, was man will! Acht Jahre lassen sich nicht einfach so wegwischen, Claretta. Da kann ich schon ein wenig Respekt und Anerkennung erwarten. Wo sind meine Blumen? Hast du wenigstens an die gedacht?

Claretta nahm den Strauß vom Boden auf, den sie auf dem Weg zum Friedhof am Straßenrand gepflückt hatte, und betrachtete ihn prüfend. Dann legte sie ihn mitten auf das Grab, arrangierte ein paar Stängel und richtete sich auf. Gedankenverloren betrachtete sie das kleine Schwarz-Weiß-Foto auf Emilios Grabstein. Einen ansehnlicheren Burschen hatte es in ihrem Dorf kaum gegeben, einen besseren Fischer auch nicht. Sie erinnerte sich noch genau, wie die anderen Mädchen sie beneidet hatten. Lange hatte das jedoch nicht angedauert. Wenn der Heilige Andreas Amalfi einen Sturm schickte, um die Stadt vor den Piraten Barbarossas zu retten – Emilio wäre der Einzige, der darin umkam, hatten sie gesagt. Emilio war schlichtweg ein Pechvogel, ein etwas eigener noch dazu.

Das sind Disteln! Acht Jahre in diesem Loch, und ich bekomme Unkraut.

Claretta fuhr in sich zusammen. »Hast du was gesagt, Emilio?«

Unkraut!

»Ich habe kein Geld für einen richtigen Strauß. Außerdem sind Disteln sehr schön«, rechtfertigte sie sich. »Und ich bin noch vor dem Frühstück bei dir. Dabei ist nicht mal Samstag.«

Das ist ja wohl das Mindeste. Samstag? Welche liebende Frau hat nur samstags Sehnsucht nach ihrem Mann?

»Ich weiß nicht, was das nützen sollte«, sagte Claretta.

»Zweifelsohne nichts«, ertönte unerwartet die Stimme von Nonna Nunzia neben ihr.

Was will die denn hier? Das ist der Nachteil, wenn man tot ist. Jeder kann an deinem Grab stehen, ob es dir gefällt oder nicht. Man kann nicht mehr weglaufen.

»Großmama?« Claretta schaute die Alte überrascht an.

»Ich dachte mir, dass du hier bist«, sagte sie und drückte ihr ein kleines in Zeitungspapier gewickeltes Päckchen in die Hand. »Wer arbeitet, muss auch essen.«

Claretta nickte stumm und betrachtete wieder das Grab.

»Manchmal komme ich her und gucke, ob er wirklich noch da liegt«, murmelte die Nonna vor sich hin. »Man will ja sicher sein, dass der unsägliche Kerl nicht irgendwann wieder auftaucht. Er hat dir deine besten Jahre gekostet, von der Witwenschaft mal abgesehen.«

Und ich hatte mich doch tatsächlich schon gewundert, wieso die Alte so oft hier herumschleicht.

»Mhm.«

»Du bist so besser dran. Wobei man sagen muss, der Taugenichts hätte dir und den Jungs ruhig etwas hinterlassen können.« Nunzia rieb sich mit beiden Händen über die schwarze Schürze, die sie immer trug. »Aber du bist noch jung. Das wird schon. Und bei der Anstellung, die du hast, wirst du es weit bringen.« Sie hob den Zeigefinger ihrer rechten Hand. »Aber anständig wird geblieben. Das ist das Wichtigste!«

»Der Monsignore sagt, ich müsste mich wieder verheiraten«, erwiderte Claretta kaum vernehmbar. Sie wollte vermeiden, dass Emilio mithörte. Obwohl das ausgemachter Blödsinn war. Die Verstorbenen sahen und hörten grundsätzlich alles.

»Der muss es ja wissen«, entgegnete Nunzia forsch. »Niemand kennt sich so gut mit der Ehe aus wie er.«

»Nonna!«, entfuhr es Claretta.

»Wenn der liebe Gott einen auf die Probe stellt, dann bringt es nichts herumzutricksen. Er merkt es ohnehin. Die Dinge kommen, wie sie kommen sollen, dafür braucht das Leben den Monsignore nicht. Für dich hat der Herr einen anderen Plan. Vertrau ihm und nicht dem Schwarzkittel.« Die Alte winkte ab, trat einmal gegen Emilios Grabeinfassung und machte sich auf den Weg.

Recht hat sie!

»Wer fragt dich denn?«, rief die Nonna aus einigen Metern Entfernung, ohne sich noch einmal umzudrehen.

Claretta schaute ihr noch nach, bis sie durch das Friedhofstor verschwunden war. Manchmal hatte sie doch wirklich das Gefühl, dass sie nicht die Einzige war, die Emilio hören konnte.

Die lauscht. Tausendprozentig.

»Mhm.«

Würdest du dich bitte setzen. Dein nervöses Rumgestehe bringt mich ganz aus der Ruhe. Immerhin ist das ein Jahrestag, den man mit Würde begehen muss.

»Ich habe nicht viel Zeit«, druckste Claretta herum. »Der Capitano wartet …« Sie hob rastlos den Kopf und ließ die Augen über die Gräberreihen schweifen. So früh am Morgen war sie mit ihrer Erinnerung allein. Nicht ganz. Das da vorn war doch Andrej, oder nicht?

Was will der Russe hier? Es ist mein Todestag und nicht seiner. Das fehlte noch, dass der sich auch noch in unseren Jahrestag einschleicht. Claretta, ich verlange eine Erklärung!

Claretta musste nicht lange warten, bis Solowjow sie gesehen hatte. Freudestrahlend kam er herbeigelaufen.

Schick den Bolschewiken weg!

»Signora Claretta, zu Ihnen wollte ich«, begrüßte er sie. »Ich habe vermutet, Sie hier anzutreffen, nachdem Sie nicht zu Hause waren.« Er zog einen Umschlag aus seiner Weste. »Sich allzu häufig auf der Stazione sehen zu lassen, ist nicht besonders klug.«

»Sie sind so weit gelaufen«, sagte Claretta fast schon beschämt. »Nur wegen mir.«

Ich will mit dir allein sein!

»Ein kleiner Morgenspaziergang bei wunderbar klarer Luft«, entgegnete Solowjow. »Reiner Eigennutz sozusagen.« Er lächelte galant.

Schau dir mal seine Zähne an. Bei all dem Gold kann der Hühnerbeine kauen.

»Wen haben Sie besucht, dahinten?«, wollte Claretta zaghaft wissen. Er hatte einmal erwähnt, dass seine Familie 1917 in Russland zurückgeblieben war, und sie fragte sich, wen er wohl in Amalfi zu betrauern hatte.

»Niemanden«, gab er postwendend zurück. »Ich habe mir nur die Grabsteine angesehen.« Seine Mimik veränderte sich nicht ein bisschen. Auch hielt er Clarettas fragendem Blick stand. Trotzdem wollte sie ihm nicht so recht glauben. »Aber sagen Sie, was gibt es Neues in Ihrem Fall. Konnte das Alibi des Niederländers bestätigt werden?«, fragte er fast schon euphorisch und wohl in der Annahme, dass sie sich mit der Antwort auf ihre Frage nicht zufriedengeben könnte und er deswegen gut daran tat, das Thema zu wechseln.

Claretta berichtete ihm kurz über die Befragung des Sergente. Zu gern hätte sie sich auch nach seinen hervorragenden Sprachkenntnissen erkundigt, aber sie wusste, wann man lieber schweigen sollte.

»Das habe ich mir gedacht«, freute sich Solowjow. »Ich habe den Mann ohnehin nicht für einen Mörder gehalten, etwas leichtsinnig im Umgang mit Waffen, aber kein Mörder. In einem Hotel Zugang zu einem der Zimmer zu bekommen, ist keine Schwierigkeit.«

»Vor allem, wenn man zum Personal gehört«, murmelte Claretta mit starrem Blick.

»Sie sagen es«, bestätigte Solowjow. »Wen haben Sie dabei im Hinterkopf?«

Claretta schaute den Freund verdattert an.

Solowjow wartete.

»Es gibt da ein Zimmermädchen, eine liebenswürdige junge Frau. Sie hatte die Schlüssel zu den Suiten des Niederländers und der Kornmehls«, sagte Claretta. »Ihr Name ist Claudia. Sie muss ihre ganze Familie allein ernähren. Aber das macht keinen Sinn.«

»Was im Leben ergibt schon Sinn?«, bemerkte Solowjow. »Wusste sie von der Waffe?«

»Ich weiß es nicht. Unmöglich ist es nicht, immerhin kann sie ihr in die Hände gefallen sein, als sie die Zimmer gerichtet hat«, entgegnete Claretta und ärgerte sich, dass sie diesen Unsinn überhaupt angesprochen hatte. Emilio hatte sie mit seinem Gerede über Claudia bösgläubig gemacht. Dabei hatte er keine Ahnung. »Welchen Grund sollte sie gehabt haben, so etwas Schreckliches zu tun?«

Sie ist arm. Braucht es noch mehr?

Claretta schüttelte den Kopf und schloss fest die Augen. Schließlich fuhr sie fort. »Signora Kornmehl muss sehr großzügig ihr gegenüber gewesen sein. Und Claudia war es auch, die die Leichen am Montagmorgen gefunden hatte. Wenn man jemanden umgebracht hat, geht man doch nicht an den Tatort zurück. Das macht man nicht, oder? Kein Mörder geht an den Tatort zurück.«

Solowjow schwieg.

»Nein, nein. Sie war es nicht, ganz gewiss«, bekräftigte Claretta noch einmal.

Solowjow sagte noch immer nichts.

»Giovanni hat angeblich die Schüsse gehört und etwas gesehen, vermutlich sogar als Einziger«, redete Claretta leise weiter. »Er ist gestern nicht zur Befragung erschienen …« Claretta atmete tief ein. Der Capitano hatte noch eine ganze Weile im Foyer gewartet, sogar einen Pagen hatte er auf Giovannis Zimmer geschickt, der ihn jedoch nicht angetroffen hatte. Bis dahin war Claretta tausend Tode gestorben, aber schlussendlich war sie heute noch immer die Sekretärin den Capitano. Der liebe Gott hatte ihre Gebete erhört, vorerst.

»Für Sie gut. Für Ihren Herrn Bruder schlecht«, kommentierte Solowjow, ohne die geringste Verwunderung über Giovannis Aufenthalt in einem Luxushotel erkennen zu lassen. »Der Capitano wird das so nicht stehen lassen, zumal eine Verweigerung immer auch einen Verdacht hervorruft.«

»Aber Giovanni ist kein Mörder«, beschwor Claretta den Freund.

»Wie sollen die Carabinieri sich dessen sicher sein?«, wandte Solowjow ein. »Sie müssen Giovanni ins Gewissen reden.«

Er wird nicht auf mich hören, dachte Claretta. Noch dazu wird er sofort dahinterkommen, wieso ich überhaupt davon weiß. Wenn ich doch nur besser lügen könnte.

Solowjow fasste nach ihren Händen. »Claretta, es ist der einzige Weg, wie Sie sich und Ihre Familie vor einem Ungemach bewahren können.«

Jetzt turtelt der auch noch an meinem Grab. Mit einem Toten kann man es ja machen.

Anna Solowjowa. Der Name ging Claretta nicht aus dem Kopf. Ihr Tod lag fast dreißig Jahre zurück. Andrej war also damals nicht allein nach Italien gekommen. Ob sie wohl seine Schwester war oder sogar seine Ehefrau? Er hatte nie über sie gesprochen.

Claretta war, nachdem sich Solowjow verabschiedet hatte, noch ein paar Minuten bei Emilio geblieben. Dann jedoch hatte sie sich auf die Suche nach der Ruhestätte begeben, an der der Freund vorhin einen Augenblick länger verweilt hatte.

Wer weiß, was mit der nicht stimmte. Vermutlich hat er sie sogar umgebracht.

Eigentlich weiß ich so gut wie nichts über ihn, dachte Claretta, betrachtete noch einmal die Inschrift auf dem kleinen Stein, machte einen kurzen Schlenker bei Emilio vorbei und machte sich auf den Weg.

Wo willst du denn hin? Wir wollten doch feiern.

»Zum Grand Hotel, deinen Schwager vor noch größeren Dummheiten bewahren«, antwortete Claretta zutiefst entschlossen.

Ach! Ich dachte, der Capitano wartet.

Claretta überhörte Emilios Einwurf. Auch in einer Familie musste man Prioritäten setzen, und jetzt waren ausnahmsweise einmal die Lebenden dran.

***

Giovanni saß beim Frühstück.

»Hat dich die Nonna geschickt oder Papa Michele?«, fragte er mit kratziger Stimme und ohne großartig von dem Ei aufzuschauen, das er gerade löffelte. »Ihr werdet mich nicht umstimmen. Ich gehe mit Pat nach New York. Eine solche Chance bekomme ich nie wieder. Wenn ich erst einmal Fuß gefasst habe, kann ich vielleicht auch mal was schicken. Kaugummi für die Jungs oder so.« Er wischte sich ungehalten mit dem Handrücken die Reste des Eigelbs aus den Mundwinkeln. »Vorausgesetzt, dass ich sie tatsächlich heiraten sollte, kurz nach dem Aufstehen bin ich mir da nicht mehr so sicher. Jedenfalls wird das mit der Frühaufsteherei ein schnelles Ende haben, so viel kann ich dir schon verraten. Nur Amerikaner können auf die blödsinnige Idee kommen, dass der Tag vor dem Mittagessen beginnen sollte. Aber im Hause Lépore herrschen italienische Sitten …! Damit muss sie sich wohl oder übel abfinden.«

Absolut richtig, noch dazu für einen erfolgreichen Pizzabäcker.

Claretta wusste nicht, über welche Sitte ihr Bruder sprach, vermutlich aber über seine eigenen. Zudem verspürte sie Mitleid mit Patricia, das noch größere Ausmaße annahm, wenn sie sich vorstellte, die junge Frau könnte ernsthaft in Giovanni verliebt sein. »Ich muss mit dir reden. Es ist wichtig«, sagte sie, zog sich behutsam einen der freien Stühle heran und setzte sich, als hätte ihr jemand heiße Kohlen unter den Hintern gepackt.

»Ich verlasse Italien, komme, was wolle«, bekräftigte Giovanni noch einmal und schlürfte seinen Kaffee.

»Darum geht es nicht«, entgegnete Claretta leise. »Du bist ein wichtiger Zeuge in einem Mordfall, hier im Hotel, die beiden Ausländer, du weißt schon.«

Giovanni betrachtete sie wie jemanden, den er das erste Mal in seinem Leben zu Gesicht bekommen hatte. »Was hast du damit zu tun?«, wollte er aufgebracht wissen und gab ihr wie so oft nicht einmal die Zeit zu antworten. »Wenn du halb so viel durch die Stadt schwänzeln und derlei Gerüchte aufschnappen würdest, hätten deine Söhne eine bessere Mutter.«

Ach Schwager, du hast ja keine Ahnung.

»Der Monsignore hat mich bei meinem Besuch in der Kirche darauf angesprochen«, entgegnete Claretta und versuchte, nicht wie jemand auszusehen, der das Blaue vom Himmel herunterlog. Wenn sie nur wüsste, wie man das ganz sicher hinbekam. »Angeblich sitzt jemand Unschuldiges in Haft. Es wäre gut, wenn du mit der Polizei reden könntest. Womöglich kannst du helfen, den Irrtum aufzuklären.«

»Einen Teufel werde ich«, wetterte Giovanni. »Wenn er nichts getan hat, werden die tollen Carabinieri es schon herausbekommen.« Er lachte hämisch.

Claretta nahm allen Mut zusammen. »Der Monsignore wollte dich deswegen auch noch aufsuchen. Es scheint ihm sehr viel daran zu liegen. Ich dachte nur …«

Giovanni hielt beim Essen inne. »Hier im Hotel?«, fragte er und klang wenig begeistert.

»Na ja, du wohnst nun hier, nicht wahr?«, antwortete sie und gab sich alle Mühe, möglichst beeindruckt zu klingen.

Bei Giovanni, der schon immer darauf erpicht war, etwas Besseres zu sein, zeigte es Wirkung. »Das ist korrekt. Der Badewärter Lépore hat es ins erste Haus am Platz geschafft. Da kann der Monsignore getrost kommen und staunen. Meinetwegen kann er auch die halbe Stadt mitbringen. Ich lade alle auf einen Schnaps ein. Dann haben sie in zehn Jahren noch was zu erzählen.«

»Woher hast du das viele Geld?«, rutschte es Claretta heraus.

Giovanni stutzte. Offenbar sah er ihr Misstrauen. »Ein Mann, der in einem solchen Haus ein und aus geht, hat Geld, Schwesterlein«, antwortete er lapidar und mit einem breiten Grinsen im Gesicht.

Die Kleine hält ihn aus, den guten Giovanni. Er war schon immer der Schlauste in deiner Familie.

Claretta hatte Mühe, den Kloß in ihrem Hals runterzubekommen.

»Good Morning, Darling!« Patricia trat fröhlich an den Tisch, beugte sich zu Giovanni hinunter und küsste ihn, als hätte sie ihn wochenlang nicht gesehen. Nachdem sie von ihm abgelassen hatte, begrüßte sie Claretta und warf sich auf einen der Stühle. »Ciao!« Dann nahm sie sich ein Hörnchen aus dem Korb, zupfte ein Stückchen ab und kaute breit.

Da ist sie ja wieder, die Schönheit. Willst du Sie mir nicht einmal vorstellen?

Claretta biss die Zähne zusammen. Patricia trug ein hellgelbes ärmelloses Sommerkleid mit einer durchgehenden Knopfleiste, deren Knöpfe mit rotem Zwirn umhäkelt waren. Dabei hatte sie oben und unten die gleiche Anzahl Knöpfe offen gelassen, sodass ihr braun gebrannter Ausschnitt ebenso gut zur Geltung kam wie ein unanständig großer Teil ihrer Oberschenkel. Zu Clarettas Erstaunen kam die junge Frau ohne Schuhe aus. Dafür leuchteten ihre Fußnägel in dem gleichen Feuerrot wie ihre Lippen. Sie trug Nagellack, und das sogar mitten unter der Woche. Nicht, dass Claretta jemals welchen besessen hätte, nicht einmal an hohen kirchlichen Feiertagen, zu ihrer Hochzeit oder zur Taufe der Kinder. Wieso sollte sie auch ihre Füße anmalen, wenn die ohnehin in den Schuhen steckten? Immerhin besaß sie Schuhe, wenn auch nur ein gutes Paar.

»Meine Schwester möchte, dass ich mit den Carabinieri rede«, sagte Giovanni. »Meine Schwester möchte immer irgendetwas Anständiges.«

Patricia schaute von einem zum anderen und verstand offenkundig kein Wort.

»Carabinieri«, buchstabierte Giovanni das Wort fast in einer übertriebenen Lautstärke. »Wegen den ...« Er zeigte an die Decke, fuhr sich mit der Handkante vor seinem Hals her, verdrehte die Augen und streckte röchelnd die Zunge heraus. »Death.«

»Oh yes!«, rief Patricia mit weit geöffneten Augen aus. »Carabinieri?« Sie zeigte auf Claretta.

»Blödsinn!«, erwiderte Giovanni und wiegelte mit den Händen ab. »Nix Carabinieri. Sie ist eine Frau. Die dürfen bei uns nicht zur Polizei. Gott bewahre!« Er tippte sich mit dem Zeigefinger an die Brust. »Ich soll mit denen reden, als wichtigster Zeuge. Es geht um den Mord hier im Hotel, die beiden Österreicher.«

Patricia hob und senkte die Schultern, was zweifelsohne bedeuten sollte, dass sie nicht folgen konnte.

Eine Frau vom Nachbartisch mischte sich in ihr Gespräch ein. Claretta verstand kein Wort, aber sie schien Patricia mit ein paar schnellen Sätzen in ihrer Muttersprache ins Bild zu setzen. Zumindest ließ sich der ängstliche Ausdruck in ihren Augen so deuten. *»Oh Jesus! I know. The Jewish woman«*, erwiderte Patricia betroffen. *»Jonny, please help. Darling!«*

»Ihre Freundin bittet Sie zu helfen«, übersetzte die Fremde in Richtung Giovanni. »Immerhin handelt es sich wohl um eine Jüdin. Ganz Europa hat hier einiges wiedergutzumachen, sollte das überhaupt möglich sein.« Sie rümpfte die Nase.

Claretta blieb förmlich der Mund offen stehen. Hatte die Signora Jüdin gesagt? »Fragen Sie sie bitte, wie sie darauf kommt«, rutschte es Claretta aufgewühlt heraus. »Also darauf, dass sie Jüdin war«, schob sie deutlich zurückhaltender noch nach. Sie hatte alles erwartet, nur das nicht. Was aber, wenn der Glaube der Signora etwas mit ihrer Ermordung zu tun hatte? Nach dem, was die Deutschen getan hatten, war das nicht abwegig, zumal das alles erst ein paar Jahre zurücklag und es noch immer Leute gab, die damit aus tiefer Überzeugung nicht abschließen konnten.

Die Deutschen haben den Krieg verloren. Die bringen keine Juden mehr um. Du siehst Gespenster.

Giovanni musterte sie argwöhnisch.

Die Dame vom Nachbartisch war schneller, als er Claretta für ihre Neugier maßregeln konnte, und zwischen ihr und Patricia entspann sich eine kurze, aber sichtbar emotionale Unterhaltung.

»Sie hat die Frau bei der Ankunft in der Rezeption gesehen, und dabei ist ihr die besondere Halskette an ihr aufgefallen«, erklärte die Fremde schließlich. »Eine Rose auf einem Davidstern.«

Die Halskette mit der dunkelroten Rose und den vielen Steinen, dachte Claretta. Ein Davidstern?

Patricia schaute Claretta aus großen runden Augen an und nickte ganz aufgeregt.

»Und daran kann sie sich erinnern?«, fiel Giovanni der Dame unhöflich ins Wort. »Hier gehen Hunderte Leute jeden Tag aus und ein, und sie erinnert sich ausgerechnet an die Kette einer Frau, die sie nur einmal in ihrem Leben flüchtig gesehen hat?« Er verzog den Mund herablassend.

Die Dame übersetzte auch das, was Giovanni einen bösen Blick von Patricia einbrachte. Dann begann sie einen minutenlangen Monolog, den Claretta zwar nicht verstand, der sie aber überaus beeindruckte. Patricia traute sich was, und das ausgerechnet gegenüber Giovanni. Ihr Bruder wartete mit hängenden Mundwinkeln, bis sie fertig war, wandte sich zu dem anderen Gast um und sagte genervt: »Was hat sie jetzt schon wieder gesagt?«

»Das fragen Sie sie am besten selbst«, gab die Frau sichtbar pikiert zurück. »Ihr Englisch könnte durchaus etwas flüssiger sein. Überdies kann ich Ihnen nur raten, sich nichts zuschulden kommen zu lassen. Unsere Einwanderungsbehörde versteht dahin gehend keinen Spaß.« Sie warf Patricia einen mitfühlenden Blick zu und widmete sich dann mit schmalen Augen wieder Giovanni. »Und darum geht es Ihnen ja hier unverkennbar.« Es folgten ein paar offenkundige Liebenswürdigkeiten in Richtung Patricia, die sich fast schon überschwänglich dafür bedankte.

»Das aufgetakelte Huhn mischt sich schon seit Tagen in unsere Gespräche ein«, beschwerte sich Giovanni mit unterdrückter Stimme gegenüber Claretta. »Von wegen flüssig! Mit den Worten, die ich aus der Gefangenschaft kann, komme ich locker durch den Test. *Thank you, white bread, soup, latrine, cigarettes … that's enough!*«

»Die Signora will doch nur freundlich sein«, entgegnete sie. »Außerdem müsst ihr euch irgendwie verständigen. Es gibt bei einem solch großen Vorhaben doch bestimmt viele Dinge, die geklärt werden müssen.« Insgeheim ärgerte sich Claretta, dass sie sich Patricia nicht begreiflich machen konnte. Sie hätte sie gern noch einmal nach der Jüdin gefragt. Außerdem schien sie durchaus nett zu sein und erstaunlich selbstbewusst. Allein schon wie sie gegenüber Giovanni auftrat. Ob alle Frauen in Amerika ihren Männern Widerworte geben durften? Wie musste das wohl sein?

Vergiss das schleunigst. Dein Prete und erst recht der Monsignore wären damit niemals einverstanden.

Du hast wohl recht. Es war ja nur so ein Gedanke.

Ein dummer noch dazu.

Hoteldirektor Fusco betrat den Frühstückssalon, stoppte kurz, als er Claretta an einem der Tische sitzen sah, erinnerte sich offenbar dann, dass er alle Gäste freundlich grüßen musste, tat das und verschwand.

Der hat sich fast in die Hose gemacht, nur wegen meines Mädchens. Emilio lachte schadenfroh.

Er vermutet eine Zeugenbefragung, dachte Claretta, und mitten in die Angst vor dem Capitano blitzte ein kleiner Funken Stolz auf.

»Ich brauche keine Hilfe«, murmelte Giovanni unwillig, wobei er Patricia liebenswürdig anlächelte und zärtlich nach ihrer Hand griff. »Heute Nachmittag mache ich meine Aussage, *I go Carabinieri*«, sagte er ungewohnt sanftmütig.

Patricia warf ihm einen Kussmund zu und bedeutete ihm, dass sie ihn begleiten werde.

Heute Nachmittag, dachte Claretta. Dann brauchte sie eine Ausrede für den Capitano. Vorher jedoch würde sie ihm das mit dem Davidstern irgendwie beibringen müssen. Wenn er den Fall lösen wollte, konnte das wichtig sein. Bestimmt jedoch war er über diese mögliche Wendung nicht sonderlich begeistert. Der Capitano lag nicht gern falsch in seinen Vermutungen. Vielleicht sollte sie ihm zu der Information ein anständiges Frühstück servieren. Damit rutschte die Nachricht bestimmt leichter runter. Aber zuvor würde sie noch einmal schnell bei dem Allievo vorbeischauen. Der stand noch immer Wache am Hotelportal und würde sich bestimmt über ein wenig Abwechslung freuen.

***

Du hast Früchte im Hotel geklaut. Und Kuchen. Vier Stücke.

»Patricia hat es mir mitgegeben, für unsere Jungs«, widersprach Claretta. »Sie ist sehr nett.«

Und wieso steht das dann auf dem Tisch des Dicken?

»Die Jungs bekommen das, was übrig bleibt«, beeilte sich Claretta zu sagen, während sie den Teller und die Tasse für den Capitano richtete.

So gedenkst du sie also groß zu bekommen, mit den Resten anderer Leute. Schäme dich, Weib!

Das musste ihr Emilio wirklich nicht sagen. Claretta fühlte sich auch ohne seine Vorwürfe unwohl genug. Aber die Angelegenheit, um die es hier ging, war bedeutsamer als ein bisschen Backwerk. Sie würde es bei den Jungs wiedergutmachen, ganz gewiss würde sie das.

Wie soll es dein Kram mit der vorzüglichsten Zitronentorte der gesamten Küste aufnehmen?

»Die Kinder verstehen davon noch nichts«, gab sie zurück.

Na, zumindest merken sie, was schmeckt und was man nur runterwürgt, damit man satt ist.

»Das ist nicht nett«, sagte Claretta getroffen.

Und du meinst, der Dicke weiß die Torte zu schätzen? Wenn du ehrlich mit dir bist, müsstest du zugeben, dass du lediglich von deinen heimlichen Machenschaften ablenken willst. Du bist eigennützig, Claretta.

»Ich möchte einen Mörder seiner gerechten Strafe zuführen«, setzte Claretta dagegen. »Das wiegt mehr als Kuchen.«

»Kuchen?« Unbemerkt stand der Capitano im Büro. »Habe ich Kuchen gehört?« Er schloss die Augen, streckte sein Kinn in die Luft und ließ seine Nasenflügel wackeln. »Sagen Sie nichts, *Ragazzina*, Riccardo Spadaro hat ein ausgezeichnetes Riechorgan.« Just im nächsten Augenblick ließ er seinen Kopf nach unten schnellen und hob die Lider. »Zitrone.« Sogleich schenkte er Claretta das Lächeln eines Mannes, der sich nichts Schöneres vorstellen konnte. Dann fiel sein Blick auf seinen hübsch hergerichteten Platz, und man konnte meinen, seine runden Wangen rutschten vor Freude so weit nach oben, dass sie die Augen unter sich verbargen. »Sie hat mir ein Frühstück gezaubert, meine *piccola bambina*«, rief er verzückt, wobei er die Hände vor seiner breiten Brust faltete und den Kopf zur Seite legte.

Ein vergiftetes.

Der Capitano stolzierte nahezu feierlich zu seinem Schreibtisch und setzte sich in der gleichen Manier. Noch ehe Claretta etwas sagen konnte, griff er sich ein Stück Torte und biss hinein. »Selbst gebacken. Das schmecke ich gleich«, sagte er schmatzend, wobei der Puderzucker in seinem Oberlippenbart kleben blieb.

Danke Gott, das nicht.

Claretta beeilte, sich den frisch aufgebrühten Espresso herbeizuholen.

»Sie hat an alles gedacht«, strahlte der Capitano. »Sogar ein paar Äpfel und Weintrauben, weil ich mich gesund ernähren soll.« Das zweite Stückchen Kuchen wanderte in seinen Mund.

Eine blühende Einbildungsgabe hat der Dicke, das muss man ihm lassen.

»Sergente Gabriele hat Ihnen auch das Protokoll seiner gestrigen Zeugenbefragung im Grand Hotel parat gelegt«, sagte Claretta in sanftem Tonfall, während sie nach einem neuen Aschenbecher lief.

Der Capitano warf einen kurzen Blick auf den neben den Leckereien liegenden Zettel. »Er hat den Barmann befragt, wegen des Dänen«, murmelte er mit vollen Backen. »Guter Sergente.« Er fummelte eine Traube von der Rispe und schob sie dem Kuchen hinterher. Wieder folgte ein flüchtiger Blick auf das Protokoll, dann noch eine Traube und das nächste Kuchenstück.

Ob da noch etwas übrig bleibt für meine Söhne? Vielleicht ein leckeres Rispensüppchen?

Weiter kam er nicht, zumindest was das Essen anging. Abrupt stellte er das Kauen ein, wobei man an seinem halb geöffneten Mund gut erkennen konnte, dass es dafür noch viel zu früh war. »Der Däne hat sich während der Tatzeit betrunken«, sagte er kaum verstehbar. »Die

Amerikanerin war auch dabei.« Schwerfällig malmte er den letzten Bissen durch, den er dann mühsam schluckte. »Signore van der Horst kann es demnach nicht gewesen sein«, stellte er enttäuscht fest, um im nächsten Moment loszubrüllen. »Ja, wer denn dann, Himmel, Arsch und Zwirn?«

Schwere schnelle Schritte wurden laut. Kurz darauf riss der Sergente die Tür auf. »Sie haben nach mir gerufen, Capitano?«

»Wieso hat der Holländer das nicht gleich gesagt?«, schrie der Capitano außer sich. »Da lässt er sich in den Keller sperren und sagt kein Wort.« Der Capitano sprang von seinem Stuhl auf, was die Kuchenkrümel auf seiner Uniformjacke über den Schreibtisch und den Fußboden verteilte. »Wer sind wir denn, dass der Kerl nicht ordentlich mit uns reden kann?« Er begann damit, den Tisch zu umrunden. »Wieso lässt der Tölpel sich die Beretta klauen? So ein Dummkopf aber auch. Allein dafür müsste er bis zum Sankt-Nimmerleins-Tag da unten schmoren.« Er hielt inne, wandte sich zu seinem nicht beendeten Frühstück um und entschied sich offenkundig, damit fortzufahren. Kaum sitzend griff er nach dem letzten Stück Zitronentorte, wobei er wie zufällig das erblickte, was Claretta unter dem Geschreibe Gabrieles deponiert hatte. Eine ganze Weile geschah nichts. Dann rutschte der Capitano auf seinem Stuhl in sich zusammen und starrte schweigend vor sich hin.

»Was hat er?«, fragte der Sergente besorgt, nachdem sich an seinem Zustand auch Minuten später nichts geändert hatte.

Claretta hütete sich, ein Wort zu verlieren.

»Habe ich wieder so viele Rechtschreibfehler gemacht, Capitano?«, wollte der Sergente nervös wissen. »Ich passe künftig besser auf, versprochen. Signora Claretta war zu beschäftigt, leider. Sie konnte dieses Mal wirklich nicht helfen.« Ein schneller Blick traf Claretta. »Ist etwas mit dem Kuchen nicht in Ordnung? Hat man ihn womöglich versucht zu vergiften?«

Ich sagte es bereits. Sie hat ihn nicht gebacken.

Nachdem Claretta auch darauf nicht reagierte, hastete Gabriele zum Schreibtisch des Capitano, riss ihm den Kuchenrest aus der Hand und pfefferte es zu Boden. Als er sich gerade daranmachen wollte, die obersten Knöpfe der Uniformjacke des Capitano zu öffnen, um einem möglichen Erstickungsanfall vorzubeugen, fiel sein Blick auf das neben den Tellern liegende Blatt Papier.

»Wie kommt denn die Zeichnung des Allievo hierher?«, fragte er beklommen.

Schweigen.

»Malt der Allievo alles, was wir sicherstellen?«, wollte der Capitano irgendwann mit ungewohnt brüchiger Stimme wissen.

Sergente Gabriele erstarrte. Er schluckte mehrfach hintereinander, bevor er einen Ton herausbekam. »Nach Dienstende«, presste er gequält heraus. »Der Junge macht das alles nach Dienstende. Er mag es gern. Und ich dachte … na ja … so haben wir neben unseren Listen auch noch … naja … einen Beleg.« Mit jedem verklungenen Wort wurde Gabriele leiser.

Nichts passierte.

»Hervorragend!«, schmetterte der Capitano. »Der Allievo und Sie auch Sergente, ganz hervorragende Männer!« Erneut sprang er auf, rannte durch das Zimmer und stoppte keine Handbreit vor dem Sergente. »Es wäre aber durchaus hilfreich gewesen, wenn Sie nicht erst abgewartet hätten, bis der Junge die Bildchen ausgemalt hat, sondern mir vorher berichtet hätten, dass es sich bei der toten Frau um eine Jüdin handelt. Das hätte meine Ermittlungsarbeit ein wenig erleichtert. Verstanden?« Dann knuffte er dem Sergente in die Wange. »Dass sie dieses kleine Detail ausgemacht haben, hätte ich Ihnen nicht zugetraut. Sie überraschen mich doch tatsächlich immer wieder. Nach zwanzig Jahren im Dienst ist das eine beachtliche Lernkurve.« Der Capitano nickte zufrieden, drehte noch zwei weitere Runden durch den Raum und stoppte schließlich vor dem auf dem Boden liegenden Kuchenrest.

»Eine Jüdin?« Sergente Gabriele versuchte, das Fragezeichen hinter dem Satz durch ein angestrengtes Räuspern zu übertünchen. Das klappte nicht ganz. »Eine Jüdin«, wiederholte er, wobei er Claretta unverständig anschaute.

»Genau!«, entgegnete der Capitano, bückte sich eilig, betrachtete den Kuchen halbherzig und schob ihn sich in den Mund. »Der Kettenanhänger ist ein Davidstern, und ich wüsste nicht, wer, wenn nicht eine Jüdin so etwas tragen sollte. Ihnen ist doch wohl bewusst, dass das die gesamte Angelegenheit in ein anderes Licht rückt, nicht wahr, Gabriele? Nachdem ich von Anfang an einen Raubmord ausgeschlossen habe, frage ich mich die ganze Zeit, wo das Motiv liegen könnte. Es ließ sich nur leider keines ausmachen. Bisher!«

Der Sergente nickte, wobei ihm das Erstaunen im Gesicht haften zu bleiben schien.

»Ausgerechnet Juden«, schwadronierte der Capitano, schlug mehrfach die Handflächen gegeneinander, als ob er sie säubern wollte, und begann erneut damit, in seinem Büro auf und ab zu laufen. »Wenn die Frau dazugehört, dann unter Garantie auch der Mann. Zwei ermordete Juden in meinem beschaulichen Amalfi … Das ist eine Katastrophe. Inspektor Maggiore wird einen Sonderbericht verlangen, ob das Mordmotiv mit ihrer Konfession zu tun hat oder nicht. Wenn die Sache einen politischen Hintergrund hat …« Der Capitano blies die Wangen auf und kratzte sich energisch das Ohrläppchen. »Zweifelsohne hat es das. Wieso sonst sollte man Juden umbringen? Kein normaler Mensch kommt auf die Idee. Nicht dass wir hier irgendwo einen versprengten Nazi sitzen haben, der noch an den Endsieg glaubt. Für diese Leute passt da ein Jude nicht rein. Weiß der Teufel, warum? Ich habe es vor ein paar Jahren nicht verstanden und ich verstehe es heute noch immer nicht. Aber dennoch, Mussolini ist tot. Da kann man sogar im schönen Italien dahin gehend übermütig werden. Das muss man ihm lassen, gegen Juden hatte unser altes Staatsoberhaupt nichts. Aber deswegen hing er nicht kopfüber an der Tankstelle. Nein, nein. Nicht, dass mir der Kerl abgeht, ganz und gar nicht. Aber was mache ich jetzt? Ich muss mit Salvo reden, immerhin haben die Leute bei ihm gewohnt. Außerdem ist er dahin gehend besonders feinfüh… Egal! Womöglich gibt es irgendwo eine Familienfeier oder eine andere Zusammenkunft. Nachher sind das noch mehr? Und wir müssen sie schützen. Dann brauchen wir Verstärkung aus Salerno. Ich sollte den Maggiore umgehend benachrichtigen, das ist das Vernünftigste. Aber erst muss ich mit Salvo reden. Er ist der richtige Mann dafür.« Je mehr es aus dem Capitano heraussprudelte, umso mehr fing er an zu schwitzen. »Womöglich sind die zurückgekommen wegen ihrer Papiermühlen? Aber die gibt es doch schon hundert Jahre nicht mehr? Amalfi hatte einmal eine ganz beträchtliche jüdische Gemeinde, reiche, vornehme Leute, gebildet und geschäftstüchtig. Aber davon ist doch niemand mehr übrig«, er wiegte den Kopf hin und her, »also nicht mehr viele. Ein paar von der Familie Milano, die sich vor den Nazis verstecken konnten, aber bei denen bin ich mir auch nicht sicher. Wann habe ich Nicolai Milano das letzte Mal gesehen. Vor dem Krieg? Oder ist das sogar noch länger her? Nein, nein, in Amalfi gibt es keine jüdische Gemeinde mehr. Da waren die Deutschen gründlich wie mit vielem anderen auch. Nicht, dass sie allein schuld waren. Nein. So kann man das auch nicht sagen. Die Fabrikanten sind lange gegangen, bevor die Nazis kamen. Tüchtige Geschäftsleute zieht es nun mal zu einem Geschäft. Aber seit die Deutschen …«

»Soll ich Sie zum Grand Hotel begleiten, Capitano?«, fragte der Sergente nun schon wieder etwas gefasster in eine Redepause des Capitano hinein. »Vielleicht möchten Sie auch mit dem Automobil …«

Der Capitano schaute sich um, als wäre ihm gerade erst bewusst geworden, dass er sich nicht allein im Raum aufhält. »Was soll ich denn im Grand Hotel?«, fragte er wie aus allen Wolken gefallen.

Sergente Gabriele schluckte. »Den Hoteldirektor Fusco … sie wollten …«

Der Capitano schlug die Hacken zusammen. »Den erwarte ich hier. Umgehend!«, beschied er. »Und der Holländer bekommt noch eine Nacht gratis in unserem Keller. Strafe muss sein. Für die Beretta.«

***

»Riccardo, ich verstehe nicht, wieso ich so eilig kommen sollte, wenn du dann nur dasitzt und mich anschweigst«, sagte Salvo Fusco mit einem leicht missgestimmten Unterton. »Mein Haus ist voll und ich werde dort gebraucht.«

Der Capitano, der seit dem Eintreffen des Hoteldirektors nur still vor sich hin geraucht hatte, reagierte nicht. Überhaupt wirkte er seit der Sache mit dem Davidstern wie verändert.

»Signora Claretta, vielleicht könnten Sie einmal …«, bat Fusco und deutete mit einer schnellen Kopfbewegung in die Richtung des Capitano. »Er ist doch sonst nicht so schweigsam. Ich würde auch wiederkommen, wenn ihm nach einem Gespräch zumute ist.«

Claretta, die keine Ahnung hatte, was in dem Capitano vorging, senkte kurz die Lider, was Fusco signalisieren sollte, dass sie ihm nicht helfen konnte.

Hat der Dicke zu viel Luft im Bauch, oder wieso stellt er sich tot? Vielleicht liegt es auch an den vielen Weintrauben, die er meinen Söhnen weggefuttert hat.

Ein Räuspern des Capitano durchbrach die unangenehme Stille. »Sind es acht oder gar schon neun Jahre?«, hob der Capitano leise an.

»1943«, antwortete Fusco tonlos, der offenbar sofort verstanden hatte, um was es hier ging.

Ja, ja, es war 1943. Danke der Nachfrage.

»Acht also«, entgegnete der Capitano, ohne eine Miene zu verziehen. »Eine lange Zeit. Nicht wahr?« Er kniff die Augen zusammen, um den Qualm, den er ausstieß, nicht hineinzubekommen. »Ich war ein frischgebackener Capitano. Adrette Uniformen hatten wir damals.« Er streckte den Hals in Richtung Claretta. »Sie hätten mich einmal sehen sollen, *Ragazzina*. Schneidig, sage ich nur. Mit meinem Dreispitz hätte man mich durchaus mit unserem König verwechseln können.«

Der war nicht fett. Ich würde es dennoch vorziehen, wenn wir weiter über mich reden könnten.

»Natürlich bin ich heute auch noch stattlich. Das bringen die Amtsgeschäfte so mit sich. Ein Capitano muss was darstellen.« Er klopfte sich mit den flachen Händen auf seinen runden Bauch.

Das verkraftet kein Stoff der Welt, nicht einmal italienischer.

»Aber damals …« Der Capitano nahm Fusco wieder ins Visier. »Tag und Nacht war ich für die gerechte Sache unterwegs. Streife bin ich gelaufen, vor allem in den Abendstunden. Damals konnte man die Gauner noch auf hundert Meter gegen den Wind riechen. Nicht wie heutzutage. Da tragen die Diebe besseren Zwirn als die Hoteldirektoren.«

»Es ist gut, Riccardo«, unterbrach ihn Fusco. »Ich erinnere mich sehr gut an früher. Sag einfach, was du sagen willst!«

Claretta konnte nicht abschätzen, ob in seinem Ton die Trauer oder die Wut überwogen.

Der Capitano machte eine andächtige Pause. »Wenn sich in deinem Haus Juden eingemietet haben, dann weißt du das Salvo«, sagte er schließlich. »Du bist nicht der Mann, dem so etwas entgeht. Nicht nach allem, was du erlebst hast …«

Pause.

»Riccardo, ich …« Fusco stoppte. »Es tut mir leid. Ich hätte es dir von Anfang an sagen sollen.« Er senkte ein wenig den Kopf, und Claretta konnte sehen, wie sehr ihm das Ganze naheging. »Ich kann mich dafür nur aufrichtig entschuldigen. Verzeih mir, mein Freund!«

Der Capitano rührte sich nicht. »Ich habe alles riskiert«, erwiderte er aufgewühlt. »Und würde es immer wieder tun. Wir haben einander vertraut, Salvo, so viele Jahre.«

»Ich bin dir für alles, was du getan hast, zutiefst dankbar«, antwortete Fusco. »Auch für unsere Freundschaft.«

»Du hättest es mir sagen müssen, allein schon wegen Margherita«, fuhr der Capitano fort, wobei er den Namen der Frau mit einer Feinfühligkeit aussprach, die Claretta ihm niemals zugetraut hätte.

Wer soll das sein?

Halt die Klappe, Emilio!

Man hörte Fuscos aufgeregte Atemzüge, aber über seine Lippen kam keine Silbe.

»Du hast gewusst, wer die Kornmehls waren, und ich würde sogar so weit gehen zu behaupten, dass sie dir gut bekannt waren«, redete der Capitano weiter.

Claretta hielt die Luft vor Spannung an. Sie hatte also mit ihrer Vermutung richtiggelegen. Dann hatte vermutlich auch Claudia die Eile des Signore Kornmehl richtig interpretiert, und der Hoteldirektor war mit dem Paar verabredet gewesen. Jedenfalls hatte das Mädchen nicht gelogen. Claretta beschlich ein wohltuendes Gefühl der Erleichterung.

Abwarten.

Der Capitano wird dem Signore das Messer auf die Brust setzen. Alles kommt ans Licht. Dann ergibt auch die Warnung des Monsignore einen Sinn. Er kennt die Menschen.

Abwarten.

»Salvo, du hast mir absichtlich Informationen unterschlagen. Das ist eine Straftat. Wir sind hier schließlich nicht … ach«, er winkte ab. »Für die Kinkerlitzchen kennen wir uns einfach zu lange.«

»Es durfte nicht sein«, sagte Fusco endlich.

Der Capitano wartete gespannt, aber nachdem das alles war, was der Hoteldirektor zu sagen hatte, legte er unwirsch nach. »Ich verstehe kein Wort von dem, was du sagst, Salvo.«

Fusco rang sichtbar mit sich. »Es durfte kein Mord

an zwei Juden sein«, sagte er erschüttert. »Alles wäre akzeptabler gewesen, wenn man sie ausgeraubt oder ein unzufriedener Patient Rache genommen hätte, meinetwegen auch eine Verwechslung.« Seine Stimme kippte fast weg. »Nur nicht zwei Menschen, die aufgrund ihres jüdischen Glaubens sterben mussten. Ausgerechnet in meinem Hotel.« Die letzten Sätze schien er kaum auszusprechen zu können. »Versteh doch, Riccardo. Es durfte nicht sein.«

»Es ist aber an dem«, antwortete der Capitano. »Ich weiß nur noch nicht, ob das eine mit dem anderen etwas zu tun hat.« Er legte seine Zigarre im Aschenbecher ab und schaute seinen Freund eindringlich an. »Weißt du es?«

Fusco schüttelte eilig den Kopf und erwiderte den Blick des Capitano nicht. »Ich habe keine Ahnung, das musst du mir glauben. Seit Sonntag habe ich kein Auge mehr zugemacht. Ich war sogar auf den Klippen, aber … nichts hilft.«

Was will er denn auf den Klippen? Sich runterstürzen? Wie will er dann die Lösung erfahren?

Halt die Klappe, Emilio!

»Was wollten die Kornmehls in Amalfi?«, wollte der Capitano wissen.

»Urlaub machen«, entgegnete Fusco schmallippig.

Der Capitano fing an, mit den Fingerspitzen ungeduldig auf die Tischplatte zu klopfen.

»Und sich bedanken«, fügte Fusco notgedrungen an.

»Verdammt noch einmal, Salvo, wenn du nicht die *Banka Italia* ausgeraubt hast, dann sag mir um Himmels willen, warum die Leute hier waren.« Sein Blick fiel auf Claretta. »Das Kindchen dort ist auch schon ganz blass vor lauter Anspannung, dabei hat sie mit dem allen wahrlich nichts zu tun. Sie ist nur ein hübscher Zaungast, nicht wahr, Signora Claretta?« Der undefinierbare Blick des Capitano führte dazu, dass sich Clarettas Anspannung noch weiter steigerte.

Salvo Fusco ließ sich Zeit. »Nach dem Tod Margheritas«, er hielt inne, zog ein Taschentuch hervor und wischte sich damit über den Mund. »Nach ihrem Tod wusste ich nicht mehr, was auf dieser Welt noch von Bedeutung ist«, redete er weiter, aber jedes einzelne Wort schien ihm unendlich viel Qual zu bereiten.

Der Capitano hörte schweigend zu, und auch er konnte nicht verbergen, wie sehr ihn die Erinnerung mitnahm.

»Dann irgendwann kamen immer mehr Flüchtlinge aus Deutschland. Die meisten von ihnen waren Juden, die einen Weg in die Freiheit suchten. Viele von ihnen wussten nicht einmal, wo sie die finden konnten. Manche waren Monate unterwegs, sind einfach geflohen, weit weg von dem Wahnsinn. Sie strandeten bei mir, ein, zwei Tage zum Verschnaufen, auch länger. Bis zu Mussolinis Abdankung hatten sie kaum etwas zu befürchten. Danach wurde es schlimm, aber das weißt du alles, Riccardo. Irgendwann sind dann auf vielen Umwegen Therese und Theodor hier in Amalfi gelandet. Sie waren von einem Schlepper betrogen worden, mittellos, ausgehungert, verloren. Ihre Verwandtschaft hatte irgendwo auf Sizilien auf sie gewartet, aber letztendlich hatten sie den Kontakt verloren …« Er brauchte eine Weile, um sich zu sammeln. »Ich habe die beiden aufgenommen. Und ich habe sie versteckt, nachdem alles andere zu gefährlich geworden war.«

Claretta spürte ihren Herzschlag bis hinauf zum Hals. Ihr fiel der Eintrag in den Reisepässen der Kornmehls wieder ein. Demnach waren sie 1934 letztmalig in Italien gewesen. Ihre Flucht war nicht vermerkt, selbstverständlich nicht. Sie konnten nur illegal über die Grenze gekommen sein.

»Ich wollte irgendetwas tun«, redete Fusco bewegt weiter. »Der Tod von Margherita sollte nicht umsonst gewesen sein, mein ganzes Leben sollte es nicht gewesen sein.« Er schien keine Luft mehr zu bekommen. »Die Nazis … nie wieder …«

»Ich … äh, Salvo, das wusste ich nicht … Du«, stammelte der Capitano. »Wie lange?«

»Bis zum Ende des Krieges«, antwortete Salvo. »Fast zwei Jahre.«

Dafür waren die beiden zurückgekommen, dachte Claretta bewegt.

»Aber wo, in Gottes Namen?«, echauffierte sich der Capitano. »Ohne Hilfe? Hattest du Hilfe? Salvo! Das hast du niemals erwähnt. Jetzt hättest du es mir doch erzählen können. Wieso hast du das alles verheimlicht? Weiß überhaupt jemand davon?«

Fusco schloss die Augen. »Als meine Familie 1883 das Convento kaufte, hat sich mein Vater nicht nehmen lassen, die besten Bauzeichner zu beauftragen. Die Männer waren wochenlang damit beschäftigt, anhand der alten

Pläne die Räumlichkeiten zu vermessen und neu zu zeichnen. Irgendwann ist ihnen eine Unregelmäßigkeit aufgefallen. Die Maße der Außenmauern des Wohntraktes stimmten nicht mit denen der im Inneren liegenden Zellen überein. Kurzum, das Gebäude war von außen größer als von innen. Die Bauherren des Klosters hatten einen geheimen Bereich geschaffen, der die Mönche vor feindlichen Eindringlingen schützen sollte. Er fand sich auf keinem Plan, und wenn man nicht weiß, wie man in ihn gelangt, wird ihn niemals jemand finden. Als mein Vater starb, weihte er mich in dieses Geheimnis ein.«

Claretta kullerte eine Träne über die Wange.

»Ein geheimes Versteck«, wiederholte der Capitano, augenscheinlich nicht recht wissend, was er da gerade vernahm. »Du hast dein Leben für diese Leute riskiert.«

»Ich habe keines mehr seit …« Es dauerte, bis Fusco weitersprach. »Zwei Familien und das junge Paar, die Kornmehls«, sagte er. »Insgesamt zwölf Leute.« Er rang mit den Händen. »Mit dem Ende des Krieges habe ich den Zugang verschlossen und versucht, ihn zu vergessen. Aber so etwas behält man da drin«, er tippte sich mit dem Zeigefinger gegen die Stirn, »unerheblich, ob man will oder nicht.«

»Das Hotel ist doch immer gelaufen, du hattest deutsche Gäste, Offiziere …«, warf der Capitano ein.

»Das war mein Glück, denn so hat niemand etwas geahnt, und Vorräte gab es auch genug«, bestätigte Fusco. Er senkte langsam den Kopf. »Ich bin die ganzen Jahre über mit den Kornmehls in Kontakt geblieben, nur lose, aber immerhin. Und durch die Karten, die ich an ihren Geburtstagen geschrieben habe, wusste ich wenigstens, dass ich irgendetwas richtig gemacht hatte. Ich habe nie vermutet, dass sie irgendwann wieder nach Amalfi kommen. Dabei liebten sie Italien so sehr. Als dann vor ein paar Wochen das Telegramm kam …« Fusco brach die Stimme weg.

Und dann sind sie kaum ein paar Stunden da und werden umgebracht, dachte Claretta. Das Wasser in ihren Augen war nicht mehr aufzuhalten.

Eine Fischersfrau heult nicht! Erst recht nicht in der Öffentlichkeit. Reiß dich zusammen, Claretta.

Der Capitano erhob sich, fummelte ein Stofftaschentuch aus seiner Uniformjacke und brachte es Claretta, die es dankbar entgegennahm. Sie schnäuzte sich, was ihn zunächst zu irritieren schien, dann aber eine Rührung auslöste. »Das Leben verlangt jedem seinen Teil ab, Kindchen. Nehmen Sie sich das nicht so zu Herzen.« Nachdem er an seinen Platz zurückgekehrt war, fuhr Fusco fort.

»Wir waren am Sonntagabend zum Essen verabredet. Ich hatte nicht einmal Gelegenheit zu erfahren, wie es ihnen all die Jahre ergangen war. Bei ihrer Ankunft war so viel Trubel, und wir waren doch der Annahme, noch die ganzen Tage vor uns zu haben …«, sagte er bestürzt. »Ich wusste nur, dass Theodor ein überaus erfolgreicher Chirurg geworden war. Mehr hatte er meinem Zimmermädchen nicht erzählt. Aber immerhin weiß ich so wenigstens etwas von den beiden.«

Claretta blieb förmlich der Mund offen stehen. Sollte

der Hoteldirektor tatsächlich die Wahrheit gesagt haben? Aber wieso wollte ihr Claudia dann unbedingt weismachen, dass sie kaum mit den Kornmehls gesprochen hatte, vor allem mit dem Signore nicht? Eine solche Lüge ergab doch keinen Sinn.

Na, wer hat nun die richtige Spürnase?

Sieben

Ich habe genau zehn Minuten, dann muss ich zur Stadtverwaltung«, hörte sie Giovanni in seiner üblichen überheblichen Art von sich geben.

Claretta stand vor der Bürotür des Capitano, das Ohr an das kühle Holz gepresst, und wagte kaum, Luft zu holen. Dank des Knoblauchappetits des Capitano war sie Giovanni nicht über den Weg gelaufen. Dabei traf es sich gut, dass sie dessen Gelüste schon vor zwei Tagen vorausgeahnt hatte. Knoblauch jedenfalls gab es seitdem in der Stazione in Hülle und Fülle, was den Gang zum Markt überflüssig machte. Natürlich wäre es töricht von ihr gewesen, den Capitano darauf hinzuweisen. Stattdessen hatte sie sich pflichtschuldigst entfernt und seit Eintreffen ihres Bruders hier draußen Position bezogen. Unter keinen Umständen wollte sie irgendetwas verpassen, was sie der Lösung des Falls näher bringen könnte.

Dass ich nicht lache! Du spionierst deinem Bruder nach. Der Lauscher an der Wand …

Wenn du immer dazwischenredest, kann ich nichts verstehen!

Ist ja schon gut. Aber ich will es auch wissen!

»Meine Verlobte und ich wollen heiraten«, redete Giovanni wichtigtuerisch weiter. »Das braucht einige Formalitäten. Deswegen sind wir etwas in Eile.«

»Ciao!« Patricia hatte Giovanni tatsächlich begleitet.

»Amerikaner haben es immer eilig, vor allem solche, die erst einmal welche werden wollen«, bemerkte der Capitano, wobei er noch durchdringender als sonst sprach. »Weiß der Teufel, warum jemand etwas anderes sein will als ein Italiener. Nach den beiden schrecklichen Kriegen möchte man meinen, die Leute sind alle vollkommen bekloppt geworden.«

»Ich bin nicht gekommen, um Sie über Ihre Meinung zu meinem Leben zu befragen. Was Sie denken, interessiert mich nicht«, erwiderte Giovanni harsch. »Meine Schw… meine Verlobte wollte, dass wir die Polizei bei ihrer Arbeit unterstützen. Dann habe ich mir die Zeit genommen, auch wenn ich wirklich keine davon zu verschenken habe. In meinem Business ist Zeit Geld, wissen Sie. Früher, als ich noch Badewärter war, da kam es nicht darauf an, wie viele Leute ich am Tag aus dem Meer gezogen habe, mein Lohn war immer gleich. Aber man entwickelt sich ja weiter.«

»Für die Leute war das womöglich nicht ganz so unerheblich«, kommentierte der Capitano mit leichtem Amüsement.

»Wie meinen Sie das?«, wollte Giovanni ruppig wissen.

»Unwichtig«, wiegelte der Capitano ab. »Jetzt arbeiten Sie also als Pizzabäcker in New York, ja, ja, so, so … Hat das junge Fräulein hier wenigstens schon Kenntnis von der Unternehmung, oder wird das eine Überraschung für ihre Eltern?« Der Tonfall des Capitano glich dem eines väterlichen Freundes. Claretta konnte er damit nicht täuschen. Der Capitano hatte Giovanni durchschaut.

Ihr Bruder hingegen war arglos. »Das ist mein Business«, sagte Giovanni voller Stolz. »Eigener Laden, beste Gegend, zehn Angestellte, für den Anfang.«

Das ist ein riesen Ding.

So ein Prahlhans, dachte Claretta. Große Schuhe machten noch lange keine großen Füße. Dabei war er letzte Woche noch ein Badewärter gewesen, ein arbeitsloser noch dazu. Was hatte sich denn seither verändert? Nur weil er jetzt eine wohlhabende Freundin hatte, war er doch kein anderer Mensch. Außerdem war ihm die Frau doch gänzlich unbekannt. Wie konnte man sein Leben an jemanden hängen, dessen Sprache man nicht einmal verstand und von dem man nicht das Geringste wusste? Dass er nun öfters komische fremdländische Worte benutzte, machte es auch nicht besser. Wieso konnte er nicht wenigstens, solange er hier war, noch in unserer Muttersprache reden? Giovanni übertrieb es mal wieder grenzenlos.

Dein Bruder ist ein Mann von Welt.

»Dann will ich Sie nicht lange aufhalten«, kürzte der Capitano die Unterhaltung ab, die ihm hörbar missfiel.

»Ich bitte darum«, entgegnete Giovanni prompt.

»Oh je!«, seufzte Claretta, die sehr genau wusste, wie leichtfertig ihr Bruder den Groll anderer Leute provozierte.

Der Capitano erklärte kurz und knapp noch einmal den Sachverhalt. »Was haben Sie in der Angelegenheit zu sagen?«, fragte er schließlich streng.

»Wir kennen die Leute nicht, haben sie nie gesehen«, sagte Giovanni gleichgültig. »Wir haben mit all dem nichts zu tun.«

»*The Jewish woman*, äh, die Jüdin«, warf Patricia ein, wobei sie das letzte Wort mit einem erstaunlich guten italienischen Klang aussprach.

Das macht ja auch Sinn, dass die Kleine unsere Sprache lernt. Es geht doch nichts über das Italienische.

Vor allem in New York, dachte Claretta.

»Sie wissen, dass es sich bei den Opfern um Juden handelte?«, fragte der Capitano vernehmbar erstaunt nach.

»Pat ist die Kette der Signora aufgefallen«, erklärte Giovanni gelangweilt. »Sie interessiert sich für derlei Kram. Frauen eben.«

»Ah, ich dachte, Sie wären den Kornmehls niemals zuvor begegnet«, bemerkte der Capitano hörbar misstrauisch. »Hing die Kette nicht um den Hals der Signora Kornmehl?«

»Wie? Wo sonst?« Giovanni klang ein wenig aus dem Konzept gebracht. »Ich kenne die Leute nicht«, bekräftigte er schließlich. »Pat hat sie einmal oder so gesehen, an der Rezeption. Nicht wahr, mein Mädchen?«

Patricia schien darauf nicht mit Worten zu reagieren. Ganz sicher verstand sie nichts.

»In einem Grand Hotel laufen so viele Menschen rum«, redete Giovanni weiter. »Das können Sie nicht wissen. Aber wenn man da auf jeden achtet, puh, dann bleibt einem keine Zeit mehr für …«

Patricia kicherte. Offenbar hatte Giovanni dem Capitano das Unausgesprochene anderweitig deutlich gemacht.

»Oh, wenn Sie das sagen. Damit kenne ich mich tatsächlich nicht aus«, erwiderte der Capitano in dem für ihn typischen Singsang, der nichts Gutes verhieß. »Dann wundert man sich auch nicht, wenn ein paar Türen weiter ein Schuss fällt oder zwei oder drei. Ach was sage ich. Da kann man in eine Schießerei geraten, Hauptsache, die Verlobte muss nicht so lange auf ihren Schal warten.«

Es dauerte kurz, bis Giovanni reagierte. »Ich verstehe nicht.«

»Unweit von Ihnen sind am Sonntag zwei Menschen gestorben, und ich frage mich, wieso Sie so tun, als ginge Sie das Ganze nichts an«, polterte der Capitano.

»Geht es doch auch nicht«, warf Giovanni herablassend ein. »In meiner Nähe sind schon so viele Menschen elendig verreckt, damit muss dann auch mal gut sein. Außerdem habe ich Ihrem Vorgesetzten bereits gesagt, dass ich die Knallerei für ein Feuerwerk gehalten habe. Ob Geschützmunition oder bunte Raketen, wer kann das schon so eindeutig sagen?«

»Welchem Vorgesetzten?«, merkte der Capitano auf.

»Dem Sergente, der uns im Hotel befragt hat«, entgegnete Giovanni, und man konnte die Freude, die die Herabwürdigung des Capitano in ihm auslöste, förmlich mit Händen greifen.

Er macht es schon wieder, dachte Claretta betrübt. Der Capitano wird böse werden. Ganz bestimmt.

»Was ist das für ein Soldat, der die Schüsse einer Pistole nicht von einem Feuerwerkskörper unterscheiden kann?«, wollte der Capitano wissen. »Just der, der Dienstgrade durcheinanderwürfelt wie die Zutaten einer Minestrone. Alles in allem kein Konstabler, ansonsten auch nicht besonders versiert, würde ich meinen.«

»Was soll das bedeuten? Sie haben mich beleidigt, nicht wahr?«, fragte Giovanni aufgebracht. »Das muss ich mir nicht bieten lassen! Ich bin ein unbescholtener Bürger der Republik Italien. Ich protestiere gegen eine solche Behandlung.« Er redete sich immer mehr in Rage, was ihn noch ausfälliger werden ließ. »Der Provinzinspektor wird Derartiges nicht dulden!«

»Ach, dem Pizzabäcker ist die Hackordnung nun doch geläufig«, freute sich der Capitano diebisch.

»Ich verlange eine ordentliche Behandlung!«, tobte Giovanni.

Claretta, die sich nicht das erste Mal für ihren Bruder schämte, schloss die Lider und wünschte sich, dass es schnell vorüber sein würde. Als sie sie wieder aufmachte, blickte sie in die braunen Augen von Sergente Gabriele, der keine zehn Zentimeter neben ihr seinen Kopf auf das Türblatt gelegt hatte. Erschrocken fuhr sie zusammen. Der Sergente hielt sich den Zeigefinger vor den Mund, deutete ein Nicken an und flüsterte: »Schwierige Zeugen verhört der Capitano lieber allein.« Dann konzentrierte er sich wieder auf die Geschehnisse im Inneren. Claretta wusste nicht so recht, was sie tun sollte. Normalerweise lauschte sie nicht, nur heute, wegen Giovanni. Gabriele würde bestimmt denken, dass sie eine Frau war, die ihre Nase in fremde Angelegenheiten steckte. Wie unangenehm ihr das war.

Dann sieht er mal, wie es ist.

»Es ist besser, wenn wir nicht hineingehen«, sagte der Sergente leise. »Trotzdem sollten wir auf dem Laufenden bleiben, schon fürs Protokoll.«

Claretta biss sich auf die Unterlippe. Wie sollten sie eine Befragung protokollieren, deren Inhalt sie offiziell überhaupt nicht kannten? Sie würde noch viel lernen müssen, was die Arbeit der Carabinieri anging.

»Schluss nun!«, brüllte der Capitano, worauf der Sergente und Claretta fast zeitgleich zusammenzuckten. »Wenn er nicht umgehend den Mund hält, stecke ich ihn in eine Zelle. Dann kann das Fräulein allein Pizza backen, in New York. Wie sie das mit den langen Fingernägeln hinbekommt, weiß ich nicht, aber die Amerikaner haben ohnehin ganz andere Moden.« Ein belustigter Lacher wurde laut. »Ich sage Ihnen mal etwas, Bürschchen. Sie haben genau gewusst, was Sie da am Sonntag gehört haben. Sie haben nur keinerlei Lust auf Ärger verspürt. Jemand wie Sie zieht sich lieber aus der Affäre, bevor es brenzlig wird. Aber lassen Sie sich gesagt sein, wer immer am Rande des Gesetzes balanciert, stürzt irgendwann ab. Ich kenne solche Männer wie Sie zur Genüge, keiner ist auf lange Sicht so durchgekommen.«

»Ich merke, wenn Sie mich beleidigen«, gab Giovanni angefressen zurück. »Aber es macht mir nichts aus, rein gar nichts!«

»Schön!«, jubilierte der Capitano gespielt. »Dann weiter. Nachdem Sie mitbekommen haben, dass meine Leute das gesamte Hotel auseinandernehmen und Sie keine Ahnung hatten, was ihre amerikanische Signorina uns erzählt hat, haben Sie beschlossen, doch etwas mitbekommen zu haben. Immerhin hat sie uns ganz artig von Ihrer Stippvisite zur Suite berichtet, was ausgerechnet zur Tatzeit nicht sehr vorteilhaft für sie ausfallen kann. Deswegen sind Sie ja auch bei meinem Sergente in die Offensive gegangen, wenn auch mit einer überaus dürftigen Aussage. Ein Palaver, wie es nur eine schwerhörige Waschfrau zusammenbringt, provoziert Nachfragen. Das hätten Sie schlauer anstellen müssen, mein Freund.«

Der Capitano mag Giovanni nicht, dachte Claretta sorgenvoll. In diesen Fällen konnte er schrecklich gnadenlos sein.

»Und noch etwas! Wenn man Amerikaner sein will, sollte man des Englischen mächtig sein. Und man sollte eine weiße Weste haben.« Der Capitano schien sich eine Zigarre anzuzünden. Claretta konnte es riechen, noch dazu brauchte er, bis er weitersprach. »Abgesehen davon sind Sie vermutlich vom Mörder gesehen worden, was im schlechtesten Fall bedeuten könnte, dass sie sich auch mit einer Kugel in den Gedärmen in ihrem schicken Luxusbad wiederfinden. Das wollten Sie unter keinen Umständen riskieren, vor allem nicht so kurz vor Ihrer großen Reise.«

Pause.

»Was wollen Sie von mir hören?«, fragte Giovanni nach, wobei ihn die Rede des Capitano nicht im Geringsten zu rühren schien.

»Was Sie gesehen haben, Mensch!«, blaffte der Capitano ihn an.

»Da war jemand auf dem Flur, keine halbe Minute nach dem letzten Schuss«, sagte Giovanni. »Ich habe das Gesicht nicht gesehen. Da derjenige es nicht eilig hatte, ja sich nicht einmal umgedreht hat, als er mich gehört hat, habe ich mir nichts weiter dabei gedacht. Eigentlich bin ich davon ausgegangen, dass es sich um einen Gast handelte, dem die Geräusche komisch vorkamen.«

»Und der dreht sich dann nicht um und bittet Sie um Hilfe, also wenn er sie wirklich mitbekommen hat?«, warf der Capitano ein.

»Ich habe nicht darüber nachgedacht«, sagte Giovanni deutlich kleinlauter als noch soeben.

»Was hat derjenige dann gemacht?«, fragte der Capitano.

»Er ist in einer der Suiten verschwunden. Ich glaube, in der, die dem Holländer gehört«, antwortete Giovanni. »Am nächsten Morgen kam der Mann zumindest dort heraus. Pat hat ihn gegrüßt. Sie kannten sich offenbar.«

»Derjenige, den Sie da gesehen haben wollen, ist nach den Schüssen also in die Suite des Holländers gegangen«, rekapitulierte der Capitano. »Wo ist er denn vorher hergekommen?«

»Das habe ich nicht mitbekommen«, antwortete Giovanni. »Wie gesagt, ich trat auf den Flur, und er war schon da.«

»Und der Holländer kann es nicht gewesen sein?«, wollte der Capitano wissen. »Immerhin würde das erklären, wieso er in sein Zimmer geht.«

»Der Kerl, der da am Montag rauskam, sah anders aus als der, der am Sonntagabend reinging. Meine Güte, die

Carabinieri waren auch schon mal schneller im Denken.« Giovanni gab ein unangenehmes Lachen von sich.

»Wir reißen uns jetzt mal am Riemen«, polterte der Capitano. »Ich stelle die Fragen, wie ich es für richtig halte. Wenn er nicht anständig antworten kann, braucht das eben länger.«

»Jonny, Darling, please«, sagte Patricia mit zittriger Stimme.

»Okay, okay«, maulte Giovanni.

»Was soll das denn sein?«, brummte der Capitano. »Moden sind das. Armes Italien!« Er räusperte sich. »Sie stehen auf dem Flur, sehen irgendjemanden, der nicht der Holländer ist, und was machen Sie dann?«

»Ich bin noch einmal in unser Zimmer zurück, da ich meine Zigaretten vergessen hatte«, redete Giovanni weiter.

»Da ballert jemand im Grand Hotel herum, und der Bursche holt seine Zigaretten«, rief der Capitano mit hoher Stimme.

Giovanni reagierte nicht.

»Weiter!«, forderte der Capitano.

»Als ich rauskam, ist mir eines der Zimmermädchen fast in die Arme gelaufen«, fuhr Giovanni widerwillig fort. »Eine kleine, unscheinbare«, ein Fingerschnipsen war zu hören, »ich habe den Namen vergessen. Dafür habe ich das Gesicht erkannt.« Er schien zu überlegen. »Ansonsten sah sie irgendwie verändert aus.«

»Die war auf dem Flur? Wo ist sie hergekommen?«, hakte der Capitano hastig nach. »Wie sah sie aus? Was meinen Sie?«

»Keine Ahnung, die laufen doch den ganzen Tag da irgendwie rum«, entgegnete Giovanni desinteressiert. »Vermutlich bin ich davon ausgegangen, dass sie sich um die Angelegenheit kümmern wird.« Er schnaufte. »Ich weiß nicht, was anders an ihr war. Irgendetwas, aber es war ein Zimmermädchen.«

»Mhm. Er ist eine ganz vortreffliche Hilfe«, kommentierte der Capitano. »Was haben Sie dann gemacht?«

»Abendessen. Eine Frau wie Pat darf man nicht zu lange warten lassen.« Ein Schmatzen wurde laut.

Er hat sie tatsächlich vor dem Capitano geküsst, dachte Claretta. In aller Öffentlichkeit. Was für eine Schande!

»Eine junge Liebe, wie herzig«, flötete der Capitano, wobei im nächsten Augenblick seine Stimme wieder umschlug. »Nun vergessen wir das Geturtel aber mal eine kleine Weile und versuchen uns an den Sonntagabend zu erinnern. Wie sah der Mensch aus, den sie sogleich nach den Schüssen bemerkt haben wollen?«

»Was heißt denn ›bemerkt haben wollen‹?«, äffte Giovanni den Capitano nach. »Meinen Sie etwa, ich bin blöd? Ich weiß sehr wohl, was ich sehe!«

»Und höre!«, warf der Capitano spitzzüngig ein. »Also, was haben Sie gesehen?«

»Derjenige war groß, dünn und trug eine Hose und einen Pullover oder eine Strickjacke, jedenfalls irgendetwas Langärmliges in dunkler Farbe. Grau, vielleicht auch blau oder schwarz«, berichtete Giovanni. »Noch was?«

»Ich weiß nicht«, erwiderte der Capitano.

»Mhm? Haare waren da nicht, nein, keine Haare«, erinnerte sich Giovanni.

»Eine Glatze?«, schoss es aus dem Capitano heraus.

Ruhe.

»Eher ein Kopftuch«, sagte Giovanni irgendwann.

»Ein Mann mit einem Kopftuch?«, fragte der Capitano nach.

»Dann wohl eher eine Frau mit Hose«, antwortete Giovanni.

***

Das machst du nicht! Du gehst da nicht rein! Umdrehen, Claretta, sofort! Das ist viel zu gefährlich. In so einem Viertel haben wir Lépores nichts verloren. Dir könnte etwas zustoßen. Mit wem soll ich denn reden, wenn du nicht mehr bist?

»Wenn ich nicht mehr hier bin, dann wäre ich bei dir. Kurzum, wir wären zusammen«, antwortete Claretta beiläufig. Oder eher nicht, denn er sitzt ja unter Garantie in der Hölle.

Ich kriege einwandfrei mit, was du denkst, Claretta! Das haben Tote so an sich. Die wissen alles.

Claretta atmete tief durch und betrachte noch immer das ärmliche Haus, vor dem sie nun schon ein paar Minuten stand und mit sich rang. Nachdem Giovanni und Patricia die Stazione verlassen hatten, war sie gleich an ihren Arbeitsplatz zurückgekehrt. Den Capitano hatte sie äußerst unleidig angetroffen, was der Sergente, mit dem er die Aussage von Giovanni besprechen wollte, auch unmittelbar zu spüren bekommen hatte. Der Capitano hielt dabei einen seiner üblichen Monologe und hatte vermutlich nicht einmal bemerkt, dass Claretta sich heimlich davongeschlichen hatte. Mit dem Grappa, den sie ihm vorher bringen musste, um sein Denkorgan, wie er es nannte, in Schwung zu bringen, standen die Chancen sogar noch besser. Wahrscheinlich schlief er ohnehin gleich, sie hoffte es zumindest. Denn sie wollte etwas Dringendes erledigen, und das möglichst noch, bevor der Capitano nebst seinem Gefolge wieder im Grand Hotel einmarschieren würde, um dort nach einer Frau mit Kopftuch zu suchen.

Was willst du eigentlich hier?

»Reden«, hauchte sie, uneins mit sich selbst. Unter Umständen war das eine ganz blöde Idee, aber irgendetwas trieb sie hierher. Wahrscheinlich war es das Mitleid oder das Gefühl der Verbundenheit. Wenn man Angehörige in einem Krieg verloren hatte, dann gehörte man irgendwie zusammen. Man teilte sich ein Schicksal, kannte die Furcht und die Einsamkeit. Und durchlebte das Allerschlimmste, die Aussichtslosigkeit, die sich so regelmäßig wie ein guter alter Freund einstellte, aber die nicht half, sondern einem das Leben bis in jede Faser vergiftete. Sie musste heilen, dann wurde auch alles andere leichter. Wenn sie sich jedoch festsetzte und einem jeglichen Glauben an die Zukunft nahm, verbitterte man und fing an, sich und alle anderen zu hassen.

Mit wem willst du reden?

»Mit der Großmutter von Claudia, dem Zimmermädchen«, antwortete Claretta.

Was hast du denn mit der zu schaffen? Du kennst sie doch gar nicht.

»Signora Claretta?«

Claretta fuhr herum wie jemand, den man beim Stehlen ertappt hatte. »Signore Maio«, sagte sie stimmlos.

»Was führt Sie denn an das andere Ende der Stadt, weit weg von Ihrem Dorf?«, fragte er, hielt inne und ließ seine Augen über das heruntergekommene Haus schweifen. »Zu Signora Zevi?«

Hattest du gegenüber diesem Gangster eigentlich schon erwähnt, wo du wohnst?

Claretta antwortete keinem von beiden. Sie war zu verdattert, um darüber nachzudenken, wieso Maio Erkundigungen über sie eingeholt hatte und auch dafür, sich auf die Schnelle eine Ausrede für ihn einfallen zu lassen. Noch dazu war Ugo Maio klug genug, sich seinen Reim auf die Dinge zu machen, vermutlich auch, weil es in ihrem Gesicht mehr zu lesen gab, als ihr lieb war.

»Ich stamme aus diesem Viertel, wissen Sie«, sagte er und ließ seinen Blick die Straße hinunter schweifen. »Gleich da vorn haben wir gewohnt. Sie sind nicht alle schlecht, nur weil sie arm sind.«

»So etwas würde ich nie denken«, antwortete Claretta.

»Aber Sie denken es von mir«, entgegnete Maio und fixierte sie mit seinen dunklen Augen.

»Sie sind nicht arm, nicht mehr zumindest«, sagte Claretta vorsichtig.

Er lachte gelöst, wurde aber sogleich wieder ernst. »Signora Claretta, Sie sind eine überaus beeindruckende Frau.«

Wage es, Bursche, und du fängst dir eine!

Claretta wusste darauf nichts zu erwidern, sondern betrachtete nur ihre Schuhspitzen, bis Maio endlich weiterredete.

»Das Leben ist nicht immer gerecht, Claretta. Mitunter straft es uns für Dinge, die wir nicht zu verantworten haben. Es ist launisch und spielt mit uns. Ein junger Mensch kann das mitunter nicht begreifen. Er verliert sich in dem Strudel.« Maio griff in die Innentasche seines Sakkos, zog ein Bündel Geldscheine hervor und zählte achttausend Lire ab. »Geben Sie das bitte Signora Zevi«, sagte er. »Ich schulde ihr was.« Dann grüßte er kurz und ging davon.

Ein rätselhafter Mann, dachte Claretta und schaute ihm noch eine Weile nach.

Tzzz. Er führt garantiert Listen über seine Raubzüge. Die arme Signora Zevi steht auch drauf. Und nur weil du ihm schöne Augen machst, bekommt sie nun die Beute zurück. Dann ist die Sekretärin des Capitano doch zu etwas nütze.

Claretta fand, dass der jetzige Zeitpunkt wie geschaffen dafür war, Emilio eine Lektion zu erteilen. Sie ignorierte ihn, und nur der liebe Gott würde wissen, wie lange. Dann wischte sie mit ihren feuchten Händen über ihren weit auf der Taille liegenden Rock, straffte die Schultern und klopfte an die Tür.

»Was wollen Sie?«, fragte das Mütterchen, noch bevor der Türspalt so groß war, dass sie Claretta richtig ausmachen konnte. Um ihre krummen, in dunkeln Wollstrümpfen steckenden Beine klammerte sich ein schmächtiger Junge, an dessen halbem Gesicht die Reste dessen klebten, was er gerade gegessen haben musste. »Ach, Sie sind es, Signora. Ich habe Sie nicht gleich erkannt. Entschuldigung. Ich muss Ihnen noch für Ihre Hilfe danken.« Die Tür stand nun weit offen. »Für den Fisch und das Wechselgeld. Sie hat es mir tatsächlich noch gegeben, diese alte Krähe.« Sie bemühte sich um ein Lächeln, aber ihr Gesicht war so verhärmt, dass es nur schwer gelang. Claretta sah, wie zwei Mädchen von kaum zehn Jahren hinter der Frau auftauchten und ängstlich davonhuschten. »Claudia hat doch deswegen nicht noch Scherereien bekommen, oder?«, fragte sie, nachdem Claretta noch immer nichts gesagt hatte.

»Nein, nein. Sie hatte sich das Geld ehrlich verdient«, beschwichtigte Claretta und fühlte sich bei dem Satz in ihrer Haut nicht so recht wohl. »Darf ich einen Moment reinkommen?«

Signora Zevis Mundwinkel fielen noch weiter runter, als sie sich von Natur aus schon befanden. Sie schien nicht so recht zu wissen, was zu tun war. »Na ja, dann kommen Sie eben«, sagte sie schließlich und trat einen Schritt zurück. Den Jungen zog sie an ihrem Bein mit, ohne ihn großartig zu bemerken.

Claretta betrat das Haus, aber anstelle eines Flures stand sie in einem Ladengeschäft oder einer Werkstatt. In einer Ecke gab es zwar einen Kohleherd, auch einen Sessel und eine schmale Anrichte, aber die wandhohen Regale und ein gutes Dutzend Kleiderhaken bezeugten, dass dies nicht immer ein Raum gewesen war, in dem neun Personen ihr zu Hause hatten.

»Das ist nicht alles«, beeilte sich die Signora zu sagen, die offenkundig Clarettas Blicke bemerkte. »Da hinten ist noch eine zweite Kammer, dort schlafen wir. Es ist genug Platz, wirklich. Aber nachdem mein Schwiegersohn gestorben ist, stand seine Werkstatt ohnehin leer, und da ich für die Wohnung im Obergeschoss mehr bekomme als für diese Räume … na ja, wir haben ein Dach über dem Kopf. Und mit der Miete und Claudias Lohn kommen wir zurecht.«

Claretta deutete ein Nicken an. »Mein Mann ist im Krieg gefallen«, sagte sie. »Ich habe vier Söhne.«

Die Scham, die bis soeben auf dem Gesicht der Signora gelegen hatte, wich einem mitleidsvollen Augenaufschlag. Sie schien froh zu sein, das alles hier nicht weiter erklären zu müssen. Niemand wollte über Armut reden, sie ertragen zu müssen, genügte vollkommen.

»Emilio ist in Avellino gefallen, einen Tag vor dem Einmarsch der Alliierten, die seine Einheit in Gefangenschaft genommen hat«, redete Claretta weiter. »1943. Unser Jüngster war noch nicht einmal geboren.«

Die Alte schien etwas sagen zu wollen, aber sie brachte nichts heraus.

»Was ist mit Ihrer Tochter passiert?«, fragte Claretta.

Signora Zevis ohnehin schon gebeugter Rücken schien noch mehr Halt zu verlieren. Mit über den Fußboden schleifenden Schritten ging sie hinüber zu einem Stuhl und setzte sich kraftlos. »Marcella wollte ohne ihren Roberto nicht mehr leben«, sagte sie kaum vernehmbar. »Nicht einmal der Kleine«, sie stoppte, als würde sie das Kind an ihren Füßen jeden Augenblick nach oben nehmen oder es zumindest ansehen, tat es aber nicht, sondern blickte ins Nichts, »nicht einmal er konnte ihr den Lebensmut zurückgeben.« Es folgte ein langes Schweigen. »Das Meer hat sie genommen. Ich gehe noch manchmal hinunter zum Strand und warte. Aber es gibt sie nicht mehr frei.«

Claretta dachte an ihren Vater Michele, der jeden Tag, den der Herrgott werden ließ, am Strand saß und wartete. Aus irgendeinem Grund glaubten die Menschen hier, das Meer würde alle Wunden heilen, wenn man nur lange genug mit ihm Freund war.

»Monsignore Marini sagt, wir müssen unser Schicksal annehmen. Das tue ich, Signora, das tue ich wirklich.« Sie schaute Claretta aus verzweifelten Augen an. »Aber ich bin vierundachtzig Jahre alt. Ich werde die Kinder nicht zu erwachsenen Menschen machen können, nicht alle. Irgendwann ist meine Zeit gekommen.« Ihre Stimme hellte sich auf. »Claudia ist jung und stark. Der liebe Gott hat sie mir geschickt. Dann wird alles gut. Ich bete jeden Tag dafür.«

Claretta wünschte sich in diesem Moment nichts mehr, als dass die Signora recht behalten würde. »Der Krieg klebt an uns allen wie ein Eimer Pech, und niemand weiß, ob das jemals aufhören wird.«

Signora Zevi hob den Kopf. »Der Krieg war es nicht«, sagte sie. »Es waren die Menschen.«

Wieder dauerte ihr Schweigen an.

»Aus heiterem Himmel fangen sie an zu hassen, nur weil irgendjemand sagt, sie sollen es tun. Da kann ein einfaches Menschenleben nicht gegenhalten, vor allem kein unschuldiges.«

***

»Ach, meine liebe Signora Claretta, an diesen hübschen Salon könnte ich mich glatt gewöhnen«, freute sich der Capitano. »Hier nehmen die vornehmen Gäste ihre Mahlzeiten ein. Schauen Sie nur die Möbel. Da würde mir die Polizeiarbeit noch leichter von der Hand gehen. Und wie schön Sie sich vor den ganzen Blumenvasen machen würden.«

Claretta verspürte wenig Interesse an diesem Ort. Sie hätte es besser gefunden, in der Stazione bleiben zu dürfen. Aber der Capitano war nach seinem Mittagsschlaf wild entschlossen gewesen, seinen Trumpf, wie er es nannte, hier im Grand Hotel auszuspielen. Nun saß sie mit grummelndem Bauch neben ihm an einem Tisch, während Sergente Gabriele und der Allievo die Ausgänge sicherten.

»Das wäre ein Büro nach meinem Geschmack.« Der Capitano winkte ab. »Aber wenn man ein einfaches Organ des italienischen Staates ist, ist das womöglich ein wenig zu viel des Guten. Was sollen denn die Bürger von den Carabinieri denken?« Er nahm die Tasse Kaffee, die vor ihm stand auf und trank. »Nicht so gut wie Ihrer«, flüsterte er zu Claretta herüber und unterstrich das Kompliment noch durch einen vertrauten Ausdruck in seinen Augen. »Auch der Knoblauch, den Sie besorgt haben«, er klopfte mit der Hand auf seine leicht gewölbte Jackentasche, »ganz hervorragend. Man könnte meinen, er stammt von Salvatore, dem Gemüsehändler. Dass der an einem Donnerstag auf dem Markt steht, ist mir jedoch neu. Normalerweise ist der Mittwoch sein Tag.« Er zuckte fröhlich mit den Schultern und zwinkerte ihr zu wie jemand, mit dem man sich ein Geheimnis teilte. »Man muss immer auf der Hut sein, meine kleine *Ragazzina*, und schlauer als alle anderen.«

Er hat mich absichtlich weggeschickt, damit Giovanni mir nicht verbieten kann zu arbeiten, dachte Claretta. Der Capitano konnte aber auch wirklich ein ausgebuffter Fuchs sein.

Wenn du mich fragst, war das reiner Eigennutz. Und Hinterhältigkeit. Ein schwacher Charakter, dein Capitano, ein ganz schwacher Charakter.

Ich habe nichts gehört.

»Nun ja, dann wollen wir mal sehen, was der Tag noch so bringt«, redete der Capitano weiter. »Sie können es ja noch nicht wissen, aber ich bin der Lösung des Falls einen entscheidenden Schritt näher gekommen. Man muss immer kombinieren, Signora Claretta, noch jede so kleine Kleinigkeit, die einem die Zeugen berichten, immer kombinieren.« Er atmete mit sich zufrieden aus. »Jetzt könnte das Mädchen aber kommen«, bemerkte er dann.

Claretta musste nicht fragen, wen der Capitano so sehnsüchtig erwartete. Sie wusste es und sie betete, dass er sich irrte, dass sie sich beide irrten.

Im nächsten Moment ging die Tür auf, und Claudia kam begleitet vom Hoteldirektor Fusco herein. Er wollte sich darauf schleunigst wieder entfernen, aber wurde vom Capitano zum Bleiben aufgefordert. Ohne etwas dagegen zu sagen, aber sichtbar bewegt, nahm er ein wenig abseits Platz. Dabei vermied er es auffallend, Zeuge des nun Kommenden zu sein, sondern schaute über den Balkon hinaus auf das blaue Meer.

Claudia hingegen setzte sich auf den Stuhl, den der Sergente ihr bereitstellte. Auch Claretta bemühte sich, der jungen Frau nicht in die Augen sehen zu müssen. Aber am Ende trafen sich ihre Blicke doch. Das, was Claretta darin sah, erschreckte sie zutiefst. Da waren weder Angst noch Wut, nicht einmal Trotz. Alles, was aus dem Mädchen sprach, war eine entsetzliche kalte Leere.

»Signorina«, hob der Capitano an. »Es gibt da einige Unklarheiten in Ihrer Aussage«, er wiegte seinen stämmigen Oberkörper hin und her, »vermutlich Missverständnisse. Jedenfalls möchte ich diese mit Ihnen gemeinsam ausräumen. Das braucht nicht lange, immerhin haben Sie viel zu tun, und da möchte ich Sie nicht stören aber ...«

»Ich helfe immer gern«, entgegnete Claudia und klang dabei nicht wie sie selbst.

»Sehr schön!«, freute sich der Capitano. »Sie sind angehalten, die Schlüssel für die Zimmer pünktlich zum Ende Ihres Dienstes bei Signore Fusco abzugeben.« Ein flüchtiger Blick fiel auf den Hoteldirektor. »Am Sonntag waren Sie etwas spät, wie ich hörte. Können Sie mir den Grund dafür sagen?«

»Es war viel zu tun«, antwortete Claudia.

»Nun ja, selbstverständlich. Die Gäste der Suiten sind auch immer besonders anspruchsvoll«, erwiderte der Capitano. »Da geht man als pflichtbewusstes Mädchen auch noch mal nach getaner Arbeit nach dem Rechten gucken.«

Claudia schaute den Capitano nur aus großen Augen an.

»Was genau hatten Sie denn dort zu tun? Die Gäste können Sie ja nicht gerufen haben, wo sie sich doch alle beim Abendessen befanden, also fast alle.« Der Capitano musterte Claudia aus schmalen Augen.

»Ich habe die Blumen gegossen«, erwiderte Claudia mit schwacher Stimme.

Eine schnelle Kopfbewegung des Hoteldirektors in ihre Richtung verdeutlichte, wie abwegig diese Aussage sein musste.

»Die Blumen, natürlich«, antwortete der Capitano leise. »Signorina Claudia, ich bin ein alter Mann, dessen Jahre im Dienste der Carabinieri Ihre Lebensjahre um so einige übersteigen ...«

»Ich war bei den Kornmehls«, sagte Claudia, dem Capitano ins Wort fallend. Dabei sprach sie nicht im Geringsten aufgeregt.

»Aha!«, rief der Capitano überrascht aus. »Sie sind gesehen worden, sehr wohl. Dann haben Sie das sicherlich bei Ihrer Befragung durch meine Männer vergessen. Das kann bei dem Trubel schon mal passieren. Was wollten Sie denn dort?«

»Sie erschießen.«

Die beiden Worte waren wie ein scharfes Messer,

das sich in Clarettas Herz bohrte. Sie hatte es geahnt, vermutlich auch tief in ihrem Inneren lange vor ihrem Besuch bei Claudias Großmutter gewusst. Trotzdem durfte es nicht wahr sein. Es war schlichtweg nicht richtig. Wie konnte der liebe Gott nur so etwas zulassen?

»Kind!«, schrie der Hoteldirektor im Überschwang aus. Er war, kaum dass der Satz verklungen war, aufgesprungen und schaute mit weit geöffneten Augen auf das Mädchen. »Du kanntest die beiden nicht einmal.« Das war alles, was er noch herausbekam, dann sank er zurück auf seinen Stuhl und vergrub sich tief in seinem Schmerz.

Claretta kämpfte mit den Tränen.

»Sie kannten die beiden«, sagte Claudia. »Ich habe gesehen, wie Sie sie begrüßt haben. Und ich habe gehört, was Sie zu ihnen gesagt haben. Nach allem, was geschehen war, haben Sie gesagt, und dass sie trotzdem zurückgekommen sind. Die Signora hat geweint. Und sie hat Sie angesehen, als hätten Sie sie vor dem Ertrinken gerettet. Und dann war da der Davidstern …«

»Du hast die beiden erschossen, weil sie Juden sind«, sagte der Capitano auffallend blass um die Nase.

Nein, weil sie gerettet worden waren, dachte Claretta.

Claudia fixierte sie nun mit den Augen, als müsste sie sich an irgendetwas oder irgendjemanden klammern, dem sie vertraute.

»Aber Signorina, woher nehmen Sie diesen Irrglauben?«, fragte der Capitano ergriffen. »Die Menschen sind nicht besser oder schlechter, nur weil sie Juden sind. Diese ganze Ideologie ist falsch, sie zerstört unsere Welt.

Wir haben doch gerade erst angefangen, dass alles hinter uns zu lassen. Was hat der Hass uns denn eingebracht?«

»Einen toten Vater und eine tote Mutter«, antwortete Claudia kühl.

»Von Juden ermordet?«, fragte der Capitano unsicher nach. »Aber Kindchen, Gleiches mit Gleichem, das lehrt uns schon die Bibel …«

»Die Bibel macht nicht satt«, widersprach Claudia trotzig.

»Das stimmt wohl, aber …«, hob der Capitano an.

»Wo war Gott, als mein Vater auf offener Straße erschossen wurde?«, rief das Mädchen voller Verzweiflung. »Er hatte ein Brot unter dem Arm, das Abendessen unserer Familie. Deswegen war er unterwegs«, sie atmete schwer, »weil wir Hunger hatten.«

Die Antwort riss Hoteldirektor Fusco förmlich aus seiner Lethargie. Das Entsetzen schien sich über seinen ganzen Körper gelegt zu haben. Er zitterte und konnte sich kaum auf dem Sitzmöbel halten.

»Ich verstehe nicht«, entgegnete der Capitano.

»Ich vermutlich schon«, sagte Salvo Fusco leise. »1943 haben die Nazis eine große Säuberungsaktion gestartet. Sie haben vermutet, dass immer noch Juden in der Stadt leben, die von den Bewohnern versteckt werden. Um ein Exempel zu statuieren, haben sie wahllos Passanten zusammengetrieben und am Ende alle erschossen. Damit wollten sie den Willen der Bevölkerung brechen.«

Salvo Fusco hatte sich nicht brechen lassen, dachte Claretta.

»Mein Vater ist erschossen worden, weil andere leben wollten«, kreischte Claudia nun wie von Sinnen. »Meine Mutter konnte das nicht ertragen. Wir sind Waisen, meine acht Geschwister und ich. Wir können keine schicken Kleider und teuren Schmuck tragen und Wiedersehen in einem Luxushotel feiern. Wir haben nicht einmal jeden Tag etwas Anständiges zu essen!« Ihre Worte versiegten so schnell, wie sie zuvor aus ihr herausgebrochen waren. Jetzt saß sie nur noch schweigend, ihrem Schicksal ergeben da. Das wiederum schien ihr gleich zu sein, denn all das, was nun kommen würde, konnte nicht furchtbarer sein als das, was sie in ihrem jungen Leben schon erlebt hatte.

***

Hast du deine Lohntüte abgeholt?

Claretta versuchte, von Emilio keine Notiz zu nehmen.

Aber die Woche ist zu Ende. Wir brauchen das Geld. Claretta, das ist ein ernsthaftes Gespräch eines Ehemannes mit seiner Frau. Ich weiß, dass du mich hören kannst!

»Ich habe es vergessen«, sagte Claretta leise, um ihm genüge zu tun, dabei wusste sie genau, dass ihre Antwort gerade dazu nicht taugen würde. Sie saß auf einem vom Wasser umgebenen Felsstein in der kleinen Bucht, in der Emilio und sie früher öfters gebadet hatten. Samstagabend, nachdem die Kinder im Bett waren und schon so langsam die Dämmerung über das Meer hereinkam, war es immer am schönsten gewesen. Sie konnte nicht sagen, wie oft es sie hierhergezogen hatte. Lieb gewonnene Dinge zählte man seltsamerweise nicht. Man ging einfach davon aus, dass sie nahezu endlos wiederkamen. Das Leben schien davon jedoch nichts wissen zu wollen. Es verfolgte seinen eigenen Plan.

Ich möchte über deinen Lohn reden. Wenn du schon arbeiten gehst, musst du auch die Lire nach Hause tragen.

Claretta dachte daran, wie sie genau das Emilio damals immer vorgehalten hatte. »Weißt du eigentlich, dass wir viel zu selten hier waren?«, fragte sie.

Na ja, ich bin tot.

»Davor. Zum Beispiel immer dann, wenn du in irgendeiner Taverne deinen Wochenfang hochleben lassen musstest. Das Geld, was du dort gelassen hast, hätten wir auch gebraucht.« Claretta war nicht nach Streiten zumute, aber sie fand, dass manches einfach einmal ausgesprochen werden musste.

Das ist etwas anderes. Sag nur, du hast das Geld doch mitgenommen und es in der Stadt ausgegeben. Claretta!

»Ich habe es vergessen«, wiederholte Claretta unwillig. Das Wasser um sie herum war türkisblau, und man konnte bis auf den Grund gucken. Es umspülte ihre nackten Füße, die sie bis zu den Waden hineinhielt und nur immer dann schnell herauszog, wenn eine kräftigere Welle am Stein zu zerschellen drohte. Das Wasser fühlte sich nicht anders an als vor acht Jahren. Überhaupt sah man in ihrer kleinen Bucht nichts von alledem, was mit ihnen geschehen war. Das Meer störte sich nicht an den Menschen, was vermutlich das einzig Richtige war, wenn man mit ihnen leben musste. Claretta öffnete vorsichtig die Faust, die sie die ganze Zeit mit ihrer linken Hand gemacht hatte. Sie wollte sicher sein, dass der Flakon noch da war. Dabei hatte sie das glatte warme Glas die ganze Zeit gespürt. Irgendwann war sie sich jedoch nicht mehr sicher gewesen und hatte nachgeschaut, ein, zwei Mal auf dem Weg von der Stazione in die Bucht. Und eben musste es wieder sein. Dieses Mal nahm sie das Fläschchen jedoch auf. Das grüne Glas schimmerte in der Sonne, und ihr kam es vor, dass das Glitzern allein genügte, um die feine Flüssigkeit riechen zu können. Sie dachte an Signora Kornmehl, ihre duftenden Haare und das Blut an ihrem Körper.

Du hast das Duftzeugs mitgehen lassen. Na wenigstens etwas.

»Der Sergente hat es mir geschenkt«, antwortete Claretta gedankenfern.

Ich wusste es! Die Burschen klauen wie die Raben.

»Das Parfüm wurde bereits benutzt«, verteidigte Claretta ihren Kollegen. »Es ist nicht von Wert und würde ohnehin im Müll landen.« Das hatte Gabriele ihr erklärt. Und dass er ihr eine kleine Freude machen wollte, nachdem sie wegen Claudia Zevi so traurig ausgesehen hatte. Davon brauchte Emilio jedoch nichts wissen.

Ich weiß es auch so. Das Mädchen tut dir leid. Ich bin ja kein Holzklotz.

Wie elendig musste ein Leben sein, das einen die bloße Existenz von zwei fremden Menschen alle Moral vergessen lässt, dachte Claretta. Die Kornmehls mussten stellvertretend für all jene sterben, die das Grauen überlebt hatten und denen es besser ging als Claudia und ihrer Familie. Dabei waren ihnen fraglos ebenfalls ganz furchtbare Dinge widerfahren, aber auf lange Sicht war ihnen das Glück hold gewesen, zumindest bis zu ihrer Rückkehr nach Amalfi. Was aber sollte jetzt bloß aus Claudias vielen Geschwistern werden und aus ihrer Nonna?

Und der Hoteldirektor, dieser Fusco, hatte wirklich keinen Schimmer?

»Nein. Dafür schien ihm der Boden unter den Füßen nun endgültig weggerissen worden zu sein«, antwortete Claretta. Die bleiche Gestalt würde sie so schnell nicht wieder vergessen können. Er hatte daneben gestanden, wie der Capitano die Verhaftung Claudias vorgenommen hatte, war sogar noch ihre Sachen holen gegangen. Aber er war bei alledem kein Mensch mehr gewesen. Der letzte Funken Lebensmut, der noch in diesem Mann gesteckt hatte, war erloschen, eine verlorene Seele, der nichts mehr geblieben war, als ihre Erlösung herbeizusehnen. »Er hat seine Frau verloren, weißt du. Margherita. 1943.«

Ein Schicksalsjahr für viele Italiener.

»Ein paar deutsche Soldaten waren betrunken und haben Jagd auf italienische Frauen gemacht. Signora Fusco ist nur der Ausweg über die Klippen geblieben, wenn sie nicht …« Claretta schluckte, schloss den Flakon wieder in ihrer Hand ein und schaute in den Horizont. »Der Capitano hat die Männer zur Rechenschaft ziehen wollen, natürlich ohne Erfolg. Für Besatzer gelten keine Gesetze.«

Jetzt weißt du auch, was der Monsignore gemeint hat. Tiefe Seele, dieses Pfaffengeschwätz. Er hätte doch auch gleich sagen können, dass der Mann über den Tod seiner Frau nicht hinweggekommen ist. Das hätte ich wenigstens auf Anhieb verstanden.

»Ich denke, mit dem Verstecken der Juden hatte er das Unrecht, was die Nazis über die Menschen gebracht haben, ein wenig abmildern wollen«, sagte Claretta. »Außerdem schien es ihm nicht wichtig zu sein, ob sein Leben heute, morgen oder übermorgen ein Ende finden würde.«

Siehst du, diese ganze Hilfsbereitschaft bringt am Ende nichts ein. Man muss an sich denken. Mit dem Credo lebt man am besten.

»Ach Emilio«, seufzte Claretta.

Aber bei alledem, ich hatte den richtigen Riecher, und von Giovanni kam der entscheidende Hinweis. Was wärst du nur ohne deine Männer? Wo wir gerade beim Thema sind. Wenn du morgen auf den Friedhof kommst, dann könntest du …

»Claretta! Claretta!« Großmama Nunzia stand am Strand und winkte ihr aufgeregt zu. »Du musst nach Hause kommen«, rief sie, die Hände wie einen Trichter um ihren Mund gelegt.

Claretta, die sofort Sorge hatte, dass ihren Jungs etwas zugestoßen sein könnte, sprang vom Stein hinab, dass das Wasser um sie herum nur so aufspritze. Dabei musste sie einen Augenblick nicht auf das Parfüm in ihrer Faust geachtet haben. Das Fläschchen entglitt ihr, und sie konnte nur noch sehen, wie es von den blauen Wellen davongetrieben wurde. Dann rannte sie, so schnell sie konnte, an Land. »Was ist passiert?«, japste sie, als sie sicher sein konnte, in Hörweite der Nonna zu sein.

»Giovanni hat die Pocken«, antwortete die Nonna. »Er ist wohl einmal zu viel im Rathaus gewesen.«

Claretta stoppte. »Aber …?«

»Die Amerikanerin ist weg. Abgereist. Einen schicken Italiener ohne Blattern findet sie auch in Positano.« Claretta konnte nicht sagen, ob die Großmama sich darüber freute, dass Giovanni blieb oder gescheitert war. »Ich habe ihn in den Ziegenstall verfrachtet. Wir wollen ja nicht riskieren, dass wir oder sogar noch die Jungs sich anstecken.«

Vom Grand Hotel dei Cappuccini in den Ziegenstall der Familie Lépore, dachte Claretta und bemühte sich, jeden Anflug von Schadenfreude zu unterdrücken. Den müsste sie nur wieder dem Prete, oder schlimmer noch, dem Monsignore beichten und am Ende dafür Abbitte tun. Schon beim Gedanken daran schüttelte sie sich. Hochmut war keine gute Eigenschaft. Wenn der liebe Gott sie strafte, konnte man zufrieden sein, zumindest ein bisschen.

»Pass auf, dass das Grinsegesicht nicht bleibt«, scherzte die Nonna. »Vor allem nicht, wenn du Giovanni die Suppe durch die Luke in der Stahltür reichst.«

Claretta bekam rote Wangen.

Aber wer wird sich denn nun um die New Yorker Pizzeria kümmern?

»Der Kerl versteht mal wieder nichts«, kommentierte die Nonna und fasste nach Clarettas Arm.

»Überhaupt nichts!«, erwiderte Claretta, und dabei war es ihr, als strich ihr ein Hauch des Parfüms sanft um die Nase. Sie drehte sich noch einmal um, aber im nächsten Augenblick war da nichts mehr, nur die sanften Wellen, die in schier endloser Langmut in Richtung Land rollten. Nur Emilio gab immer noch keine Ruhe.

Was verstehe ich nicht? Unverschämtheit, wie mit einem umgesprungen wird, nur wei…

»Ach, halt doch die Klappe, Emilio!«

Julia Bruns

Julia Bruns, geboren 1975 in einem Dorf in Thüringen, studierte Politikwissenschaft, Soziologie und Psychologie in Jena. Nach ihrer Promotion im Fach Politikwissenschaft arbeitete sie viele Jahre als Redenschreiberin und in der Öffentlichkeitsarbeit. Heute schreibt sie Romane, überwiegend Krimis, die in ihrer thüringischen Heimat, an der Ostsee, aber auch am Comer See oder in Amalfi spielen, und vertreibt sich ihre Freizeit mit Sport, Spaziergängen und dem Kochen leckerer Marmeladen. Julia Bruns lebt im Siegerland und in Thüringen.

www.julia-bruns.com

OKTOPUS VERLAG

Josephine Tey

Nur der Mond war Zeuge

Kriminalroman

Aus dem Englischen von Manfred Allié

Eine ungeheure Anschuldigung gegen zwei Frauen, und als einzige Zeugin ein junges Mädchen, dem alle glauben. Aber sind die Beweise wirklich eindeutig?

Milford ist ein idyllisches Provinznest in England, in dem nie etwas passiert. In der einzigen Anwaltskanzlei vor Ort führt der junge Robert Blair in 41. Generation die Geschäfte. Seine einzige Abwechslung sind die Kekse, die täglich zur *tea time* gereicht werden – bis eines Abends das Telefon klingelt. Marion Sharpe und ihre Mutter, die ein abgelegenes Herrenhaus bewohnen, haben Besuch von Scotland Yard. Ein junges Mädchen behauptet, von den beiden entführt und in ihr Haus verschleppt worden zu sein. Einen Monat lang wurde die 15-Jährige dort festgehalten, sagt sie, und musste als Haushälterin arbeiten, ehe ihr schließlich die Flucht gelang. Ein unerhörte Behauptung, eine Unverschämtheit! Allerdings: Das Mädchen kann jedes Detail im Innern des Hauses beschreiben. Der Anwalt, der sonst nur Testamente aufsetzt (für eine schrullige alte Dame jede zweite Woche ein neues), steht vor einer großen Herausforderung: Er soll die Unschuld der Frauen beweisen.

OKTOPUS VERLAG

Eberhard Michaely
Frau Helbing
und der tote Fagottist

So charmant und resolut wurde noch
kein Mörder dingfest gemacht.

Ein allergischer Schock durch drei Wespenstiche? Frau Helbing ist sich sicher, dass ihr freundlicher Nachbar, der namhafte Fagottist Henning von Pohl, einem Verbrechen zum Opfer gefallen ist. Die pensionierte Fleischereifachverkäuferin mag zwar von klassischer Musik ebenso wenig verstehen wie von moderner Technik, aber mit Mordfällen kennt sie sich aus: Seit dem Tod ihres Mannes Hermann, mit dem sie vierzig Jahre lang eine Metzgerei im Hamburger Grindelviertel geführt hat, liest sie in ihrer Freizeit am liebsten Kriminalromane. Leider hält nicht nur ihre exzentrische Freundin Heide ihren Verdacht für ein Hirngespinst, sondern auch die hochnäsige Kommissarin Schneider. Nur der Schneider Herr Aydin hat ein offenes Ohr für Frau Helbing und ermutigt sie, ihrem Instinkt zu folgen. Allerdings birgt so ein Kriminalfall im echten Leben auch einige Gefahren …

»Frau Helbing hat durchaus das Potential eine
Miss-Marple-Hommage mit Ausbeinmesser zu werden.«
Cathrin Brackmann / WDR

OKTOPUS VERLAG

Constanze Scheib

Der Würger von Hietzing

Die gnä' Frau ermittelt

Kriminalroman

Die gnä' Frau langweilt sich zu Tode.
Da kommt ihr eine Mordserie,
die Wien in Atem hält, gerade recht.

Eine vornehme Dame auf Mörderjagd? Warum denn nicht?, denkt sich Frau Ehrenstein, als die Tante ihres Dienstmädchens Bianca erdrosselt aufgefunden wird. Schließlich wünscht sich Frau Ehrenstein schon lange etwas Abwechslung von ihrem gleichförmigen Wirken als Hausherrin im exklusiven Wiener Stadtteil Hietzing, das sich eigentlich schon in der morgendlichen Inspektion der Dienerschaft erschöpft. Gelegentliche Ausflüge in den Tierpark Schönbrunn mit ihrem Sohn Willi oder Abende in der Oper sind zwar schön, aber eben auch nicht wirklich tagesfüllend. Man könnte glatt meinen, Frau Ehrenstein lebe im 19. Jahrhundert und nicht in den 1970er Jahren, in Zeiten von Glamrock, LSD und Blumenkindern. Weil sich die gnä' Frau in Stöckelschuhen schlecht ins Verbrechermilieu begeben kann, bittet sie kurzerhand ihr neues Hausmädchen Marie um Hilfe, mit der sie nicht nur die Leidenschaft für Filme und Whisky verbindet. Die gemeinsame Suche nach dem Würger von Hietzing gestaltet sich deutlich abenteuerlicher, als Frau Ehrenstein sich das hat träumen lassen.